suhrkamp taschenbuch 1782

Howard Phillips Lovecraft wurde am 20. August 1890 in Providence, Rhode Island, geboren. Er führte das Leben eines Sonderlings, der den Kontakt mit der Außenwelt scheute und mit seinen Freunden und gleichgesinnten Autoren fast nur schriftlich verkehrte. Er starb am 15. März 1937, und sein hinterlassenes Werk ist nicht umfangreich. Zu seinen Lebzeiten erschien nur ein einziges Buch, *The Shadow over Innsmouth*. Etwa 40 Kurzgeschichten und 12 längere Erzählungen veröffentlichte er in Magazinen, vor allem in der Zeitschrift »Weird Tales« (Unheimliche Geschichten). Lovecrafts Ruhm als Meister des Makabren ist ständig gewachsen, und seine unheimlichen Geschichten wurden inzwischen in viele Sprachen übersetzt. In dem amerikanischen Verlag für phantastische Literatur, Arkham House, erschienen u. a. *The Outsider and Others* (1939), *Beyond the Wall of Sleep, The Dunwich Horror and Others* (1963), *Dagon and Other Macabre tales* (1965). In deutscher Sprache liegen nunmehr alle seine Erzählungen und zahlreiche Essays bei Suhrkamp vor.

Keine von Lovecrafts längeren oder kürzeren Erzählungen ist stärker vom Lokalkolorit seiner Heimat Providence geprägt als *Der Fall Charles Dexter Ward.*

»Providence ist ein Teil von mir – Ich *bin* Providence ... Providence wird als Ziel, das es anzustreben gilt, immer in meinem Hinterkopf vorhanden sein – ein letztes Paradies, das schließlich wiedererlangt werden muß.« Das schrieb Lovecraft 1926 in einem Brief. *Der Fall Charles Dexter Ward* ist eine Warnung vor den Gefahren historischer Forschung; ein junger Liebhaber der Genealogie und der Geschichte allgemein dringt in die Geschichte seiner eigenen Vergangenheit ein und stößt dabei auf einen höchst unguten Vorfahren, Robert Curwen, der sich mit vormenschlichen bösen Mächten eingelassen hat. Seine mit wissenschaftlicher Akribie betriebenen Nachforschungen wecken ein Böses, das längst noch nicht tot ist; sein wiedergängerischer Vorfahr bemächtigt sich des Willens und der äußeren Gestalt seines Urenkels, um seine ruchlosen Beschwörungen und dämonischen Riten in der Gegenwart fortzusetzen – mit den entsetzlichen Folgen, die der Leser Lovecrafts zu Recht vermutet.

H. P. Lovecraft
Der Fall Charles Dexter Ward

Eine Horrorgeschichte

Deutsch von
Rudolf Hermstein

Phantastische Bibliothek
Band 260

Suhrkamp

Redaktion und Beratung: Franz Rottensteiner
Titel der Originalausgabe: *The Case of Charles Dexter Ward*
Umschlagzeichnung: Tom Breuer
Der Fall Charles Dexter Ward erschien erstmals in deutscher Sprache innerhalb der *Bibliothek des Hauses Usher* im Insel Verlag 1971

suhrkamp taschenbuch 1782
Erste Auflage 1990

Satz: Gutfreund, Darmstadt
Druck: Ebner Ulm
Printed in Germany
Umschlag nach Entwürfen von
Willy Fleckhaus und Rudolf Staudt

2 3 4 5 6 – 95 94 93 92

Der Fall Charles Dexter Ward

I
Ein Resultat und ein Prolog

Die essentiellen Saltze von Thieren können dergestalt präpariret und conserviret werden, daß ein gewitzter Mann die gantze Arche Noah in seiner eigenen Studir-Stube zu haben und die vollkommne Gestalt eines Thieres nach Belieben aus der Asche desselbigen zu erwecken vermag; und vermittelst derselbigen Methode vermag ein Philosoph, ohne jede verbrecherische Necromantie, die Gestalt eines jeden todten Ahnen aus dem Staube zu erwecken, zu welchem sein Cörper zerfallen ist.

BORELLUS

1

Aus einer privaten Irrenanstalt in der Nähe von Providence, Rhode Island, verschwand kürzlich eine höchst sonderbare Person. Der Mann hieß Charles Dexter Ward und war nach langem Zögern von seinem gramgebeugten Vater eingeliefert worden, der mit angesehen hatte, wie die Geistesverwirrung seines Sohnes sich von bloßer Exzentrizität zu dunkler Raserei gesteigert hatte, die sowohl von möglichen mörderischen Tendenzen als auch von einer merkwürdigen Veränderung seiner offenbaren Geistesinhalte begleitet war. Die Ärzte geben zu, daß sie völlig ratlos waren, weil sein Fall ihnen allgemeine physiologische wie auch psychologische Rätsel aufgab.

Zum einen sah der Patient merkwürdigerweise viel älter aus, als man aufgrund seiner sechsundzwanzig Jahre angenommen hätte. Nun ist zwar bekannt, daß Geistesgestörtheit einen rapide altern läßt; aber das Gesicht dieses jungen Mannes hatte einen eigentümlichen Ausdruck angenommen, wie man ihn gemeinhin nur bei sehr alten Menschen beobachten kann. Zum anderen zeigten seine organischen Körperfunktionen eine Unausgewogenheit, die in der Geschichte der Medizin keine Parallele findet. Atmung und Herztätigkeit entbehrten auf verblüffende Weise der Symmetrie, die Stimme war geschwunden, so daß der Patient nur noch flüstern konnte, die Verdauung war auf unglaubliche Weise verlangsamt und auf ein Minimum reduziert, und die nervlichen Reaktionen auf normale Reize waren durchaus verschieden von allem, was man je an gesunden oder kranken Menschen beobachtet hat. Die Haut war auf morbide Art kalt und trocken, und die Zellstruktur des Gewebes schien außerordentlich grob und brüchig. Sogar ein großer, olivgrauer Leberfleck auf seiner rechten Hüfte war verschwunden, wogegen sich auf seiner Brust ein sehr sonderbares Muttermal, ein schwarzer Fleck, gebildet hatte, von dem vorher keine Spur zu sehen gewesen war. Grundsätzlich stimmen die Ärzte alle darin überein, daß sich bei Ward die Stoffwechselvorgänge auf beispiellose Weise verlangsamt hatten.

Auch in psychologischer Hinsicht war Charles Ward ein einmaliger Sonderfall. Seine Geistesverwirrung wies keines der in den neuesten und umfassendsten Darstellungen erwähnten Symptome auf und war von einer Verstandeskraft begleitet, die aus ihm ein Genie oder eine führende Persönlichkeit gemacht hätte, wäre sie nicht zu sonderbaren und grotesken Formen verzerrt worden. Dr. Willett, der Wards Hausarzt war, bestätigt, daß die allgemeinen geistigen Fähigkeiten des Patienten, gemessen an seinen Reaktionen auf Dinge, die außerhalb der Sphäre seiner Umnachtung lagen, seit seiner Einweisung in die Irrenanstalt sich sogar noch gesteigert hatten. Nun war Ward zwar schon immer ein Gelehrter und Altertumsforscher gewesen; aber selbst seine brillantesten frühen Arbeiten offenbarten nicht jene ungeheure Fassungskraft und Einsicht, wie er sie bei den letzten Untersuchungen durch die Nervenärzte an den Tag legte. Es war in der Tat nicht leicht gewesen, die amtliche Einweisung in die Irrenanstalt zu erreichen, so außerordentlich klar schien der Verstand des jungen Mannes zu sein; und nur aufgrund von Zeugenaussagen und der in Anbetracht der hohen Intelligenz ungewöhnlichen Wissenslücken wurde er schließlich doch in Verwahrung genommen. Bis zum Augenblick seines Verschwindens hatte er Lesestoff aller Art geradezu verschlungen und sich so ausgiebig mit anderen unterhalten, wie seine schwache Stimme es ihm gestattet hatte; und sorgfältige Beobachter, die nicht an die Möglichkeit eines Ausbruchs dachten, hatten wiederholt vorhergesagt, es würde nicht mehr lange dauern, bis man ihn wieder entlassen würde.

Nur Dr. Willett, der Charles Ward ans Licht der Welt gebracht und seitdem ständig seine körperliche und geistige Entwicklung verfolgt hatte, schien bei dem Gedanken an die zukünftige Freiheit des jungen Mannes zu erschrecken. Er hatte ein grausiges Erlebnis gehabt und eine furchtbare Entdeckung gemacht, über die er nicht mit seinen skeptischen Kollegen sprechen wollte. Willett stellt tatsächlich schon allein für sich ein Geheimnis im Zusammenhang mit diesem Fall dar. Er war der letzte, der den Patienten vor dessen Flucht gesehen hat, und kam von dieser letzten Unterhaltung in einer aus Grauen und Erleichterung gemischten Gemütsverfassung zurück, woran sich mehrere Leute erinnerten, als drei Stunden später Wards Flucht entdeckt wurde. Diese Flucht selbst ist eines der ungelösten Rätsel in Dr. Waites Irrenanstalt. Ein offenes Fenster, volle sechzig Fuß über dem Erdboden, kann wohl kaum als Erklärung dienen, und doch war der junge Mann nach diesem Gespräch mit Willett unbestreitbar verschwunden. Willett selbst hat der Öffentlichkeit keine Erklärung anzubieten, doch er wirkt merkwürdigerweise viel ruhiger als vor dem Ausbruch. In der Tat meinen viele, er würde gerne mehr sagen, wenn er nur damit rechnen könnte, daß eine nennenswerte Anzahl von Leuten ihm Glauben schenken würde. Er hatte Ward noch in seinem Zimmer vorgefunden, aber kurz danach klopften die Wächter vergebens. Als sie die Tür aufmachten, war der Patient verschwunden, und alles, was sie bemerkten, war das offene Fenster, durch das der kalte Aprilwind eine Wolke feinen, blaugrauen Staubes ins Zimmer blies, die ihnen fast den Atem nahm. Zwar hatten die Hunde kurz zuvor gebellt, aber zu diesem Zeitpunkt war Willett noch dagewesen, und sie hatten nichts gefangen und auch später keine Unruhe mehr gezeigt. Wards Vater wurde sofort telefonisch benachrichtigt, aber er schien eher betrübt als überrascht. Als Dr. Waite ihn dann persönlich aufsuchte, hatte Dr. Willett schon mit ihm gesprochen, und sie bestritten beide, etwas mit dem Ausbruch zu tun zu haben. Nur von einigen sehr engen Freunden von Willett und dem alten Ward waren ein paar Hinweise zu bekommen, doch diese sind allzu abenteuerlich und phantastisch, um nicht bei den meisten auf Ungläubigkeit zu stoßen. Als Tatsache bleibt nur bestehen, daß bis zum heutigen Tage keine Spur von dem verschwundenen Irren entdeckt wurde.

Charles Ward hatte von Kindheit an eine Neigung zum Altertümlichen gezeigt, die zweifellos durch die ihn umgebende altehrwürdige Stadt und die Überreste aus der Vergangenheit genährt wurde, mit denen das alte Herrenhaus seiner Eltern an der Prospect Street auf dem Gipfel des Hügels bis in den letzten Winkel angefüllt war. Mit den Jahren vertiefte sich seine Liebe zu den alten Dingen, so daß Geschichte, Genealogie und die Beschäftigung mit der Architektur, den Möbeln und dem Handwerk der Kolonialzeit schließlich alle anderen Interessen verdrängten. Diese Neigungen muß man bei der Beurteilung seines Wahnsinns berücksichtigen; denn obwohl sie nicht den eigentlichen Kern seiner geistigen Umnachtung darstellen, spielen sie doch als äußere Symptome eine wichtige Rolle. Die von den Nervenärzten festgestellten Wissenslücken bezogen sich alle auf moderne Angelegenheiten und wurden, wie man durch geschickte Fragen herausfand, in jedem Fall durch ein entsprechend tiefes, wenn auch nach außen hin verheimlichtes Wissen um vergangene Dinge ausgeglichen, so daß man beinahe den Eindruck bekommen konnte, der Patient habe sich durch irgendeine dunkle Art von Selbsthypnose buchstäblich in ein vergangenes Zeitalter versetzt. Das Merkwürdige war, daß Ward sich nicht mehr für die Altertümer zu interessieren schien, die er doch so gut kannte. Er hatte, so schien es, seine Vorliebe für diese Dinge verloren, weil er allzu sehr mit ihnen vertraut war, und am Schluß konzentrierte er offenbar all seine Kräfte darauf, jene alltäglichen Dinge der modernen Welt zu meistern, die so vollständig aus seinem Gehirn getilgt worden waren. Daß eine solche umfassende Tilgung stattgefunden hatte, suchte er mit allen Mitteln zu verbergen; aber es war allen, die ihn beobachteten, klar, daß seine gesamte Lektüre und all seine Unterhaltungen von dem verzweifelten Wunsch bestimmt waren, sich jenes Wissen über sein eigenes Leben und den gewöhnlichen, praktischen und kulturellen Hintergrund des zwanzigsten Jahrhunderts anzueignen, das man angesichts seiner Geburt im Jahre 1902 und seiner Erziehung in Schulen unserer Zeit von ihm hätte erwarten können. Die Nervenärzte fragen sich jetzt, wie der entwichene Patient in Anbetracht seiner großen Wissenslücken es schafft, sich in der komplizierten Welt von heute zurechtzufinden; die vorherrschende Meinung geht dahin, daß er sich irgendeine erniedrigende, anspruchslose Beschäftigung gesucht habe und sich so lange versteckt halten wolle, bis seine Kenntnis moderner Dinge einen normalen Stand erreicht habe.

Wann Wards geistige Umnachtung begonnen hat, darüber sind die Nervenärzte unterschiedlicher Auffassung. Dr. Lyman, die überragende Kapazität aus Boston, ist der Ansicht, es sei 1919 oder 1920 gewesen, während des letzten Jahres des jungen Ward an der Moses Brown-Schule, als er plötzlich dem Studium der Vergangenheit entsagt und sich dem Studium des Okkulten zugewandt und sich geweigert habe, die Qualifikation für das College zu erwerben, mit der Begründung, er müsse private Forschungen von weit größerer Bedeutung treiben. Für diese Theorie sprechen sicherlich die veränderten Gewohnheiten Wards zu jener Zeit und besonders sein beständiges Herumstöbern in den Stadtarchiven und die Suche nach einem im Jahre 1741 angelegten Grab auf den alten Friedhöfen; es handelte sich um das Grab eines Ahnen namens Joseph Curwen, von dem Ward einige Papiere hinter der Holztäfelung eines uralten Hauses in Olney Court, auf Stampers Hill, gefunden haben wollte, von dem man wußte, daß Curwen es zu seinen Lebzeiten bewohnt hatte.

Nun ist es tatsächlich unbestreitbar, daß sich im Winter 1919-1920 eine auffallende Veränderung mit Ward vollzog; er gab unvermittelt seine allgemeinen Altertumsforschungen auf und betrieb – zu Hause und anderswo – okkulte Studien, die er nur unterbrach, um nach dem Grab seines Vorfahren zu suchen.

Dr. Willett dagegen widerspricht dieser Theorie nachdrücklich; er gründet sein Urteil auf seine enge und seit langem bestehende Bekanntschaft mit dem Patienten sowie auf bestimmte schreckliche Nachforschungen und Entdeckungen in der letzten Zeit. Diese Nachforschungen und Entdeckungen sind nicht spurlos an ihm vorübergegangen; seine Stimme zittert, wenn er darüber spricht, und seine Hand zittert, wenn er darüber zu schreiben versucht. Willett räumt ein, daß die Veränderung der Jahre 1919-1920 gemeinhin als der Beginn eines progressiven Verfalls angesehen werden könnte, der in der furchtbaren, traurigen und unheimlichen Umnachtung des Jahres 1928 gipfelte, ist aber aufgrund persönlicher Beobachtungen der Ansicht, daß eine feinere Unterscheidung gemacht werden müsse. Während er bereitwillig zugibt, daß der Junge immer von unausgeglichenem Temperament und in seinen Reaktionen auf die Erscheinungen seiner Umwelt reizbar und äußerst überschwenglich gewesen sei, will er es auf keinen Fall wahrhaben, daß jene frühe Veränderung den tatsächlichen Übergang von der Verstandesklarheit zum Wahnsinn markiert habe; statt dessen beruft er sich auf Wards eigene Aussage, er habe etwas entdeckt oder wiederentdeckt, dessen Auswirkung auf das menschliche Denken wahrscheinlich wunderbar und tiefgreifend sein werde.

Die eigentliche geistige Umnachtung, davon ist Willett überzeugt, kam mit einer späteren Veränderung; nachdem Curwens Porträt und die alten Papiere entdeckt waren; nachdem eine Fahrt an sonderbare, ferne Orte unternommen worden und bestimmte schreckliche Beschwörungen unter geheimnisvollen Umständen gesungen worden waren; nachdem gewisse *Antworten* auf diese Anrufungen deutlich vernehmbar geworden waren und ein verzweifelter Brief unter quälenden und unerklärlichen Umständen geschrieben worden war; nach der Welle des Vampirismus und den ominösen Gerüchten in Pawtuxet; und nachdem das Gedächtnis des Patienten begonnen hatte, gegenwärtige Bilder auszuschließen, während seine Stimme versagte und seine äußere Erscheinung jene fast unmerklichen Veränderungen durchmachte, die später von so vielen Leuten bemerkt wurden.

Erst um diese Zeit, so versichert Willett mit Nachdruck, hätten sich die nachtmahrhaften Merkmale bei Ward gezeigt, und der Arzt bekennt schaudernd, er sei überzeugt, es gebe genügend handfestes Beweismaterial für die Richtigkeit der Behauptung des jungen Mannes über seine entscheidende Entdeckung. Zum einen sahen zwei intelligente Arbeiter mit eigenen Augen, wie die alten Papiere von Joseph Curwen gefunden wurden. Zum zweiten zeigte ihm der junge Mann einmal diese Papiere sowie eine Seite aus Curwens Tagebuch, und jedes dieser Dokumente wies alle Anzeichen von Echtheit auf. Das Loch, in dem Ward sie gefunden haben wollte, ist sichtbare Wirklichkeit, und Willett konnte einen abschließenden und sehr überzeugenden Blick auf sie werfen, durch eine Fügung, die kaum glaublich ist und vielleicht nie wird bewiesen werden können. Dann waren da die Geheimnisse und die seltsamen Übereinstimmungen in den Briefen von Orne und Hutchinson, das Problem der Handschrift Curwens und das, was die Detektive über Dr. Allen herausfanden; all dies, und außerdem noch die furchtbare Botschaft in mittelalterlicher Minuskelschrift, die in Willetts Tasche gefunden wurde, als er nach seinem schrecklichen Erlebnis das Bewußtsein wiedererlangt hatte.

Und als die schlüssigsten Beweise von allen sind da noch die zwei gräßlichen *Ergebnisse*, die der Doktor bei seinen letzten Nachforschungen aus zwei Formeln bekam; Ergebnisse, die praktisch die Authentizität der Papiere und ihrer monströsen Bedeutung in demselben Augenblick bewiesen, da diese Papiere für immer menschlichem Zugriff entzogen wurden.

2

Man muß auf Charles Wards früheres Leben zurückblikken wie auf etwas, das der Vergangenheit angehört wie die Altertümer, die er so sehr liebte. Im August 1918 war er mit deutlichen Anzeichen der Begeisterung für die damals üblichen militärischen Erziehungsmethoden in die erste Klasse der Moses Brown-Schule eingetreten, die ganz in der Nähe seines Elternhauses steht. Das alte, im Jahre 1819 errichtete Hauptgebäude hatte schon immer seiner jugendlichen Begeisterung für das Altertümliche entsprochen, und der weitläufige Park, in dem die Akademie gelegen ist, seinem Blick für landschaftliche Schönheit. Sein gesellschaftlicher Umgang war recht begrenzt, und er verbrachte seine Zeit hauptsächlich zu Hause, mit langen, ziellosen Spaziergängen, im Unterricht und beim Exerzieren sowie mit der Suche nach altertumswissenschaftlichen und genealogischen Daten im Rathaus, im Parlamentsgebäude, in der Stadtbibliothek, dem Athenäum, der Historischen Gesellschaft, der John Carter Brown- und der John Hay-Bibliothek der Brown-Universität und der neueröffneten Shepley-Bibliothek in der Benefit Street. Man erinnert sich noch, wie er damals ausgesehen hat; hochgewachsen, schlank und blond, mit wißbegierigen Augen, leicht gebeugt und ein wenig nachlässig gekleidet, ein junger Mann, der eher harmlos und linkisch als attraktiv wirkte.

Seine Spaziergänge waren immer abenteuerliche Ausflüge in die Vergangenheit, auf denen er es fertigbrachte, aus den zahllosen Überbleibseln einer glanzvollen alten Stadt ein zusammenhängendes Bild vergangener Jahrhunderte heraufzubeschwören. Sein Elternhaus war eine große georgianische Villa auf dem Gipfel des beinahe steil zu nennenden Hügels, der sich am östlichen Ufer des Flusses erhebt, und aus den rückwärtigen Fenstern der weitläufigen Seitentrakte konnte er benommen über all das Gewirr von Türmchen, Kuppeln, Dächern und Hochhäusern der tiefer gelegenen Stadtteile bis zu den purpurnen Hügeln der Landschaft jenseits des Stadtrands hinüberschauen. Hier war er geboren, und von der hübschen klassischen Veranda an der zweigiebligen Ziegelfassade aus hatte sein Kindermädchen die ersten Ausfahrten im Kinderwagen mit ihm unternommen; vorbei an dem kleinen weißen Bauernhaus, das vor zweihundert Jahren erbaut und inzwischen längst von der Stadt übernommen worden war, und weiter zu den schattigen Colleges an der stattlichen, prunkvollen Straße, wo die alten, massigen Steinvillen und die kleineren Holzhäuser mit den schmalen, von mächtigen dorischen Säulen umrahmten Veranden solide und exklusiv inmitten ihrer großen Parks und Gärten dahinträumten.

Er war auch durch die lange, verschlafene Congdon Street geschoben worden, eine Reihe weiter unten an dem steilen Abhang des Hügels, vorbei an den vielen nach Osten gelegenen Häusern mit ihren hohen Terrassen. Die kleinen Holzhäuser hier waren im Durchschnitt älter, denn die sich ausdehnende Stadt war nach und nach den Hügel hinaufgeklettert; und auf diesen Ausfahrten hatte er etwas vom Kolorit einer typischen Stadt der Kolonialzeit in sich aufgenommen. Auf der Aussichtsterrasse hielt das Kindermädchen gewöhnlich an, um sich auf eine Bank zu setzen und mit einem Polizisten zu schwatzen; und eine der frühesten Erinnerungen des Kindes war das große, nach Westen sich erstreckende Meer von diesigen Dächern und Kuppeln und Türmchen und fernen Hügeln, die er eines Winternachmittags von der großen Balustrade aus erblickt hatte, violett und mystisch vor einem fiebrigen, apokalyptischen Sonnenuntergang aus Rot und Gold und Purpur und seltsamen Schattierungen von Grün. Die riesige Marmorkuppel des Parlamentsgebäudes ragte als gewaltige Silhouette empor, und die Statue auf ihrer Spitze bekam eine phantastische Gloriole, als eine der dunklen Schichtwolken aufriß, die den flammenden Himmel verdeckten.

Als er größer war, begannen seine berühmten Spaziergänge; anfangs an der Hand des ungeduldig weitergezogenen Kindermädchens und später allein, in träumerisches Grübeln versunken. Immer weiter den abschüssigen Hügel hinab wagte er sich, und jedesmal erreichte er noch ältere Schichten der alten Stadt. Zaghaft blieb er dann wohl unten an der steilen Jenckes Street stehen, mit ihren Hinterhöfen und den Giebeln im Kolonialstil an der Ecke zur schattigen Benefit Street, wo vor ihm ein altes Holzhaus mit zwei von ionischen Stützpfeilern getragenen Vordächern lag und neben ihm ein noch älteres Walmdachhaus mit Resten eines einstigen Bauernhofes und das große Haus des Richters Durfee mit schwindenden Spuren georgianischer Größe. Irgendwann würde das hier einmal ein Elendsviertel werden; aber die gigantischen Ulmen tauchten den Platz in beschönigenden Schatten, und der Junge schlenderte gewöhnlich in südlicher Richtung weiter, vorbei an den langen Häuserreihen aus der Zeit vor dem Freiheitskrieg mit ihren großen zentralen Kaminen und ihren klassischen Portalen. Auf der Ostseite standen sie auf hohen Fundamenten und hatten doppelte Aufgänge aus Steintreppen mit Geländern, und der junge Charles konnte sich ausmalen, wie sie ausgesehen hatten, als die Straße noch neu gewesen war und rote Sparren und Zahnleisten die Giebel geziert hatten, deren Verfall jetzt so offenkundig geworden war.

Nach Westen hin fiel der Hügel fast so steil ab wie weiter oben, bis hinunter zur alten »Town Street«, die 1636 von den Stadtgründern am Flußufer angelegt worden war. Hier gab es zahllose kleine Gassen mit schiefen, zusammengekauerten Häusern von unermeßlichem Alter; und sosehr sie ihn auch faszinierten, wagte er es doch lange Zeit nicht, diese steilen Gäßchen zu betreten, aus Angst, sie könnten sich als Traumgebilde oder Tor zu unbekannten Schrecken erweisen. Viel weniger schlimm fand er es, die Benefit Street entlang weiterzugehen, vorbei am Eisenzaun des versteckten Friedhofes von St. John, der Rückseite des Colony House aus dem Jahre 1761 und den zerbröckelnden Mauern der Golden Ball Inn, in der Washington einmal abgestiegen war. An der Meeting Street, die früher einmal Goal Lane und dann King Street geheißen hatte, pflegte er in östlicher Richtung nach oben zu schauen, wo die Straße sich gewundener Treppen bedienen mußte, um den Abhang zu erklettern, und in westlicher Richtung nach unten, wo das alte, im Kolonialstil erbaute Schulhaus mit seiner Ziegelfassade über die Straße hinweg dem uralten Haus zu Shakespeares Kopf zulächelt, wo vor dem Freiheitskrieg die *Providence Gazette and Country-Journal* gedruckt worden war. Dann kam die wundervolle First Baptist Church aus dem Jahre 1775, prachtvoll mit ihrem unvergleichlichen Gibbs-Turm und den georgianischen Dächern und Kuppeln. Hier und weiter nach Süden wurde die Umgebung besser, um schließlich in einer herrlichen Gruppe früher Herrenhäuser ihre ganze Schönheit zu entfalten; aber noch immer führten die alten Gäßchen an der Westseite des Hügels herab, gespenstisch in ihrer vieltürmigen Altertümlichkeit, und senkten sich schließlich in einen Wirbel schillernden Verfalls, dort, wo die verkommene Hafengegend von ihren stolzen ostindischen Tagen träumte, inmitten vielsprachigen Lasters und Schmutzes, zerbröckelnder Kais, blindäugiger Schiffsbedarfshandlungen und aus der Vergangeheit übriggebliebener Gassennamen wie Packet, Bullion, Gold, Silver, Coin, Doubloon, Sovereign, Guilder, Dollar, Dime und Cent.

Als er noch größer und abenteuerlustiger wurde, wagte der junge Ward sich manchmal in diesen Mahlstrom wackliger Häuser, zerbrochener Türbalken, verwitterter Treppen, verbogener Geländer, dunkler Gesichter und unbeschreiblicher Gerüche hinab, dann schlängelte er sich von South Main nach South Water durch, suchte sich die Piers aus, an denen die Küstendampfer noch anlegten, und kehrte dann auf dieser niedrigeren Ebene nach Norden zurück, vorbei an den spitzgiebligen Lagerhäusern aus dem Jahre 1816 und dem weiten Platz an der Großen Brücke, wo die im Jahre 1773 erbaute Markthalle noch immer fest auf ihren alten Bögen ruht. Auf diesem Platz pflegte er stehenzubleiben, um die verwirrende Schönheit der alten Stadt in sich aufzunehmen, wie sie sich, steil ansteigend, nach Osten hin den Hang hinauf erstreckte, verziert mit georgianischen Türmchen und gekrönt von der riesigen Kuppel der neuen Christian-Science-Kirche, wie London gekrönt ist von der Kuppel von St. Paul's. Am liebsten hatte er es, wenn er diese Stelle am Spätnachmittag erreichte, denn dann taucht die tiefstehende Sonne die Markthalle und die uralten Dächer und Türme des Hügels in goldenes Licht und verzaubert die verträumten Kais, wo die Ostindienfahrer aus Providence vor Anker zu gehen pflegten. Lange schaute er dann so, bis er von der schwärmerischen Begeisterung für diese Aussicht ganz benommen war, und dann stieg er in der Dämmerung heimwärts den Hügel hinan, vorbei an der alten weißen Kirche und durch die engen, steilen Gassen, wo gelbe Lichter hinter Fenstern mit kleinen Scheiben und aus Lünetten über doppelten Treppenaufgängen mit eigenartigen schmiedeeisernen Geländern zu leuchten begannen.

Zu anderer Zeit, besonders in späteren Jahren, suchte er dagegen lebhafte Kontraste; dann führte ihn etwa die eine Hälfte seines Spaziergangs durch die verfallenden Viertel aus der Kolonialzeit nordwestlich von seinem Elternhaus, wo der Hügel sich zu der niedrigeren Erhebung des Stampers Hill mit seinem Getto und dem Negerviertel hinabsenkt, rings um den Platz, von dem aus vor dem Freiheitskrieg die Bostoner Postkutsche abfuhr, die andere Hälfte dagegen in die anmutigen südlichen Viertel um die George, Benevolent, Power und Williams Street, wo der Hügelabhang unverändert die schönen alten Herrenhäuser mit ihren untermauerten Gärten und steilen Rasenflächen trägt, in denen so viele duftende Geheimnisse fortleben. Diese Wanderungen und die eifrigen Studien, von denen sie begleitet waren, trugen sicherlich sehr zur Entwicklung jener Vorliebe für das Altertümliche bei, die schließlich die moderne Welt aus Charles Wards Bewußtsein verdrängte; dies war der geistige Boden, auf den in jenem schicksalhaften Winter 1919-1920 der Samen fiel, der später auf so sonderbare und schreckliche Weise aufgehen sollte.

Dr. Willett ist überzeugt, daß bis zu jenem unseligen Winter der ersten Veränderung Charles Wards Altertümelei nichts Morbides hatte. Friedhöfe erregten sein Interesse höchstens durch die Eigenart ihrer Anlage oder ihre geschichtliche Bedeutung, und Gewalttätigkeit oder wilde Instinkte waren ihm absolut fremd. Doch dann schien sich auf heimtückisch langsame Weise ein Nachspiel zu einem seiner genealogischen Erfolge aus dem Jahr zuvor zu entwickeln; damals hatte er unter seinen Vorfahren mütterlicherseits einen gewissen Joseph Curwen entdeckt, der ein sehr hohes Alter erreicht hatte. Curwen war im März 1692 aus Salem gekommen, und eine Reihe höchst merkwürdiger und beunruhigender Flüstergeschichten rankte sich um seine Person.

Wards Ururgroßvater Welcome Potter hatte im Jahre 1785 eine gewisse »Ann Tillinghast, Tochter der Mrs. Eliza, der Tochter des Kapitäns James Tillinghast«, geehelicht, über deren Abkunft väterlicherseits die Familienchronik nichts zu berichten wußte. Gegen Ende 1918 stieß der junge Genealoge bei der Durchsicht einer Originalhandschrift im Stadtarchiv auf eine Eintragung über eine legale Namensänderung, durch die im Jahre 1772 eine Mrs. Eliza Curwen, Witwe des Joseph Curwen, zusammen mit ihrer sieben Jahre alten Tochter Ann wieder ihren Mädchennamen Tillinghast angenommen hatte; die Begründung lautete, daß »der Name ihres Gemahls eine öffentliche Beschimpfung geworden sei, aufgrund dessen, was nach seinem Hinscheiden bekannt wurde; wodurch ein altes Gerücht sich bestätigt habe, welchem ein treues Eheweib jedoch nicht habe Glauben schenken können, bevor es gänzlich zweifelsfrei bewiesen worden sei«. Diese Eintragung entdeckte er, als er zufällig zwei Blätter voneinander trennte, die sorgfältig zusammengeklebt und bei einer Revision der Seitenzahlen als ein Blatt behandelt worden waren.

Charles Ward war augenblicklich überzeugt, daß er tatsächlich einen bisher unbekannten Ururgroßvater gefunden hatte. Diese Entdeckung erregte ihn um so mehr, als er schon früher auf verschwommene Berichte und vereinzelte Anspielungen im Zusammenhang mit diesem Mann gestoßen war, über den es so wenige öffentlich zugängliche Unterlagen gab, abgesehen von jenen, die erst in modernen Zeiten zugänglich wurden, daß es beinahe schien, als sei ein Komplott geschmiedet worden, um sein Andenken gänzlich zu tilgen. Überdies war das, was zutage trat, so außergewöhnlich und herausfordernd, daß man nicht umhinkonnte, sich neugierig zu fragen, was es denn gewesen sein mochte, das die Archivare der Kolonialzeit so ängstlich zu verbergen und zu vergessen gesucht hatten – oder zu argwöhnen, daß sie nur allzu gute Gründe für die Tilgung gehabt hatten.

Bis zu diesem Ereignis hatte Ward sich immer damit begnügt, müßige Vermutungen über den alten Joseph Curwen anzustellen; als er jedoch seine eigene Verbindung mit dieser offensichtlich »totgeschwiegenen« Gestalt entdeckt hatte, machte er sich daran, so systematisch wie möglich nach allen Hinweisen zu forschen, deren er irgend habhaft werden konnte. Der Erfolg dieser fieberhaften Suche übertraf schließlich die kühnsten Erwartungen, denn alte Briefe, Tagebücher und Bündel unveröffentlichter Memoiren in verstaubten Bodenkammern in Providence und anderswo enthielten viele aufschlußreiche Passagen, die zu vernichten die

Verfasser nicht der Mühe wert erachtet hatten. Ein wichtiger Hinweis kam aus New York, wo im Museum von Fraunces' Tavern Korrespondenz aus dem Rhode Island der Kolonialzeit aufbewahrt wurde. Die wirklich entscheidende Wendung, die nach Dr. Willetts Ansicht die eigentliche Ursache für Wards Geistesverwirrung darstellte, brachten jedoch die Dinge, die im August 1919 hinter der Täfelung des verfallenen Hauses in Olney Court gefunden wurden. Das war es, daran ist kein Zweifel, was jene schwarzen, tiefen Abgründe auftat, tiefer als der Höllenschlund.

II
Ein Vorzeichen und ein Schrecknis

1

Joseph Curwen, so offenbarten die weitschweifigen Legenden, die Ward hörte und aufstöberte, war ein äußerst befremdliches, rätselhaftes und dunkel furchterregendes Individuum gewesen. Er war aus Salem nach Providence geflohen – jenem Zufluchtsort aller Sonderlinge, Freidenker und Nonkonformisten –, als der große Hexenwahn ausgebrochen war, weil er fürchtete, man würde ihn wegen seines Einzelgängertums und seiner sonderbaren chemischen oder alchimistischen Experimente unter Anklage stellen. Er war ein farblos wirkender Mann um die Dreißig und wurde bald für würdig befunden, freier Bürger von Providence zu werden, worauf er sich ein Grundstück unmittelbar nördlich vom Anwesen des Gregory Dexter kaufte, ungefähr am unteren Ende der Olney Street. Sein Haus wurde auf dem Stampers Hill westlich der Town Street gebaut, in dem Viertel, das später den Namen Olney Court bekam; im Jahre 1761 ersetzte er es durch ein größeres, auf demselben Grundstück, das noch heute steht.

Was die Leute an Joseph Curwen als erstes merkwürdig fanden, war, daß er seit seiner Ankunft in Providence nicht mehr nennenswert zu altern schien. Er betätigte sich als Schiffskaufmann, erwarb in der Nähe der Mile-End-Bucht Kaianlagen, half im Jahre 1713 die Große Brücke wiederaufbauen und gehörte 1723 zu den Gründern der Kirche der freien Gemeinden auf dem Hügel;

doch er behielt immer das undefinierbare Aussehen eines Mannes kaum über Dreißig oder Fünfunddreißig. Als ein Jahrzehnt nach dem anderen verging, erregte diese einzigartige Eigenschaft beträchtliches Aufsehen, aber Curwen erklärte sie stets damit, daß er von robusten Vorfahren abstamme und ein einfaches Leben führe, bei dem er sich nicht abnutze. Wie diese Einfachheit mit dem unerklärlichen Kommen und Gehen des geheimnisvollen Kaufmanns und dem seltsamen Leuchten hinter allen Fenstern seines Hauses die ganze Nacht hindurch in Einklang zu bringen sei, war den Bürgern der Stadt nicht ganz klar; und sie waren geneigt, seine ewige Jugend und sein hohes Alter auf andere Gründe zurückzuführen. Die meisten Leute glaubten, daß Curwens unaufhörliches Mischen und Kochen von Chemikalien viel mit seinem Zustand zu tun habe. Man klatschte über die sonderbaren Substanzen, die er auf seinen Schiffen aus London und von den Westindischen Inseln holte oder in Newport, Boston und New York kaufte; und als der alte Dr. Jabez Browen aus Rehoboth kam und gegenüber der Großen Brücke seinen Apothekerladen mit Einhorn und Mörser auf dem Firmenschild aufmachte, wollte das Gerede über die Drogen, Säuren und Metalle, die der wortkarge Sonderling ständig bei ihm kaufte oder bestellte, kein Ende nehmen. In der Annahme, Curwen besäße wundersame geheime medizinische Fähigkeiten, gingen ihn Leidende mit verschiedenen Gebrechen um Hilfe an; doch obwohl er sie auf unverfängliche Weise in ihrem Glauben zu bestärken schien und ihnen auf ihre Bitten hin immer seltsam gefärbte Tränke verabreichte, bemerkte man, daß die Mittelchen, die er anderen gab, kaum jemals eine Besserung bewirkten. Als schließlich seit der Ankunft des Fremden über fünfzig Jahre vergangen waren, ohne daß er dem Gesicht und dem gesamten Aussehen nach um mehr als fünf Jahre gealtert wäre, fingen die Leute an, über finstere Dinge zu raunen; und sie entsprachen nur allzu bereitwillig seinem Hang zur Isolierung, den er schon immer hatte erkennen lassen.

Private Briefe und Tagebücher aus jener Zeit berichten noch über eine Unmenge anderer Dinge, derentwegen Joseph Curwen bestaunt, gefürchtet und schließlich wie die Pest gemieden wurde. Seine Leidenschaft für Friedhöfe, auf denen man ihn zu jeder Tages- und Nachtzeit und unter allen erdenklichen Umständen beobachtete, war stadtbekannt; allerdings hatte ihn nie jemand bei einer Handlung ertappt, die man als Leichenschändung hätte auslegen können. An der Landstraße nach Pawtuxet hatte er einen Bauernhof, auf dem er gewöhnlich den Sommer über lebte und zu dem man ihn oft zu den merkwürdigsten Tages- und Nachtstunden reiten sehen konnte. Als einzige sichtbare Diener, Landarbeiter oder Verwalter beschäftigte er dort ein mürrisches Indianerpaar vom Stamme der Narragansetts; der Mann war stumm und hatte merkwürdige Narben, und die Frau war von ganz besonders abstoßendem Äußeren, wahrscheinlich wegen einer Beimischung von Negerblut. In einem Anbau dieses Hauses befand sich das Laboratorium, in dem die meisten chemischen Experimente durchgeführt wurden. Neugierige Träger und Fuhrleute, die an der kleinen Hintertür Flaschen, Säcke oder Kisten ablieferten, erzählten sich von den phantastischen Glaskolben, Schmelztiegeln, Öfen und Retorten, die sie in dem niedrigen, mit Regalen vollgestellten Raum gesehen hatten; und sie prophezeiten flüsternd, daß der »Alchemiker« – womit sie *Alchimist* meinten – über kurz oder lang den Stein der Weisen finden werde. Seine nächsten Nachbarn auf diesem Bauernhof – die Fenners, deren Anwesen eine viertel Meile entfernt war – wußten noch seltsamere Geschichten über bestimmte Geräusche zu erzählen, die sie angeblich in der Nacht von Curwens Hof her vernahmen. Manchmal seien es Schreie, so behaupteten sie, und manchmal ein langgezogenes Heulen; auch waren ihnen die großen Viehherden auf der Weide nicht ganz geheuer, denn schließlich wären längst nicht so viele Tiere nötig gewesen, um einen einzelnen Mann und ein paar Dienstboten mit Fleisch, Milch und Wolle zu versorgen. Die Zusammensetzung der Herden änderte sich anscheinend von Woche zu Woche, denn dauernd wurden neue Tiere bei den Bauern in Kingstown gekauft. Besonders unheimlich war schließlich auch noch jenes große steinerne Nebengebäude, das lediglich hohe, schmale Schlitze als Fenster hatte.

Müßiggänger, die immer in der Nähe der Großen Brücke herumlungerten, wußten allerhand von Curwens Stadthaus in Olney Court zu berichten; und zwar weniger über das schöne neue Gebäude, das 1761 errichtet worden war, als der Mann bald hundert Jahre alt gewesen sein mußte, sondern das alte mit dem Walmdach, der fensterlosen Mansarde und den Schindelwänden, bei dessen Abbruch Curwen die ungewöhnliche Vorsichtsmaßnahme ergriffen hatte, alle Holzteile zu verbrennen. Zwar war hier alles nicht ganz so unheimlich; aber die Stunden, zu denen Licht brannte, die Heimlichtuerei der beiden dunkelhäutigen Ausländer, die die einzigen männlichen Dienstboten darstellten, das fürchterlich undeutliche Gemurmel der uralten französischen Wirtschafterin, die großen Mengen von Lebensmitteln, die man durch eine Tür verschwinden sah, hinter der nur vier Leute wohnten, und die *Art* der Stimmen, die man oft zu höchst unchristlicher Zeit in gedämpftem Gespräch vernehmen konnte – all das war im Verein mit dem, was man von dem Bauernhof an der Pawtuxet Road wußte, dazu angetan, das Haus in Verruf zu bringen.

Aber auch in den besseren Kreisen sprach man nicht selten von Curwens Haus; denn als der Neuankömmling sich nach und nach am christlichen und geschäftlichen Leben der Stadt beteiligt hatte, war es nicht ausgeblieben, daß er die Bekanntschaft von besseren Leuten gemacht hatte, deren Anforderungen in bezug auf gesellschaftliche Umgangsformen und Konversation er durchaus gewachsen war. Man wußte, daß er aus einer guten Familie stammte, denn die Curwens oder Carwens aus Salem waren in Neuengland alles andere als unbekannt. Es stellte sich heraus, daß Joseph Curwen als junger Mann viel gereist war, eine Zeitlang in England gelebt und mindestens zwei Reisen in den Orient unternommen hatte; seine Sprache – wenn er sich dazu herabließ, sie zu gebrauchen – war die eines gebildeten und kultivierten Engländers. Doch aus irgendwelchen Gründen legte Curwen keinen Wert auf gesellschaftlichen Umgang. Obwohl er nie einen Besucher wirklich abwies, umgab er sich immer mit einer solchen Mauer der Zurückhaltung, daß nur wenige ihm etwas zu sagen gewußt hätten, was nicht albern geklungen hätte. Sein Verhalten schien auf fast unmerkliche Weise von einer kryptischen, zynischen Arroganz bestimmt zu sein, so als sei er durch den Umgang mit eigenartigeren und mächtigeren Wesen zu dem Schluß gekommen, daß alle menschlichen Wesen langweilig seien. Als der für seinen Scharfsinn und seine Schlagfertigkeit berühmte Dr. Checkley im Jahre 1783 aus Boston kam, um Pfarrherr der King's Church zu werden, versäumte er nicht, den Mann aufzusuchen, von dem er so viel gehört hatte; aber er ging schon bald wieder, weil er in den Äußerungen seines Gastgebers einen unheimlichen Unterton wahrgenommen hatte. Charles Ward sagte einmal zu seinem Vater, als die beiden sich an einem Winterabend über Curwen unterhielten, er würde zu gerne erfahren, was der geheimnisvolle alte Mann zu dem geistsprühenden Kleriker gesagt habe, aber alle Tagebuchschreiber stimmten darin überein, daß Dr. Checkley sich geweigert habe, irgend etwas von dem, was er gehört hatte, zu wiederholen. Der gute Mann hatte einen argen Schock erlitten und konnte fortan nicht an Joseph Curwen denken, ohne sogleich in auffälliger Weise jene fröhliche Urbanität einzubüßen, für die er berühmt war.

Konkreter war dagegen der Grund, weshalb ein anderer Mann von Bildung und Geschmack den hochmütigen Einsiedler mied. Im Jahre 1764 kam Mr. John Merritt, ein ältlicher englischer Gentleman mit literarischen und wissenschaftlichen Neigungen von Newport in die Stadt, die sich immer schneller zu der bedeutenderen von beiden entwickelte, und baute sich einen stattlichen Landsitz am Neck, wo heute das Zentrum der besten Wohngegend liegt. Er lebte stilvoll und komfortabel, hielt sich als erster in der Stadt eine Kutsche und livrierte Diener und war ungemein stolz auf sein Teleskop, sein Mikroskop und seine gutsortierte Bibliothek englischer und lateinischer Werke. Da ihm zu Ohren gekommen war, Curwen besäße die beste Bibliothek in Providence, stattete Mr. Merritt ihm bald einen Besuch ab und wurde mit größerer Herzlichkeit empfangen als die meisten anderen Besucher des Hauses. Seine Bewunderung für die stattlichen Bücherregale des Gastgebers, die neben den griechischen, lateinischen und englischen Klassikern mit einer bemerkenswerten Batterie philosophischer, mathematischer und wissenschaftlicher Werke bestückt waren, darunter Paracelsus, Agricola, Van Helmont, Sylvius, Glauber, Boyle, Boerhaave, Becher und Stahl, bewog Curwen, einen Besuch auf seinem Bauernhof mit dem Laboratorium vorzuschlagen, wohin er noch nie jemand anderen eingeladen hatte; und die beiden fuhren auf der Stelle in Merritts Kutsche hinaus.

Mr. Merritt hatte stets betont, er habe zwar in dem Bauernhaus nichts im eigentlichen Sinne Schreckliches gesehen, aber die Titel der Bücher der Spezialbibliothek über thaumaturgische, alchimistische und theologische Themen, die Curwen in einem Vorzimmer untergebracht hatte, hätten schon allein ausgereicht, ihn mit einem bleibenden Grauen zu erfüllen. Vielleicht habe aber auch der Gesichtsausdruck des Besitzers während der Vorführung viel zu diesem Vorurteil beigetragen. Diese bizarre Sammlung umfaßte neben einer langen Reihe von Standardwerken, um die Mr. Merritt seinen Gastgeber trotz seiner Beunruhigung beneidete, nahezu alle der Menschheit bekannten Kabbalisten, Dämonologen und Magier und stellte einen wahren Wissensschatz auf den zweifelhaften Gebieten der Alchimie und Astrologie dar. Hermes Trismegistus in Mesnards Ausgabe, die *Turba Philosophorum*, Gebers *Liber Investigationis* und Artephous' *Stein der Weisheit* – keines dieser Werke fehlte; und dicht neben ihnen standen der kabbalistische *Zohar*, Peter Jamms mehrbändige Ausgabe des *Albertus Magnus*, Raymond Lullys *Ars Magna et Ultima* in Zetsners Ausgabe, Roger Bacons *Thesaurus Chemicus*, Fludds *Clavis Alchimiae* und Trithemius' *De Lapide Philosophico*. Mittelalterliche Juden und Araber waren zahlreich vertreten, und Mr. Merritt wurde blaß, als er einen schönen Band mit der auffälligen Aufschrift *Qanoon-é-Islam* herausnahm und feststellen mußte, daß es sich in Wahrheit um das verbotene *Necronomicon* des verrückten Arabers Abdul Alhazred handelte, über das er die Leute einige Jahre zuvor so mönströse Dinge hatte flüstern hören, nach der Aufdeckung namenloser Riten in dem sonderbaren kleinen Fischerdorf Kingsport in der Provinz Massachusetts-Bay.

Merkwürdigerweise fühlte sich der ehrenwerte Gentleman jedoch auf die unerklärlichste Weise durch eine unbedeutende Einzelheit beunruhigt. Auf dem riesigen Mahagonitisch lag mit dem Rücken nach oben ein stark zerlesenes Exemplar von Borellus, das viele kryptische Randbemerkungen und Unterstreichungen in Curwens Handschrift aufwies. Das Buch war ungefähr in der Mitte aufgeschlagen, und in einem Absatz entdeckte Merritt unter den Reihen mystisch-schwarzer Buchstaben so dicke, zittrige Federstriche, daß er nicht der Versuchung widerstehen konnte, ihn zu lesen. Ob es nun der Inhalt der unterstrichenen Passage war oder die fieberhafte Stärke der Unterstreichungen, vermochte er nicht zu sagen; aber irgend etwas an dieser Kombination berührte ihn auf sehr eigenartige und ungute Weise. Er erinnerte sich des Wortlauts bis an sein Lebensende, schrieb ihn aus dem Gedächtnis in ein Tagebuch und versuchte einmal, die Worte seinem guten Freund Dr. Checkley vorzulesen, bis er bemerkte, in welch tiefe Verwirrung sie den urbanen Pfarrherrn stürzten. Der Absatz lautete wie folgt:

»Die essentiellen Saltze von Thieren können dergestalt präpariret und conserviret werden, daß ein gewitzter Mann die ganze Arche Noah in seiner eigenen Studir-Stube zu haben und die vollkommne Gestalt eines Thieres nach Belieben aus der Asche desselbigen zu erwecken vermag; und vermittelst derselbigen Methode vermag ein Philosoph, ohne jede verbrecherische Necromantie, die Gestalt eines jeden todten Ahnen aus dem Staube zu erwecken, zu welchem sein Cörper zerfallen ist.«

Doch die schlimmsten Dinge über Joseph Curwen raunte man sich an den Pieren entlang dem südlichen Teil der Town Street zu. Seeleute sind ein abergläubisches Volk; und die mit allen Wassern gewaschenen Seebären auf den zahllosen Rum-, Sklaven- und Melasse-Schaluppen, die Mannschaften der schnittigen Kaperschiffe und der großen Briggs der Browns, Crawfords und Tillinghasts machten alle verstohlen irgendwelche magischen Zeichen, wenn sie die schlanke, trügerisch jugendliche Gestalt mit dem gelben Haar und der leicht vornübergebeugten Haltung erblickten, wie sie das Curwensche Lagerhaus in der Doubloon Street betrat oder mit den Kapitänen oder Ladungsaufsehern an dem langen Kai sprach, an dem Curwens Schiffe vor Anker lagen. Curwens eigene Aufseher und Kapitäne haßten und fürchteten ihn, und seine Seeleute waren allesamt Mischlingsgesindel aus Martinique, St. Eustatius, Havanna oder Port Royal. In gewisser Weise war es die Häufigkeit, mit der diese Seeleute ausgewechselt wurden, die den stärksten und greifbarsten Anlaß zu der Furcht lieferte, die diesen Mann umgab. So konnte es vorkommen, daß die Mannschaft in der Stadt für einen Landurlaub von Bord gehen durfte und der eine oder andere vielleicht mit einem Botengang betraut wurde; wenn die Mannschaft sich dann wieder an Bord versammelte, konnte man fast sicher sein, daß einer oder mehrere fehlten. Daß viele dieser Botengänge den Bauernhof an der Pawtuxet Road zum Ziel gehabt hatten und man nur wenige von dort hatte zurückkehren sehen, wurde nicht vergessen; im Laufe der Zeit wurde es deshalb für Curwen äußerst schwierig, seine seltsam zusammengewürfelten Mannschaften zu halten. Fast immer musterten mehrere Leute ab, sobald sie die Hafengerüchte in Providence gehört hatten, und es wurde für den Kaufmann ein immer größeres Problem, entsprechenden Ersatz von den Westindischen Inseln zu beschaffen.

Um das Jahr 1760 war Joseph Curwen praktisch ein Ausgestoßener, den man finsterer Machenschaften und dämonischer Bündnisse verdächtigte, die um so bedrohlicher schienen, als man sie nicht benennen und verstehen oder gar ihre Existenz beweisen konnte. Einen letzten Anstoß mag die Affäre mit den vermißten Soldaten im Jahre 1785 gegeben haben, denn in den Monaten März und April jenes Jahres waren zwei königliche Regimenter auf dem Weg nach Neufrankreich in Providence einquartiert und aus unerklärlichen Gründen weit über die normale Desertionsrate hinaus dezimiert worden. Die Gerüchte beschäftigten sich vor allem damit, wie häufig Curwen angeblich im Gespräch mit den rotröckigen Ausländern gesehen worden sei; und als man dann mehrere von ihnen vermißte, erinnerten sich die Leute an die merkwürdigen Zustände unter seinen eigenen Seeleuten. Niemand weiß, was geschehen wäre, wenn die Regimenter nicht weiterbeordert worden wären.

Unterdessen gediehen die weltlichen Geschäfte des Kaufmanns aufs vortrefflichste. Für den Handel mit Salpeter, schwarzem Pfeffer und Zimt hatte er praktisch das Monopol in Providence, und mit seinen Importen von Messingwaren, Indigo, Baumwolle, Wollsachen, Salz, Takelwerk, Eisen, Papier und englischen Waren aller Art stellte er alle anderen Reeder mit Ausnahme der Browns weit in den Schatten. Manche Ladenbesitzer, wie beispielsweise James Green – »Zum Elefanten in Cheapside« – die Russels – »Zum Goldenen Adler über der Brücke« – oder Clark und Nightingale – »Zur Bratpfanne und zum Fisch beim neuen Kaffeehaus« – waren fast vollständig auf seine Lieferungen angewiesen; und seine Vereinbarungen mit den örtlichen Brennereien, den Käsern und Pferdezüchtern der Narragansetts und den Kerzenmachern von Newport machten ihn zu einem der führenden Exporteure der Kolonie.

Obwohl er ausgestoßen war, mangelte es ihm nicht an einem gewissen Bürgersinn. Als das Regierungsgebäude abbrannte, beteiligte er sich mit einer hübschen Summe an der Lotterie, mit deren Ertrag der neue Ziegelbau – der noch immer am Ende der Promenade in der alten Hauptstadt steht – im Jahre 1761 errichtet wurde. Im selben Jahr half er auch, die Große Brücke nach dem Sturm im Oktober wiederaufzubauen. Er ersetzte viele der Bücher in der öffentlichen Bibliothek, die beim Brand des Regierungsgebäudes vernichtet worden waren, und kaufte große Mengen von Losen für die Lotterie, mit deren Erlösen die schlammige Marktpromenade und die zerfurchte Town Street mit einem Pflaster aus großen runden Steinen und einem Fußweg in der Mitte versehen wurden. Ungefähr zur selben Zeit baute er auch das einfache, aber gediegene neue Haus, dessen Portal ein Meisterwerk der Bildhauerkunst darstellt. Als die Anhänger von Whitefield sich 1743 von Dr. Cottons Hügelkirche lossagten und auf der anderen Seite des Flusses die Deacon Snow-Kirche bauten, schlug Curwen sich auf ihre Seite; seine Begeisterung erlahmte jedoch bald. Jetzt aber wandte er sich wieder der Frömmigkeit zu, so als wollte er die Schatten zerstreuen, die ihn in die Isolierung gedrängt hatten und bald auch seine geschäftlichen Erfolge zunichte machen würden, wenn er nicht energisch etwas dagegen unternahm.

2

Der Anblick dieses merkwürdigen, blassen Menschen, der dem Anschein nach kaum in den besten Mannesjahren und dennoch nicht weniger als volle hundert Jahre alt war und jetzt endlich versuchte, einer Wolke der Furcht und des Abscheus zu entrinnen, die zu unbestimmt war, als daß man sie hätte näher bezeichnen oder analysieren können, war pathetisch, dramatisch und verachtenswert zugleich. Doch so groß ist die Macht des Reichtums und oberflächlicher Gesten, daß sich tatsächlich ein leichtes Nachlassen der ihm gegenüber gezeigten Abneigung bemerken ließ, zumal neuerdings keiner von seinen Seeleuten mehr verschwand. Ebenso mußte er damit begonnen haben, bei seinen Friedhofsexkursionen äußerste Vorsicht und Heimlichkeit walten zu lassen, denn er wurde nie wieder bei solchen Unternehmungen beobachtet; gleichzeitig wurden die Gerüchte über unheimliche Geräusche und Vorkommnisse auf dem Hof an der Pawtuxet Road immer seltener. Sein Lebensmittelverbrauch und sein Bedarf an Viehherden blieben weiterhin abnorm hoch; aber bis zu dem Zeitpunkt, da Charles Ward in der Shepley-Bibliothek einen Stapel Rechnungen und buchhalterische Unterlagen überprüfte, war niemand – vielleicht mit Ausnahme eines einzigen verbitterten jungen Mannes – auf den Gedanken verfallen, dunkle Vergleiche zu ziehen zwischen der großen Anzahl von Negern aus Guinea, die er bis zum Jahre 1766 importierte, und der verwirrend geringen Anzahl, für die er glaubwürdige Empfangsbestätigungen, sei es von den Sklavenhändlern an der Großen Brücke oder von den Pflanzern im Land der Narragansetts, vorweisen konnte. Offenbar hatte dieser verabscheute Mensch in dem Moment große Schläue und außerordentlichen Erfindungsreichtum entwickelt, als die Umstände ihn dazu zwangen.

Aber natürlich mußte der Erfolg all dieser verspäteten Vorsichtsmaßnahmen gering bleiben. Curwen wurde weiterhin gemieden und mit Mißtrauen betrachtet, was schon durch die eine Tatsache seiner scheinbar ewigen Jugend bei tatsächlich hohem Alter gerechtfertigt gewesen wäre; und er sah voraus, daß seine kaufmännischen Geschicke sich schließlich zum Schlechten wenden würden. Für seine umfangreichen Studien und Experimente, welcher Art sie auch immer gewesen sein mögen, brauchte er offenbar ein sehr hohes Einkommen; und da ein Ortswechsel ihn um die Handelsvorteile gebracht hätte, die er sich verschafft hatte, hätte es sich für ihn nicht ausgezahlt, zu diesem Zeitpunkt noch einmal in einer anderen Gegend von vorne anzufangen. Die Vernunft gebot, daß er seine Beziehungen zu den Bürgern von Providence notdürftig in Ordnung brachte, damit seine Anwesenheit fortan nicht mehr Anlaß zu gedämpften Unterhaltungen, durchsichtigen Ausflüchten und einer allgemeinen Atmosphäre der Bedrückung und des Unbehagens gab. Seine Leute, bei denen es sich jetzt nur noch um arbeitsscheues, mittelloses Gesindel handelte, das nirgendwo anders unterkam, bereiteten ihm ernste Sorgen; und er konnte seine Kapitäne und Maate nur halten, weil er gerissen genug war, sie auf irgendeine Art unter Druck zu setzen – durch eine Hypothek, einen Schuldschein oder dadurch, daß er über Dinge Bescheid wußte, die für ihr Wohlergehen von größter Bedeutung waren. In vielen Fällen, so vermerken die Chronisten mit einer gewissen Scheu, habe Curwen sich geradezu als Hexenmeister in der Aufspürung von Familiengeheimnissen für fragwürdige Zwecke erwiesen. In den letzten fünf Jahren seines Lebens schien es, als hätte er sich nur durch direkten Kontakt mit längst Dahingeschiedenen einige der Informationen verschaffen können, die er dann im rechten Moment ohne Zögern auszuplaudern bereit war.

Ungefähr zu diesem Zeitpunkt stieß der wackere Gelehrte auf einen letzten verzweifelten Ausweg, um sein Ansehen in der Gemeinschaft zurückzugewinnen. Während er bis dahin ganz und gar Einsiedler gewesen war, entschloß er sich nun, eine vorteilhafte Ehe zu schließen und sich als Braut eine junge Dame zu wählen, deren gesellschaftliche Stellung die Ächtung seines Hauses fortan unmöglich machen würde. Es kann sein, daß er außerdem auch tiefere Gründe hatte, eine solche Verbindung anzustreben; Gründe so weit außerhalb der kosmischen Sphäre, daß nur Papiere, die anderthalb Jahrhunderte nach seinem Tode gefunden wurden, jemanden auf ihre Spur bringen konnten; aber darüber wird man nie etwas erfahren. Natürlich war er sich darüber im klaren, mit welchem Entsetzen und welcher Entrüstung man in jeder normalen Familie einem Heiratsbegehren seinerseits begegnen würde, weshalb er nach einer möglichen Kandidatin Ausschau hielt, auf deren Eltern er einen angemessenen Druck würde ausüben können. Aber solche Kandidatinnen waren, das mußte er feststellen, gar nicht leicht zu finden, denn er stellte ganz besondere Anforderungen an Schönheit, Charakter und gesellschaftliche Stellung. Schließlich konzentrierte sich sein Interesse auf das Haus eines seiner besten und ältesten Schiffskapitäne, eines Witwers von untadeliger Abstammung und makellosem Ruf namens Dutie Tillinghast, dessen einzige Tochter Eliza mit allen erdenklichen Vorzügen außer der Aussicht auf eine reiche Erbschaft ausgestattet schien. Kapitän Tillinghast war völlig in Curwens Gewalt und erklärte sich nach einer schrecklichen Unterredung in seinem von einer Kuppel überwölbten Haus auf dem Power's Lane-Hügel bereit, der gotteslästerlichen Verbindung seinen Segen zu geben.

Eliza Tillinghast war damals achtzehn Jahre alt; sie war mit aller in Anbetracht der bescheidenen Mittel ihres Vaters nur möglichen Sorgfalt erzogen worden. Sie hatte die Stephen Jackson-Schule gegenüber dem Gerichtsgebäude besucht und war von ihrer Mutter, bevor diese ihm Jahre 1757 an den Pocken gestorben war, aufs trefflichste in allen häuslichen Tugenden und Fertigkeiten unterwiesen worden. Ein besticktes Tuch, das sie 1753 im Alter von neun Jahren angefertigt hat, kann noch heute in den Räumen der Historischen Gesellschaft von Rhode Island besichtigt werden. Nach dem Tod ihrer Mutter hatte sie den Haushalt geführt, mit einer alten Negerin als einziger Dienerin. Ihre Auseinandersetzungen mit ihrem Vater über die beabsichtigte Vermählung mit Curwen müssen in der Tat schmerzlich gewesen sein, doch darüber ist nichts erhalten. Sicher ist jedoch, daß ihr Verlöbnis mit dem jungen Ezra Weeden, dem zweiten Maat auf dem Paketboot *Enterprise* der Crawfords, pflichtgemäß aufgelöst und ihre Verbindung mit Joseph Curwen am siebenten März 1763 in der Baptistenkirche vollzogen wurde, in Anwesenheit einer der erlesensten Hochzeitsgesellschaften, deren die Stadt sich rühmen konnte; die Zeremonie wurde von dem jüngeren Samuel Winson vorgenommen. Die *Gazette* brachte einen kurzen Bericht über das Ereignis, und aus den meisten erhaltenen Exemplaren ist der betreffende Artikel offenbar herausgeschnitten oder -gerissen worden. Ward fand nach langem Suchen nur ein einziges vollständiges Exemplar bei einem privaten Sammler typographischer Erzeugnisse und amüsierte sich über die nichtssagende Urbanität der Sprache:

Am vergangenen Montag abends wurde der Kaufmann Mr. Joseph Curwen, wohnhaft in dieser Stadt, mit Miss Eliza Tillinghast vermählt, der Tochter des Kapitäns Dutie Tillinghast, deren vortrefflicher Charakter und anmutiges Äußeres dem ehelichen Stand zur Zierde gereichen und dieser glückhaften Verbindung Dauer verleihen werden.

Die Sammlung von Durfee-Arnold-Briefen, die von Charles Ward kurz vor dem angeblichen Eintritt seiner geistigen Umnachtung in der Privatsammlung des Melville F. Peters aus der George Street entdeckt wurde und diese sowie die unmittelbar vorhergehende Zeit umfaßt, offenbart auf eindringliche Weise, wie sehr die Öffentlichkeit über diese unselige Verbindung aufgebracht war. Der gesellschaftliche Einfluß der Tillinghasts ließ sich jedoch nicht von der Hand weisen, und Joseph Curwen konnte in seinem Haus wieder Leute empfangen, die er sonst niemals dazu hätte bewegen können, über seine Schwelle zu treten. Er wurde aber keineswegs allgemein akzeptiert, und seine Braut war in gesellschaftlicher Hinsicht die Leidtragende dieser erzwungenen Heirat; immerhin war die Mauer der totalen Ächtung wenigstens teilweise abgetragen worden. Im Umgang mit seiner Ehefrau setzte der sonderbare Bräutigam sowohl sie selbst als auch die Gesellschaft in höchstes Erstaunen, indem er nämlich die größte Güte und Rücksichtnahme an den Tag legte. Das neue Haus in Olney Court war jetzt völlig frei von irgendwelchen unheimlichen Erscheinungen, und obwohl Curwen oft auf seinem Hof bei Pawtuxet war, den seine Frau nie besuchte, erweckte er mehr als je zuvor während der ganzen langen Jahre, seit er in die Stadt gekommen war, den Anschein, ein normaler Bürger zu sein. Nur einer verharrte in unverhohlen feindseliger Haltung zu ihm, nämlich der junge Schiffsoffizier, dessen Verlöbnis mit Eliza Tillinghast so abrupt gelöst worden war. Ezra Weeden hatte in aller Offenheit

Rache geschworen und entwickelte jetzt, obwohl er von Natur aus eher ruhig und sanftmütig war, eine haßerfüllte, hartnäckige Zielstrebigkeit, die für den Mann, der ihm seine Braut geraubt hatte, nichts Gutes verhieß.

Am siebenten Mai 1765 wurde Curwens einziges Kind Ann geboren; das Mädchen wurde von Hochwürden John Graves von der King's Church getauft, der beide Eltern kurz nach der Hochzeit beigetreten waren, um einen Kompromiß zwischen ihrer Zugehörigkeit zu den Kongregationalisten respektive den Baptisten zu schließen. Die amtliche Eintragung über diese Geburt wie auch über die zwei Jahre zuvor vollzogene Vermählung wurden aus den meisten Exemplaren der Kirchenbücher und Stadtarchive getilgt, in denen sie eigentlich hätten stehen müssen; Charles Ward jedoch hatte beide Eintragungen unter großen Schwierigkeiten ausfindig gemacht, nachdem die Entdeckung der Namensänderung der Witwe ihn über ihre persönliche Verbindung aufgeklärt und jenes fieberhafte Interesse hervorgebracht hatte, das schließlich in seinem Wahnsinn gipfelte. Die Geburtseintragung fand er auf recht ungewöhnliche Weise, nämlich durch einen Briefwechsel mit den Erben des Königstreuen Dr. Graves, der eine Kopie des Kirchenbuches mitgenommen hatte, als er seine Pfarrstelle bei Ausbruch des Freiheitskrieges verlassen hatte. Ward hatte es mit dieser Quelle versucht, weil er wußte, daß seine Ururgroßmutter Ann Tillinghast Potter der Episkopalkirche angehört hatte.

Kurz nach der Geburt seiner Tochter beschloß Curwen, sein Porträt malen zu lassen, ein Ereignis, dem er offenbar mit einer Begeisterung entgegensah, die seiner üblichen kühlen Zurückhaltung durchaus zuwiderlief.

Er ließ das Bild von einem sehr begabten Schotten namens Cosmo Alexander malen, der damals in Newport lebte und seither als Lehrer des jungen Gilbert Stuart Berühmtheit erlangt hat. Angeblich war das Porträt auf die Täfelung der Bibliothek des Hauses in Olney Court gemalt worden, aber keine der beiden alten Chroniken, die es erwähnten, wußte etwas über seinen endgültigen Aufbewahrungsort zu vermelden. Zu dieser Zeit ließ der exzentrische Gelehrte Anzeichen ungewöhnlicher Geistesabwesenheit erkennen und verbrachte so viel Zeit wie nur irgend möglich auf seinem Hof an der Pawtuxet Road. Er schien, so hieß es, in einem Zustand unterdrückter Spannung oder Erregung, als erwarte er ein außerordentliches Phänomen oder als stünde er dicht vor einer entscheidenden Entdeckung. Chemie oder Alchimie schien dabei eine große Rolle zu spielen, denn er nahm zahlreiche Bücher über solche Themen aus dem Stadthaus auf den Bauernhof mit.

Sein vorgetäuschtes Interesse für die Angelegenheiten der Gemeinde erlahmte nicht, und er ließ keine Gelegenheit vorübergehen, die Stadtväter Stephen Hopkins, Joseph Brown und Benjamin West in ihrem Bemühen zu unterstützen, das kulturelle Niveau der Stadt zu heben, die zum damaligen Zeitpunkt in der Förderung der freien Künste weit hinter Newport zurückstand. Er unterstützte Daniel Jenckes bei der Gründung seiner Buchhandlung im Jahre 1763 und war von da an sein bester Kunde; auch die um ihre Existenz ringende *Gazette* unterstützte er, die jeden Mittwoch im »Haus zu Shakespeares Kopf« erschien. Auf politischem Gebiet unterstützte er aufs entschiedenste den Gouverneur Hopkins gegen die Ward-Partei, deren Hochburg Newport war, und seine wahrhaftig meisterliche Rede im Jahre 1765 in der Hacher's Hall gegen die Erhebung des nördlichen Teils von Providence zur selbständigen Stadt sowie seine Stimmabgabe bei der Generalversammlung zugunsten von Hopkins trugen sehr zum Abbau der Vorurteile gegen ihn bei. Doch Ezra Weeden, der ihn aufmerksam beobachtete, höhnte nur über diese nach außen hin zur Schau getragene Aktivität und schwor in aller Öffentlichkeit, dabei handle es sich nur um eine Maske für Curwens unheimlichen Umgang mit den schwärzesten Abgründen des Tartarus. Der rachedurstige junge Mann fing an, den Mann und sein Verhalten systematisch zu studieren, sooft er im Hafen war; oft wartete er stundenlang des Nachts an den Kais bei seinem kleinen Boot, wenn er Licht in Curwens Lagerhäusern gesehen hatte, und folgte einem jener anderen Boote, die manchmal lautlos vom Kai ablegten und die Bucht hinunterglitten. Aber auch den Hof bei Pawtuxet behielt er, so gut es ging, im Auge, und einmal wurde er ernsthaft von den Hunden gebissen, die das alte Indianerpaar auf ihn losgelassen hatte.

3

Im Jahre 1778 vollzog sich die letzte, entscheidende Veränderung mit Joseph Curwen. Sie trat ganz plötzlich ein und erregte bei dem neugierigen Stadtvolk allerhand Aufsehen; denn der Ausdruck der Spannung und Erwartung fiel von ihm ab wie ein altes Gewand und machte augenblicklich einer nahezu unverhohlenen Verklärung vollkommenen Triumphes Platz. Curwen schien sich kaum davor zurückhalten zu können, öffentliche Ansprachen über das zu halten, was er gefunden oder erfahren oder vollbracht hatte; aber offenbar war die Notwendigkeit der Geheimhaltung stärker als die Sehnsucht, seine Freude mit anderen zu teilen, denn er gab niemandem eine Erklärung. Erst nach dieser Wende, die sich anscheinend Anfang Juli vollzogen hatte, fing der finstre Scholar an, die Leute durch den Besitz von Informationen zu verblüffen, die ihm eigentlich nur deren längst dahingeschiedene Vorfahren übermittelt haben konnten.

Aber Curwens fieberhaft geheimnisvolle Aktivitäten hörten nach dieser Wende keineswegs auf. Im Gegenteil, sie schienen sich eher sogar zu verstärken; schließlich überließ er die Führung seiner Seehandelsgeschäfte mehr und mehr seinen Kapitänen, die er jetzt mit Fesseln der Angst an sich band, die genauso stark waren, wie es früher die des Bankrotts gewesen waren. Den Sklavenhandel gab er ganz auf, angeblich weil er sich immer weniger rentierte. Jeden freien Moment verbrachte er auf seinem Hof; allerdings ging hin und wieder das Gerücht, er sei an Stellen gesehen worden, die zwar nicht direkt in der Nähe von Friedhöfen waren, sich aber doch in einer solchen Lage zu Friedhöfen befanden, daß nachdenkliche Leute sich fragten, wie weit die Änderungen im Verhalten des alten Kaufmanns denn nun wirklich gingen. Die Zeitspannen, in denen Ezra Weeden sich der Spionage widmen konnte, waren natürlich wegen seiner Fahrten zur See nur kurz und durch lange Pausen unterbrochen, aber sein Rachedurst verlieh ihm eine Zähigkeit, die der Mehrzahl der praktisch veranlagten Bürger und Bauern fehlte; und er unterzog Curwens

Angelegenheiten einer so gründlichen Prüfung, wie es vor ihm noch keiner getan hatte.

Bei vielen der ungewöhnlichen Manöver der Schiffe des sonderbaren Kaufmanns hatte man bis dahin keinen Argwohn gehegt, denn in diesen unruhigen Zeiten schien jeder Kolonist entschlossen, die Vorschriften des Zukkergesetzes zu umgehen, die einem regen Handel im Wege standen. Schmuggel und andere illegale Praktiken waren an der Narragansett Bay an der Tagesordnung, und das heimliche Löschen unverzollter Ladungen bei Nacht und Nebel war gang und gäbe. Aber Weeden, der Nacht für Nacht den Leichtern oder kleinen Schaluppen folgte, die sich von Curwens Lagerhäusern an den Town-Street-Kais davonstahlen, kam bald zu der Überzeugung, daß es nicht nur die bewaffneten Schiffe Seiner Majestät waren, denen der finstere Kaufmann auf keinen Fall begegnen wollte. Bis zu der Veränderung im Jahre 1766 waren auf diesen Schiffen meist in Ketten gelegte Neger gewesen, die an der Küste entlang und über die Bai geschafft und an einer abgelegenen Stelle an der Küste nicht weit nördlich von Pawtuxet an Land gebracht wurden; sodann waren sie die Steilküsten hinauf und querfeldein zu Curwens Bauernhof gebracht worden, wo man sie in jenes riesige steinerne Nebengebäude eingesperrt hatte, das anstelle von Fenstern nur schmale hohe Schlitze hatte. Nach dieser Wende jedoch wurde das ganze Programm geändert. Die Einfuhr von Sklaven hörte von einem Tag auf den anderen auf, und Curwen unterließ eine Zeitlang seine mitternächtlichen Fahrten. Dann jedoch, im Frühjahr 1767, schien Curwen eine neue Politik zu verfolgen. Jetzt legten die Leichter wieder von den dunklen, stillen Kais ab, aber sie fuhren ein Stück die Bai hinab, etwa bis auf die Höhe von Nanquit Point, wo sie mit seltsamen Schiffen von beträchtlicher Größe und unterschiedlichem Aussehen zusammentrafen und Ladung von ihnen übernahmen. Curwens Seeleute pflegten dann diese Ladungen an der gewohnten Stelle der Küste an Land zu bringen und sie über Land zu seinem Bauernhof zu transportieren; die Waren wurden dann in dasselbe kryptische Steingebäude gebracht, das früher die Neger aufgenommen hatte. Die Ladung bestand fast immer aus Schachteln und Kisten, von denen viele länglich waren und auf unheimliche Weise an Särge erinnerten.

Weeden beobachtete den Bauernhof mit unermüdlicher Ausdauer, stattete ihm lange Zeit hindurch allnächtlich einen Besuch ab und ließ ansonsten nur selten eine Woche verstreichen, ohne wenigstens einmal dort gewesen zu sein, außer wenn es geschneit hatte und seine Fußspuren ihn verraten hätten. Aber selbst dann schlich er sich oft auf der Straße oder dem zugefrorenen Fluß so nahe wie möglich an das Haus heran, um zu sehen, was für Spuren vielleicht andere Leute hinterlassen hatten. Da er seine Nachtwachen wegen seiner seemännischen Pflichten nur sehr unregelmäßig ausüben konnte, bezahlte er einen Zechkameraden namens Eleazar Smith dafür, daß er in seiner Abwesenheit die Beobachtung übernahm; und die beiden hätten ein paar ganz außergewöhnliche Gerüchte in Umlauf setzen können. Sie taten es jedoch nicht, weil sie wußten, daß durch solches Gerede in der Öffentlichkeit ihr Opfer gewarnt und weitere Fortschritte unmöglich gemacht würden. Sie aber wollten etwas Entscheidendes in Erfahrung bringen, bevor sie irgend etwas unternahmen. Was sie in

Erfahrung brachten, muß denn auch wahrhaft erstaunlich gewesen sein, denn Charles Ward sprach oft mit seinen Eltern darüber, wie schade es sei, daß Weeden später seine Notizbücher verbrannt habe. Alles, was man über ihre Entdeckungen weiß, sind Eleazar Smith' reichlich unzusammenhängende Tagebuchnotizen, ergänzt durch das, was andere Tagebuch- und Briefschreiber furchtsam über die Angaben berichtet haben, die die beiden schließlich gemacht haben – und denen zufolge das Bauernhaus nur die äußere Schale einer ungeheuren, abscheuerregenden Bedrohung gewesen sei, einer Bedrohung von so unermeßlichem Umfang und so unfaßbarer Tiefe, daß man nur schattenhafte Vermutungen darüber anstellen konnte.

Man nimmt an, daß Weeden und Smith schon bald zu der Überzeugung kamen, daß unter dem Bauernhaus ein weitverzweigtes Netz von Tunneln und Katakomben lag, das von einer ganzen Reihe weiterer dienstbarer Geister neben dem alten Indianer und seiner Frau bewohnt wurde. Das Haus selbst war ein altes, spitzgiebliges Überbleibsel aus der Mitte des siebzehnten Jahrhunderts, mit einem riesigen Kamin und vergitterten Fenstern mit rautenförmigen Fensterscheiben, und das Laboratorium befand sich in einem Anbau auf der Nordseite, wo das Dach fast bis auf den Erdboden reichte. Dieses Gebäude stand allein auf weiter Flur, doch nach den verschiedenen Stimmen zu urteilen, die zu sonderbaren Zeiten in diesem Haus vernommen wurden, muß es durch unterirdische Geheimgänge zugänglich gewesen sein. Vor 1766 handelte es sich bei diesen Stimmen um bloßes Gemurmel, das Geflüster von Negern, wahnsinnige Schreie sowie absonderliche Gesänge und Anrufungen. Nach dieser Zeit jedoch wurden sie immer einzigartiger und schrecklicher und umfaßten die ganze Skala vom Dröhnen dumpfen Einverständnisses über rasende Wutausbrüche, gemurmelte Gespräche und weinerliches Flehen bis hin zu erregtem Stöhnen und Protestschreien. Offenbar wurde in mehreren Sprachen gesprochen, die Curwen alle beherrschte, denn es war oft zu hören, wie er mit seiner rauhen Stimme antwortete, tadelte oder drohte.

Manchmal schien es so, als befänden sich mehrere Personen in dem Haus; Curwen, irgendwelche Gefangene und die Wächter dieser Gefangenen. Es gab Sprachen, wie sie Weeden und Smith noch in keinem der vielen fremden Häfen, in denen sie schon gewesen waren, gehört hatten, und wieder andere, die sie anscheinend der einen oder anderen Nationalität zuordnen konnten. Ihrer Art nach schienen die Gespräche stets Verhören ähnlich, so als versuche Curwen, furchtsamen oder aufsässigen Gefangenen irgendwelche Aussagen abzupressen.

Weeden hatte in seinem Notizbuch zahlreiche wörtliche Berichte über belauschte Gesprächsfetzen, denn oft wurden Englisch, Französisch und Spanisch verwendet, und diese Sprachen beherrschte er, aber davon ist nichts erhalten geblieben. Er äußerte jedoch einmal, daß, abgesehen von einigen unheimlichen Dialogen, in denen es um die Vergangenheit bestimmter Familien aus Providence ging, die meisten verständlichen Fragen historischer oder wissenschaftlicher Art gewesen seien; hin und wieder hätten sie sich auf sehr ferne Orte oder Zeitalter bezogen. Einmal zum Beispiel sei ein abwechselnd wütender und wortkarger Mann auf französisch über das

Massaker des Schwarzen Prinzen in Limoges im Jahre 1370 befragt worden, als gäbe es dafür einen geheimen Grund, über den er Bescheid wissen müsse. Curwen fragte den Gefangenen – wenn es ein Gefangener war –, ob der Befehl für die Metzelei gegeben worden sei, weil auf dem Altar in der alten römischen Krypta das Zeichen der Ziege gefunden worden sei oder weil der Dunkle Mann vom Konvent Haute Vienne die Drei Worte gesprochen habe. Als er keine Antwort bekam, griff der Inquisitor offenbar zu extremen Mitteln; denn es ertönte ein entsetzlicher Schrei, dem Stille, Gemurmel und ein dumpfes Geräusch folgten.

Bei keinem dieser Gespräche konnte Weeden jemals einen Blick auf die Beteiligten erhaschen, denn die Fenster waren immer dick verhängt. Einmal sah er jedoch während eines Gesprächs mit einer unbekannten Sprache auf dem Vorhang einen Schatten, der ihn zu Tode erschreckte; er erinnerte ihn an eine der Figuren in einem Puppentheater, das er im Herbst des Jahres 1764 in der Hacher's Hall gesehen hatte; ein Mann aus Germantown, Pennsylvania, hatte das sinnreiche, mechanische Puppenspiel aufgeführt, das er wie folgt angekündigt hatte: »Angesichts der berühmten Stadt Jerusalem, in welcher Jersusalem, der Tempel des Salomon, sein Königsthron, die berühmten Türme und Hügel zu sehen sind; gleichermaßen die Leiden unseres Heilands vom Garten Gethsemane bis zum Kreuz auf dem Hügel von Golgatha; ein höchst kunstreiches Schauspiel, würdig, von allen Neugierigen betrachtet zu werden.« Bei diesem Anblick war der Lauscher, der sich dicht an das Fenster des vorderen Zimmers herangeschlichen hatte, aus dem die Stimmen kamen, so zusammengefahren, daß das alte Indianerpaar ihn bemerkt und die Hunde auf ihn losgelassen hatte. Von da an waren nie wieder Gespräche in dem Haus zu hören gewesen, und Weeden und Smith hatten daraus geschlossen, daß Curwen den Ort seiner Handlungen in tiefere Regionen verlegt hatte.

Daß diese Regionen tatsächlich existierten, dafür gab es zahlreiche recht eindeutige Hinweise. Ab und zu ließen sich schwache Schreie und Seufzer deutlich aus dem scheinbar festen Erdboden vernehmen, an Stellen, die weitab von jedem Gebäude lagen; im dichten Gebüsch am Flußufer hinter dem Haus aber, wo das Gelände steil zum Tal des Pawtuxet abfiel, entdeckte man eine überwölbte Tür aus Eichenholz in einem massiv gemauerten Rahmen, die offensichtlich den Eingang zu einer Höhle in dem Hügel darstellte. Wann und wie diese Katakomben angelegt worden sein konnten, darüber wußte Weeden nichts zu sagen; er wies aber häufig darauf hin, wie leicht es für die Gruppe von Arbeitern sei, diese Stelle vom Fluß her zu erreichen. Joseph Curwen setzte wahrhaftig seine Mischlings-Seeleute für die unterschiedlichsten Aufgaben ein! Während der starken Regenfälle im Frühjahr 1769 beobachteten die beiden Männer ständig das steile Flußufer, um festzustellen, ob irgendwelche unterirdischen Geheimnisse ans Licht des Tages gespült würden, und sie wurden durch den Anblick großer Mengen von Menschen- und Tierknochen belohnt, an Stellen, wo das Wasser tiefe Rinnen in die Uferböschung gegraben hatte. Natürlich hätte man für diese Dinge in der Umgebung eines Bauernhofes mit Viehzucht, wo überdies noch viele alte Indianerfriedhöfe lagen, auch normale Erklärungen finden können, aber Weeden und Smith zogen ihre eigenen Schlüsse.

Im Januar 1770, als Weeden und Smith noch immer vergeblich darüber debattierten, was von der ganzen höchst befremdlichen Angelegenheit zu halten sei, ereignete sich dann der Zwischenfall mit der *Fortaleza*. Erbost über die Verbrennung der Zollschaluppe *Liberty* im Sommer des Vorjahres in Newport, hatte die Zollflotte unter Admiral Wallace auffällige Schiffe mit erhöhter Wachsamkeit beobachtet. So kam es, daß Seiner Majestät bewaffeneter Schoner *Cygnet* unter Kapitän Harry Leshe eines Tages im Morgengrauen nach kurzer Verfolgung die *Brigg Fortaleza* aus Barcelona, Spanien, kaperte, die gemäß ihrem Logbuch unter ihrem Kapitän Manuel Arruda von Groß-Kairo, Ägypten, nach Providence unterwegs war. Als man das Schiff auf Schmuggelware untersuchte, machte man die verblüffende Entdekkung, daß die Ladung ausschließlich aus ägyptischen Mumien bestand, die laut Aufschrift für den »Seemann A. B. C.« bestimmt waren, der die Ladung unmittelbar vor Nanquit Point in einem Leichter übernehmen würde und dessen Identität zu offenbaren Kapitän Arruda nicht mit seiner Ehre vereinbaren zu können glaubte. Der Gerichtshof der Vizeadmiralität in Newport war unschlüssig, was zu tun sei, da einerseits die Ladung nicht aus Schmuggelware bestand, das Schiff jedoch andererseits illegal in die Hoheitsgewässer eingedrungen war, erkannte dann aber auf Empfehlung des obersten Zollbeamten Robinson auf einen Kompromiß, dem zufolge das Schiff unter der Bedingung freigegeben wurde, daß es keinen Hafen Rhode Islands anlaufen würde. Später tauchten Gerüchte auf, das Schiff sei vor Boston gesichtet worden, obwohl es nie offiziell in den Hafen von Boston eingelaufen war.

Dieser außergewöhnliche Zwischenfall erregte in Providence beträchtliches Aufsehen, und nur wenige zweifelten daran, daß zwischen der Ladung Mumien und dem finstren Joseph Curwen irgendein Zusammenhang bestand. Seine exotischen Studien und seine merkwürdigen Chemikalien-Einfuhren waren allgemein bekannt, und seine Vorliebe für Friedhöfe erregte allgemein Argwohn; es bedurfte keiner allzu großen Phantasie, ihn mit einer so makabren Schiffsladung in Verbindung zu bringen, die mit Sicherheit für keinen anderen Bürger der Stadt bestimmt gewesen war. Als sei er sich über diese naheliegende Vermutung im klaren, unterzog Curwen sich der Mühe, bei mehreren Anlässen beiläufig über den chemischen Wert der Balsame zu sprechen, die man in Mumien fände. Vielleicht glaubte er, die Angelegenheit damit in ein weniger unnatürliches Licht rücken zu können; trotzdem gab er nie zu, etwas damit zu tun zu haben. Weeden und Smith dagegen hegten natürlich keinerlei Zweifel an der Bedeutung der Angelegenheit und ergingen sich in den abenteuerlichsten Spekulationen über Curwen und seine monströsen Unternehmungen.

Das folgende Frühjahr brachte abermals heftige Regenfälle; und die Beobachter behielten das Flußufer hinter Curwens Bauernhof sorgfältig im Auge. Große Teile des Ufers wurden weggespült, und eine gewisse Anzahl von Knochen war zu sehen; irgendwelche unterirdischen Kammern oder Gänge wurden jedoch nicht freigelegt. Allerdings machten im Dorf Pawtuxet, ungefähr eine Meile flußabwärts, sonderbare Gerüchte die

Runde; an dieser Stelle ergießt sich der Fluß in Kaskaden über Felsenterrassen, um dann in die ruhige, von Land umschlossene Bucht einzumünden. Dort, wo von der rustikalen Brücke aus eigentümlich alte Hütten sich den Hügel hinaufzogen und Fischerkähne an ihren verschlafenen Anlegeplätzen vor Anker lagen, erzählte man sich unsicher von Dingen, die den Fluß hinunterschwammen und für eine Minute sichtbar wurden, während sie die Wasserfälle hinunterstürzten. Natürlich ist der Pawtuxet ein langer Fluß, der sich durch viele besiedelte Gegenden schlängelt, in denen es zahlreiche Friedhöfe gibt, und natürlich waren die Regenfälle sehr stark gewesen; aber den Fischersleuten, die in der Nähe der Brücke wohnten, hatte es gar nicht gefallen, wie eines dieser Dinge wild um sich blickte, als es in das ruhige Wasser hinabschoß, oder wie ein anderes halb aufgeschrien hatte, obwohl es den Zustand, in dem Lebewesen noch aufschreien können, schon weit hinter sich gelassen hatte. Auf dieses Gerücht hin begab sich Smith – denn Weeden war gerade auf See – eiligst ans Flußufer hinter dem Bauernhof, wo er denn auch prompt die Spuren eines ausgedehnten Erdeinsturzes entdeckte. Er fand jedoch kein Anzeichen für einen Zugang zum Innern des Steilufers, denn der kleine Erdrutsch hatte einen massiven Wall aus Erdreich und entwurzelten Büschen aufgehäuft. Smith ging so weit, versuchsweise zu graben, gab aber auf, als er keinen Erfolg hatte – oder vielleicht auch deshalb, weil er sich vor einem Erfolg fürchtete. Es ist interessant, sich auszumalen, was der zu allem entschlossene, rachedurstige Weeden unternommen hätte, wäre er zu der Zeit an Land gewesen.

4

Im Herbst 1770 entschied Weeden, es sei an der Zeit, andere in seine Entdeckungen einzuweihen; denn er hatte eine lange Reihe von Tatsachen, die er miteinander verknüpfen konnte, und einen zweiten Augenzeugen, der den möglichen Vorwurf widerlegen konnte, Eifersucht und Rachedurst hätten seine Phantasie beflügelt. Als erstem wollte er sich dem Kapitän der *Enterprise*, James Mathewson, anvertrauen, der ihn einerseits gut genug kannte, um nicht an seiner Aufrichtigkeit zu zweifeln, und andererseits genügend Einfluß in der Stadt hatte, um seinerseits ernst genommen zu werden. Die Unterredung fand in einem Zimmer im ersten Stock von Sabins Taverne nahe bei den Kais statt, und Smith war dabei, um praktisch jede Behauptung Weedens zu bestätigen; es war nicht zu übersehen, daß Kapitän Mathewson ungeheuer beeindruckt war. Wie fast jedermann in der Stadt, hegte er selbst einen dunklen Verdacht gegen Joseph Curwen, weshalb es nur dieser Bestätigung und der Aufzählung weiterer Fakten bedurfte, um ihn vollends zu überzeugen. Am Schluß der Zusammenkunft war er sehr ernst und trug den beiden jüngeren Männern absolute Verschwiegenheit auf. Er würde, so sagte er, die Informationen den ungefähr zehn gebildetsten und prominentesten Bürgern von Providence unterbreiten, und zwar jedem einzeln, würde diese Persönlichkeiten um ihre Meinung fragen und ihre Ratschläge befolgen. Verschwiegenheit würde wahrscheinlich in jedem Fall von entscheidender Bedeutung sein, denn dies sei keine Angelegenheit, die man der städtischen Gendarmerie oder der Miliz übertragen könne. Vor allem aber dürfe der erregbare Pöbel nichts davon erfahren, damit sich nicht in diesen ohnehin schon unruhigen Zeiten jener Massenwahn wiederhole, der vor weniger als einem Jahrhundert Curwen aus Salem vertrieben und in diese Stadt gebracht hatte.

Die richtigen Leute würden seiner Meinung nach sein: Dr. Benjamin West, der durch seine Schrift über den letzten Durchgang der Venus bewiesen habe, daß er ein Gelehrter und scharfsinniger Denker sei; Hochwürden James Manning, der Präsident des Colleges, der gerade erst aus Warren zugezogen war und vorübergehend im neuen Schulhaus an der King Street wohnte, bis sein eigenes Haus über der Presbyterian Lane fertig sein würde; der Exgouverneur Stephen Hopkins, der Mitglied der Philosophischen Gesellschaft von Newport gewesen sei und einen weiten geistigen Horizont habe; John Carter, der Herausgeber der *Gazette*; die vier Brüder Brown – John, Joseph, Nicholas und Moses –, die anerkanntermaßen einflußreichsten Bürger der Stadt, von denen einer, Joseph, außerdem noch ein fähiger Amateurwissenschaftler sei; der alte Dr. Jabez Bowen, dessen Belesenheit bemerkenswert sei und der aus erster Hand sehr gut über Curwens sonderbare Einkäufe Bescheid wisse, sowie Kapitän Abraham Whipple, ein Kaperer von phänomenaler Kühnheit, auf den man als Anführer bei allen aktiven Unternehmungen zählen konnte, die sich als nötig erweisen mochten. Diese Männer könne man, falls sie grundsätzlich geneigt sein würden, schließlich vielleicht dazu bringen, gemeinschaftliche Überlegungen anzustellen; und von ihrer Entscheidung würde es abhängen, ob man den Gouverneur der Kolonie, Joseph Wanton aus Newport, informieren würde, bevor etwas unternommen würde.

Der Erfolg der Mission von Kapitän Mathewson übertraf seine kühnsten Hoffnungen; denn obwohl er feststellen mußte, daß einer oder zwei der auserwählten Mitwisser im Hinblick auf die übernatürliche Seite von Weedens Geschichte etwas skeptisch waren, hielt es doch jeder einzelne für nötig, zu irgendwelchen geheimen und gut abgestimmten Taten zu schreiten. Curwen, soviel war klar, stellte eine vage potentielle Bedrohung für das Wohlergehen der Stadt und der Kolonie dar und mußte um jeden Preis ausgeschaltet werden. Gegen Ende Dezember 1770 versammelte sich eine Gruppe prominenter Bürger im Hause von Stephen Hopkins und diskutierte über vorläufige Maßnahmen. Weedens Aufzeichnungen, die er Kapitän Mathewson gegeben hatte, wurden sorgfältig studiert; und er und Smith wurden zitiert, um Einzelheiten zu bestätigen. Ein Gefühl, das nicht weit von Angst entfernt war, beschlich die ganze Versammlung, bevor noch das Treffen beendet war, doch in dieser Angst lag auch eine grimmige Entschlossenheit, die am besten durch Kapitän Whipples barsche und lautstarke Profanität gekennzeichnet wurde. Den Gouverneur würde man nicht unterrichten, denn mehr als der normale Weg des Gesetzes schien notwendig. Da er offensichtlich über geheime Kräfte unbekannten Ausmaßes verfügte, war Curwen kein Mann, den man gefahrlos hätte davor warnen können, noch länger in der Stadt zu bleiben. Unsagbare Respressalien hätten die Folge sein können, und selbst wenn die finstre Kreatur sich gefügt hätte, wäre dies nur einer Verlagerung dieser unreinen Bürde an einen anderen Ort gleichgekommen. Man lebte in einer gesetzlosen Zeit, und die Männer, die jahrelang die Zollbeamten des Königs verhöhnt hatten, würden auch vor schlimmeren Dingen nicht zurückschrecken, wenn die Pflicht es gebot. Curwen mußte auf seinem Bauernhof an der Pawtuxet Road durch ein großes Aufgebot erfahrener Kaperer überrascht werden und eine einzige, entscheidende Chance bekommen, alles zu erklären. Erwies er sich als Verrückter, der sich mit imaginären Gesprächen mit verstellter Stimme amüsierte, so würde er, wie es sich gehörte, in Verwahrung genommen. Sollten aber ernstere Dinge ans Licht kommen und die unterirdischen Schrecknisse wirklich existieren, so mußte er mit all seinen Helfershelfern sterben. Das konnte in aller Stille geschehen, sogar ohne daß man seine Witwe und deren Vater davon unterrichtete, wie es dazu gekommen war.

Während man diese ernsten Maßnahmen erwog, ereignete sich in der Stadt ein so gräßlicher und unerklärlicher Vorfall, daß eine Zeitlang in der ganzen Gegend kaum über etwas anderes gesprochen wurde. In einer mondhellen Januarnacht, als die Erde unter einer tiefen Schneedecke lag, gellte über den Fluß und den Hügel hinauf eine schreckliche Folge von Schreien, die hinter jedem Fenster schläfrige Gesichter auftauchen ließ; und die Leute, die in der Nähe von Weybosset Point wohnten, sahen ein großes weißes Ding, das sich wie rasend einen Weg über den schlecht geräumten Platz vor dem »Türkenkopf« bahnte. In der Ferne ließ sich Hundegebell vernehmen, doch es legte sich, als der Lärm der aufgestörten Stadt hörbar wurde. Gruppen von Männern mit Laternen und Musketen eilten hinaus, um zu sehen, was es gäbe, aber ihre Suche blieb ergebnislos. Am nächsten Morgen aber fand man einen riesigen, muskulösen

Leichnam splitternackt auf dem Eisstau rund um die Kais der Großen Brücke, dort wo der Lange Kai sich neben Abbotts Brennerei erstreckte, und die Identität dieses Leichmans war sogleich Gegenstand endloser Spekulationen und Gerüchte. Es waren nicht so sehr die jüngeren, sondern vielmehr die alten Leute, die flüsternd darüber sprachen, denn nur bei den Patriarchen weckte dieses starre Gesicht mit den vor Entsetzen geweiteten Augen eine vage Erinnerung. Zitternd standen sie beisammen und flüsterten verstohlen miteinander, und Staunen und Furcht standen ihnen ins Gesicht geschrieben; denn diese starren, gräßlichen Züge wiesen eine so erstaunliche Ähnlichkeit auf, daß man schon fast von einer Identität sprechen konnte – eine Ähnlichkeit mit einem Mann, der schon volle fünfzig Jahre tot war.

Ezra Weeden war zugegen, als man den Leichnam fand; und als er sich an das Hundegebell in der Nacht erinnerte, ging er die Weybosset Street entlang und über die Muddy Dock-Brücke, denn von dorther waren die Geräusche gekommen. Er erwartete, daß er etwas ganz Bestimmtes finden würde, und war nicht überrascht, als er am Rande der besiedelten Viertel, dort, wo die Straße in die Pawtuxet Road mündete, auf ein paar sehr merkwürdige Spuren im Schnee stieß. Der nackte Riese war von Hunden und vielen Männern in Stiefeln verfolgt worden, und die Spuren der zurückkehrenden Hunde und ihrer Herren waren deutlich zu sehen. Sie hatten die Jagd aufgegeben, als sie zu nahe an die Stadt herangekommen waren. Weeden lächelte grimmig und verfolgte sicherheitshalber die Spuren bis zu ihrem Ursprung zurück. Wie er nur allzu richtig vermutet hatte, war es

Joseph Curwens Bauernhof an der Pawtuxet Road; und er hätte viel darum gegeben, wenn der Schnee im Hof nicht so viele wirre Spuren aufgewiesen hätte. So aber wagte er nicht, am hellichten Tage allzu viel Interesse zu zeigen. Dr. Bowen, den Weeden sofort über seine Beobachtungen unterrichtete, nahm an dem merkwürdigen Leichnam eine Autopsie vor und entdeckte Einzelheiten, die ihn im höchsten Grade verblüfften. Der Verdauungstrakt des riesigen Mannes schien niemals gearbeitet zu haben, und die Haut war von einer rauhen, brüchigen Beschaffenheit, die er sich beim besten Willen nicht erklären konnte. Beeindruckt von dem Geraune der alten Männer über die Ähnlichkeit dieses Leichnams mit dem längst verstorbenen Schmied Daniel Green, dessen Urenkel Aaron Hoppin als Ladungsaufseher in Curwens Diensten arbeitete, stellte Weeden beiläufig ein paar Fragen, bis er herausbekommen hatte, wo Green begraben lag. In der folgenden Nacht gingen zehn Mann zum Nordfriedhof gegenüber von Herrenden's Lane und öffneten ein Grab. Sie fanden es leer, genau wie sie es erwartet hatten.

Unterdessen hatte man die Postreiter instruiert, daß Curwens Post abgefangen werden sollte, und kurz vor dem Zwischenfall mit dem nackten Leichnam hatte man einen Brief von einem Jedediah Orne aus Salem gefunden, der den zusammenarbeitenden Bürgern sehr zu denken gab. Ein Teil davon, kopiert und in den Privatarchiven der Familie aufbewahrt, wo Charles Ward ihn gefunden hatte, lautete wie folgt:

»Ich freue mich, daß Ihr fortfahret, auf Eure Weise an die Alten Stoffe zu kommen, und ich glaube nicht, daß bey Mr. Hutchinson im Dorfe Salem Besseres vollbracht wurde. Fürwahr, es lag nichts denn schieres Entsetzen in dem, was H. aus jenem erwecket, wovon wir nur Theile ahnen konnten. Was Ihr sandtet, funktionirte nicht, sei es, weil irgend etwas fehlte, oder weil Eure Worte nicht recht waren, von meinem Sprechen oder Eurem Abschreiben. Alleine kann ich mir nicht helfen. Ich besitze nicht Euren chymischen Verstand, um Borellus zu folgen, und gestehe meine Verwirrung ob des VII. Buches des *Necronomicon*, welches Ihr empfehlet. Aber ich wünschte, Ihr würdet dessen eingedenk sein, was uns gesaget wurde – wir sollten uns in Acht nehmen, wen wir rufen, denn Ihr wisset, was Mr. Mather in den Magnalia von – – – – – – geschrieben hat, und könnet ermessen, wie getreulich das schreckliche Ding abgeschildert ist. Ich sage Euch abermals, erwecket Keinen, welchen Ihr nicht auszutreiben vermöget; will sagen, Keinen, welcher etwas gegen Euch erwecken kan, wogegen Eure mächtigste Zauberey nichts ausrichten könnte. Ruffet nach dem Niedrigen, auf daß nicht das Höhere Euch antworte und Macht über Euch gewinne. Furcht ergriff mich, als ich las, Ihr wüßtet, was Ben Zaristnatmik in seiner Elfenbeinschachtel hatte, denn ich wußte wohl, wer Euch davon Kunde gethan haben muß. Abermals bitte ich, daß Ihr mir als Jedediah und nicht als Simon schreiben möget. In dieser Gemeinde kan ein Mann nicht allzu lange leben, und Ihr wisset um meinen Plan, durch den ich zurückkam als mein Sohn. Ich bin begierig, daß Ihr mich in das einweihet, was der Schwartze Mann von Sylvanus Cocidius in dem Gewölbe erfahren, unter der Römischen Mauer, und wäre Euch für das Manuscriptum dankbar, von dem Ihr sprechet.« Ein weiterer Brief, der keinen Absender trug, kam aus Philadelphia und stimmte die Männer genauso nachdenklich, insbesondere wegen der folgenden Passage:

»Ich werde befolgen, was Ihr saget in Bezug darauf, daß ich die Rechnungen nur mit Euren Schiffen schicken solle, indessen kan ich nicht stets sicher seyn, wann ich sie erwarten soll. Bey der in Rede stehenden Sache benötige ich nur noch einen Gegenstand; allein ich möchte sicher seyn, Euch genau zu verstehen. Ihr informiret mich, daß kein Theil fehlen dürfe, wenn die feinsten Effecte erzielt werden sollen, allein Ihr habet sicherlich gemerckt, wie schwierig es sey, sicher zu seyn. Es scheinet eine groß Gefahr und Bürde, die gantze Schachtel wegzunehmen, und in der Stadt (d.i. St. Peter, St. Paul, St. Mary oder Christ Church) lässet es sich kaum vollbringen. Allein ich weiß, welche Mängel jener hatte, welcher im October letzten Jahres erwecket wurde, und wie viele lebende Exemplare Ihr einsetzen mußtet, bevor Ihr anno 1766 die richtige Art und Weise fandet; so werde ich mich in allen Dingen von Euch leiten lassen. Ich harre ungeduldig Eurer Brigg und erkundige mich täglich an Mr. Briddles Kai.«

Ein dritter verdächtiger Brief war in einer unbekannten Sprache und sogar in einem unbekannten Alphabet abgefaßt. In Smith' Tagebuch, das Charles Ward fand, war nur eine einzige, oft wiederholte Kombination von Schriftzeichen mit ungelenker Hand kopiert; und Gelehrte der Brown-Universität haben erklärt, es handle sich um das amharische oder abessinische Alphabet, obwohl sie das Wort nicht entziffern konnten. Keiner dieser Briefe erreichte jemals Curwen, doch das bald darauf festgestellte Verschwinden von Jedediah Orne aus Salem bewies, daß die Männer aus Providence in aller Stille gewisse Schritte unternahmen. Im Besitz der Historischen Gesellschaft von Pennsylvanien befinden sich auch einige merkwürdige Briefe an Dr. Shippen, in denen von einem seltsamen Individuum in Philadelphia die Rede ist. Aber es lagen einschneidendere Maßnahmen in der Luft, und wir müssen die wichtigsten Ergebnisse von Weedens Enthüllungen in jenen geheimen Zusammenkünften eingeschworener und erprobter Seeleute und treuer alter Kaperer suchen, die bei Nacht und Nebel in den Lagerhäusern der Browns abgehalten wurden. Langsam, aber sicher reifte ein Plan für eine Kampagne heran, die keine Spur von Joseph Curwens unheilvollen Geheimnissen übriglassen würde.

Curwen spürte offenbar trotz aller Vorsichtsmaßnahmen, daß sich etwas zusammenbraute; denn es fiel auf, wie besorgt er neuerdings aussah. Seine Kutsche tauchte zu allen Tageszeiten in der Stadt und auf der Pawtuxet Road auf, und nach und nach verlor sich das übertrieben freundliche Gebaren, mit dem er in der letzten Zeit versucht hatte, die Bedenken der Stadtbevölkerung zu zerstreuen. Seine nächsten Nachbarn auf dem Bauernhof, die Fenners, beobachteten eines Nachts einen starken Lichtstrahl, der aus einer Öffnung im Dach jenes kryptischen Steingebäudes mit den hohen, außerordentlich schmalen Fenstern zum Himmel aufschoß; sie meldeten das Ereignis sofort John Brown in Providence. Mr. Brown war der mit allen Vollzugsgewalten ausgestattete Führer der auserwählten Gruppe geworden, die sich Curwens Beseitigung zum Ziel gesetzt hatte, und hatte die Fenners davon unterrichtet, daß man etwas unternehmen würde. Er hatte dies für notwendig erachtet, weil es unmöglich war, daß sie von dem abschließenden

Überfall nichts merken würden; und er erklärte sein Vorgehen damit, daß man wisse, daß Curwen ein Spion der Zollbeamten in Newport sei und jeder Schiffer, Kaufmann und Bauer aus Providence ihm öffentlich oder im geheimen Rache geschworen habe. Ob die Nachbarn ihm das wirklich glaubten, da sie doch so viele merkwürdige Dinge gesehen hatten, ist nicht sicher, doch auf alle Fälle waren die Fenners geneigt, einem Mann von so seltsamem Gebaren auch das Schlimmste zuzutrauen, Mr. Brown hatte sie beauftragt, Curwens Bauernhaus ständig zu beobachten und regelmäßig über alle Vorfälle, die sich dort abspielten, Bericht zu erstatten.

5

Die Wahrscheinlichkeit, daß Curwen auf der Hut war und zu ungewöhnlichen Mitteln greifen würde, wofür der sonderbare Lichtstrahl sprach, führte schließlich zur überstürzten Durchführung der Maßnahmen, die von der Gruppe angesehener Bürger so sorgfältig geplant worden war. Laut Smith' Tagebuch trafen sich am Freitag, dem zwölften April 1771, abends zehn Uhr, etwa hundert Männer im großen Zimmer von Thurstons Taverne zum Goldenen Löwen am Weybosset Point auf der anderen Seite der Brücke. Aus der leitenden Gruppe prominenter Bürger waren neben dem Führer John Brown noch die folgenden Herren anwesend: Dr. Bowen mit seinem Koffer voll chirurgischer Instrumente, Präsident Manning, ohne die große Perücke (die größte in den ganzen Kolonien), für die er berühmt war, Gouverneur Hopkins, in seinen schwarzen Umhang gekleidet und begleitet von seinem zur See fahrenden Bruder, den er im letzten Moment mit Zustimmung der anderen eingeführt hatte, John Carter, Kapitän Mathewson und Kapitän Whipple, der die eigentliche Strafexpedition leiten sollte. Diese Oberhäupter konferierten für sich in einem Hinterzimmer, und dann kam Kapitän Whipple in das große Zimmer, vereidigte die versammelten Seeleute und gab ihnen letzte Instruktionen. Eleazar Smith saß bei den Anführern im Hinterzimmer, während sie auf die Ankunft Ezra Weedens warteten, dessen Aufgabe es war, Curwen im Augen zu behalten und die Abfahrt seiner Kutsche zum Bauernhof zu melden.

Gegen halb elf ließ sich ein lautes Poltern auf der Großen Brücke vernehmen, und danach hörte man eine Kutsche auf der Straße draußen vorbeifahren; und zu dieser Stunde brauchte man nicht mehr auf Weeden zu warten, um zu wissen, daß der Verdammte zum letztenmal zu seiner unseligen nächtlichen Hexerei aufgebrochen war. Einen Augenblick später, als die sich entfernende Kutsche mit leisem Rattern über die Muddy Dock Bridge fuhr, tauchte Weeden auf; und die Seeleute stellten sich schweigend auf der Straße in militärischer Marschordnung auf und schulterten die mitgebrachten Musketen, Schrotflinten oder Walfangharpunen. Weeden und Smith waren mit von der Partie, und von den prominenten Bürgern waren als aktive Teilnehmer Kapitän Whipple – der Anführer –, Kapitän Eseh Hopkins, John Carter, Präsident Manning, Kapitän Mathewson und Dr. Bowen dabei; außerdem Moses Brown, der gegen elf Uhr gekommen war, obwohl er an der vorher abgehaltenen Zusammenkunft in der Taverne nicht teilgenommen hatte. Alle diese freien Bürger und ihre hundert Seeleute machten sich unverzüglich auf den Marsch, grimmig entschlossen und ein klein wenig beklommen, als sie den Muddy Dock hinter sich ließen und die sanft ansteigende Broad Street hinauf in Richtung auf die Pawtuxet Road gingen.

Kurz hinter der Elder Snow's Church drehten sich einige der Männer um und warfen einen Abschiedsblick auf Providence zurück, das ruhig unter dem Frühjahrs-Sternenhimmel dalag. Türmchen und Giebel zeichneten sich dunkel und malerisch ab, und salzige Briesen strichen sanft von der Bucht nördlich der Brücke herüber. Wega ging über dem großen Hügel jenseits des Wassers auf, auf dessen baumbestandenem Gipfel die Umrisse des unvollendeten College-Gebäudes zu sehen waren. Am Fuße dieses Hügels und entlang den engen, ansteigenden Gassen an seiner Flanke träumte die alte Stadt; Alt-Providence, um dessen Sicherheit und Wohlergehen willen jene monströse, kolossale Blasphemie vom Angesicht der Erde getilgt werden sollte.

Eineinviertel Stunden später trafen die Leute wie vereinbart auf dem Hof der Fenners ein, wo sie einen letzten Bericht über ihr erklärtes Opfer hörten. Er war vor einer halben Stunde auf seinem Hof eingetroffen, und der sonderbare Lichtstrahl war kurz darauf einmal zum Himmel aufgeschossen, doch die sichtbaren Fenster waren alle ohne Licht. Das war in letzter Zeit immer so gewesen. Noch während man diese Neuigkeit erfuhr, flammte im Süden abermals die gewaltige Lichtsäule auf, und den Männern wurde klar, daß sie sich tatsächlich ganz dicht vor dem Schauplatz unheimlicher und unnatürlicher Wunder befanden. Kapitän Whipple befahl jetzt seinen Leuten, sich in drei Gruppen aufzuteilen; die eine sollte mit zwanzig Mann unter Eleazar Smith zur Küste vorstoßen, die Landestelle gegen mögliche Verstärkungen für Curwen bewachen und nur im äußersten Notfall von einem Boten zu Hilfe geholt werden; die zweite Abteilung von zwanzig Mann sollte sich unter Kapitän Eseh Hopkins ins Flußtal hinter Curwens Bauernhof hinabschleichen und mit Äxten oder Schießpulver die eichene Tür in der hohen, steilen Uferböschung zerstören; die dritte Abteilung schließlich sollte das Haus und die Nebengebäude selbst umzingeln. Ein Drittel dieser Abteilung sollte von Kapitän Mathewson zu dem kryptischen Steingebäude mit den hohen, schmalen Fenstern geführt werden, ein weiteres Drittel Kapitän Whipple selbst zum Hauptgebäude folgen und das letzte Drittel einen Kreis um den ganzen Gebäudekomplex bilden und nur auf ein Notsignal hin eingreifen.

Die Flußabteilung würde auf einen einzigen Pfiff hin die Tür in der Uferböschung aufbrechen, warten und alles gefangennehmen, was aus den unterirdischen Räumen hervorkommen mochte. Beim Ertönen eines zweiten Pfiffes würde sie durch die Öffnung eindringen, um sich dem Feind entgegenzustellen oder sich mit dem übrigen Kontingent zu vereinigen. Die Abteilung an dem Steingebäude würde in analoger Weise auf die Pfeifsignale reagieren, sich also zunächst den Zutritt zu dem Gebäude erzwingen und beim zweiten Pfiff auf jedem Weg, der sich bieten würde, nach unten vordringen und sich an dem allgemeinen oder auf bestimmte Stellen konzentrierten Kampf beteiligen, von dem man glaubte, daß er sich in den Höhlen abspielen würde. Ein drittes Signal, das Notsignal, das aus drei Pfiffen bestehen würde, sollte die Reserveeinheit, die bis dahin rings um die Gebäude Wache halten würde, herbeirufen; die zwanzig Mann sollten sich in zwei Hälften aufteilen und sowohl durch das Bauernhaus als auch durch das Steingebäude in die unbekannten Tiefen vordringen. Kapitän Whipples Glaube an die Existenz von Katakomben war uneingeschränkt, und er zog bei der Aufstellung seines Planes keine Alternative in Erwägung. Er hatte eine sehr laute, schrille Pfeife bei sich und befürchtete nicht, daß die Signale überhört oder mißverstanden werden könnten. Die letzte Reserve an der Landungsstelle war natürlich beinahe außerhalb der Reichweite der Pfeife, und ein besonderer Bote würde nötig sein, um sie zu Hilfe zu holen. Moses Brown und John Carter gingen mit Kapitän Hopkins zum Flußufer, während Präsident Manning mit Kapitän Mathewson für das Steingebäude eingeteilt wurde. Dr. Bowen blieb mit Ezra Weeden in Kapitän Whipples Abteilung, die das Bauernhaus selbst stürmen sollte. Der Angriff sollte beginnen, sobald ein Bote von Kapitän Hopkins den Kapitän Whipple informiert haben würde, daß die Abteilung am Fluß bereit sei. Dann würde der Anführer das erste laute Pfeifsignal geben, und die verschiedenen Sturmtrupps würden an den drei verschiedenen Stellen gleichzeitig losschlagen. Kurz vor ein Uhr verließen die drei Abteilungen den Hof der Fenners; die eine, um die Landestelle zu bewachen, die andere, um das Flußufer und die Eichentür zu suchen, und die dritte, um sich zu teilen und sich die Gebäude von Curwens Hof selbst vorzunehmen.

Eleazar Smith, der mit der Küstenwache mitging, berichtet in seinem Tagebuch von einem ereignislosen Marsch und einer langen Wartezeit auf der Steilküste über der Bucht; die Stille sei nur einmal durch ein kaum wahrnehmbares, fernes Pfeifsignal und später noch einmal durch ein merkwürdig gedämpftes Dröhnen und Schreien und eine Pulverexplosion unterbrochen worden, wobei all diese Geräusche anscheinend aus derselben Richtung gekommen seien. Später glaubte einer der Männer, ferne Flintenschüsse zu hören, und wieder später fühlte Smith selbst, wie die oberen Luftschichten vom Widerhall titanischer, donnernder Worte erbebten. Kurz vor Tagesanbruch erschien schließlich ein einzelner, verstörter Bote mit wildem Blick und einem abscheulichen, unbekannten Gestank in den Kleidern und wies die Männer an, unauffällig in ihre Häuser zurückzukehren und nie wieder von den Geschehnissen der Nacht oder von jenem zu sprechen, der einmal Joseph Curwen gewesen sei. Irgend etwas im Aussehen des Boten hatte eine Überzeugungskraft, wie bloße Worte sie niemals hätten vermitteln können, denn obwohl er ein Seemann war, den viele von ihnen kannten, schien seiner Seele irgend etwas auf unbegreifliche Weise verlorengegangen oder hinzugefügt worden zu sein, das ihn ein für allemal zum Außenseiter stempelte. Dasselbe Gefühl hatten sie später, als sie andere alte Kameraden wiedersahen, die sich in die Zone des Schreckens gewagt hatten. Die meisten von ihnen hatten etwas Unwägbares und Unbeschreibliches verloren oder dazubekommen. Sie hatten etwas gesehen oder gehört oder gespürt, das nicht für menschliche Wesen bestimmt war, und konnten es nicht vergessen. Keiner von ihnen hat auch nur das Geringste ausgeplaudert, denn selbst für die gemeinsten Instinkte der Sterblichen gibt es furchtbare Grenzen. Und beim Anblick jenes einzelnen Boten beschlich die Angehörigen der Abteilung an der Küste ein namenloses

Grauen, das ihnen beinahe für immer die Lippen verschloß. Ganz spärlich nur waren die Gerüchte, die jemals von einem dieser Männer in Umlauf gesetzt wurden, und Eleazar Smith's Tagebuch ist der einzige erhaltene schriftliche Bericht über die Expedition, die beim Goldenen Löwen unter den Sternen aufgebrochen war.

Charles Ward entdeckte jedoch noch einen anderen verschwommenen Hinweis in einigen Briefen der Fenners, die er in New London fand, wo, wie er wußte, eine andere Seitenlinie der Familie gelebt hatte. Es scheint, daß die Fenners, von deren Haus man den verfluchten Bauernhof in der Ferne sehen konnte, die heimkehrenden Kolonnen der Rächer gesehen und sehr deutlich das wütende Bellen von Curwens Hunden und danach den ersten schrillen Pfiff gehört hatten, der die Attacke einleitete. Diesem ersten Pfiff war abermals eine hohe Lichtsäule aus dem Steingebäude gefolgt, und einen Moment später, nach dem kurzen Aufschrillen des zweiten, zum allgemeinen Angriff rufenden Signals, hatte man gedämpftes Musketengeknatter und gleich darauf einen furchtbaren, dröhnenden Schrei gehört, den der Briefschreiber, Luke Fenner, mit den Buchstaben »Waaaahrrrr-Ruaaahrrr« wiedergegeben hatte. Dieser Schrei war jedoch von einer Art gewesen, wie man sie niemals schriftlich schildern könnte, und der Briefschreiber erwähnt, seine Mutter sei bei diesem Geräusch in eine tiefe Ohnmacht gefallen. Später ließ er sich noch einmal weniger laut vernehmen, und dann folgten weitere, aber diesmal stärker gedämpfte Geräusche von abgefeuerten Musketen sowie eine laute Pulverexplosion vom Fluß her. Etwa eine Stunde später begannen alle Hunde wie rasend zu bellen, und die Erde zitterte so stark, daß die Kerzen auf dem Kamin umfielen. Starker Schwefelgeruch machte sich bemerkbar, und Luke Fenners Vater behauptete, er habe das dritte Signal, also das Notsignal, gehört, wogegen die anderen nichts davon gemerkt hatten. Wieder ertönten gedämpfte Schüsse, und dann ein tiefer Schrei, der weniger durchdringend, aber sogar noch schrecklicher war als die vorausgegangenen; es war eine Art kehliges, widerliches weiches Husten oder Gurgeln, das sich mehr wegen seiner Dauer als seines tatsächlichen akustischen Werts wie ein Schrei anhörte.

Dann flammte die Lichterscheinung wieder auf, an der Stelle, wo Curwens Hof liegen mußte, und Schreie verzweifelter, entsetzter Männer ließen sich vernehmen. Mündungsfeuer blitzten auf, Musketen krachten, und dann fiel die Flammensäule in sich zusammen. Ein zweites flammendes Ding erschien, und deutlich war ein kreischender Schrei eines Menschen zu hören. Fenner schrieb, er habe sogar ein paar der wie rasend hervorgestoßenen Worte verstehen können: »Allmächtiger, beschütze dein Lamm!« Dann ertönten weitere Schüsse, und das zweite Flammending fiel zusammen. Danach war es ungefähr drei viertel Stunden lang still, bis der kleine Arthur Fenner, Lukes Bruder, ausrief, er habe gesehen, wie »roter Nebel« von dem fluchbeladenen Hof in der Ferne zu den Sternen aufgestiegen sei. Niemand außer dem Kind konnte dies bezeugen, doch Luke erwähnt immerhin, daß seltsamerweise genau in demselben Moment die drei Katzen, die im Zimmer waren, in panischer, beinahe konvulsivischer Furcht einen Buckel machten und ihr Fell sich sträubte.

Fünf Minuten später kam ein eisiger Wind auf, und die

Luft füllte sich mit einem so entsetzlichen Gestank, daß nur der frische Seewind verhindert haben kann, daß ihn auch die Leute an der Küste oder die wachenden Bewohner des Dorfes Pawtuxet wahrnahmen. Dieser Gestank war etwas, das die Fenners nie zuvor erlebt hatten, und er erzeugte eine würgende, namenlose Angst, schlimmer als die vor dem Grab oder dem Leichenhaus. Gleich danach kam jene schreckliche Stimme, die keiner der unglücklichen Ohrenzeugen zeit seines Lebens vergessen konnte. Donnernd erdröhnte sie vom Himmel herab wie ein Fluch, und die Fensterscheiben klirrten, als sie in der Ferne verhallte. Sie war tief und melodiös, kräftig wie das Baßregister der Orgel, aber böse wie die verbotenen Bücher der Araber. Was sie sagte, konnte niemand erklären, denn sie sprach in einer unbekannten Sprache, doch dies sind die Buchstaben, die Luke Fenner zu Papier brachte, um die dämonischen Laute zu beschreiben: »DEESMEES – JESHET – BONEDOSEFEDUVEMA – ENTTEMOSS.« Bis zum Jahre 1919 brachte keine Menschenseele diese unbeholfene Lautschrift irgendwie mit dem Wissen der Sterblichen in Verbindung, doch Charles Ward erbleichte, als er erkannte, was Mirandola schaudernd als den äußersten Schrecken unter den Beschwörungen der Schwarzen Magie enthüllt hatte.

Ein unverkennbar menschlicher Ruf oder ein tiefer Schrei aus vielen Kehlen schien diesem bösartigen Wunder von Curwens Bauerhof her zu antworten, und zugleich mischte sich dem unbekannten Gestank noch ein weiterer, ebenso unerträglicher Geruch bei. Ein Jammern, ganz unähnlich dem Schrei, brach jetzt aus, das in ein langgezogenes, krampfartiges Geheul von wechselnder Tonhöhe überging. Hin und wieder schien es beinahe artikuliert, doch keiner der Ohrenzeugen vermochte ein bestimmtes Wort zu unterscheiden; und an einem Punkt hatte man den Eindruck, als wollte es im nächsten Augenblick in hysterisches, diabolisches Gelächter umschlagen. Dann drang ein Schrei äußerster, entsetzlichster Furcht und schieren Wahnsinns aus zahlreichen menschlichen Kehlen, ein Schrei, der laut und deutlich zu hören war, obwohl er aus unterirdischen Tiefen heraufdringen mußte; danach herrschte nur noch Stille und Finsternis. Spiralen beißenden Rauches stiegen auf und verdunkelten die Sterne, obwohl keine Flammen sich zeigten und am folgenden Tage nichts davon zu sehen war, daß eines der Gebäude zerstört oder beschädigt worden wäre.

Gegen Morgen pochten zwei völlig verstörte Boten in Kleidern, die von monströsen, unbestimmbaren Gerüchen gesättigt waren, an die Tür der Fenners und baten um ein Fäßchen Rum, bei dessen Bezahlung sie sich weiß Gott nicht lumpen ließen. Einer von Ihnen sagte den Fenners, die Affäre Joseph Curwen sei vorbei, und die Ereignisse der Nacht dürften nie wieder erwähnt werden. So anmaßend dieser Befehl auch schien, das Aussehen des Mannes, der ihn aussprach, ließ keinen Groll aufkommen und verlieh seinen Worten eine schreckliche Autorität; so kam es, daß nur diese heimlichen Briefe von Luke Fenner, die zu vernichten er seinen Verwandten in Connecticut beschwor, geblieben sind, um zu vermelden, was gehört und gesehen wurde. Nur dadurch, daß der Verwandte der Bitte nicht entsprach, blieben die Briefe schließlich doch erhalten und wurde die ganze Angelegenheit davor bewahrt, barmherziger Vergessenheit anheimzufallen. Charles Ward brachte noch eine weitere Einzelheit in Erfahrung, als er sich die Mühe machte, die Bewohner von Pawtuxet einen nach dem anderen über die Überlieferung ihrer Vorfahren zu befragen. Der alte Charles Slocum, der in diesem Dorf wohnte, wußte zu berichten, seinem Großvater sei ein merkwürdiges Gerücht in Erinnerung gewesen über einen verkohlten, verstümmelten Leichnam, der eine Woche nach der Nachricht vom Tode Joseph Curwens auf einem Acker gefunden worden sei. Was das Gerede über diesen Fund nicht verstummen ließ, war die Tatsache, daß dieser Körper, soweit man dies angesichts seines verkohlten und verstümmelten Zustands noch feststellen konnte, weder menschlich noch auch der Kadaver irgendeines Tieres gewesen sein könne, das die Leute in Pawtuxet jemals zu Gesicht bekommen hatten.

6

Nicht einer der Männer, die an diesem furchtbaren Überfall teilgenommen hatten, ließ sich jemals dazu bewegen, ein Sterbenswörtchen darüber verlauten zu lassen, und jede kleinste Einzelheit in den verschwommenen Angaben, die sich erhalten haben, stammt von Leuten, die nicht bei jenem letzten Gefecht dabeigewesen waren. Die Sorgfalt, mit der diese Kämpfer alles vernichteten, was auch nur den geringsten Hinweis auf die ganze Angelegenheit enthielt, hat etwas Erschreckendes.

Acht Seeleute waren getötet worden, aber obwohl ihre Leichen nicht geborgen wurden, gaben sich ihre Familien mit der Auskunft zufrieden, es habe ein Zusammenstoß mit Zollbeamten stattgefunden. Dieselbe Erklärung wurde für die zahlreichen Verwundungen angeführt, die allesamt ausschließlich von Dr. Jabez Bowen verbunden und behandelt wurden, der an dem Kampf teilgenommen hatte. Am schwersten war der unsägliche Gestank zu erklären, der allen Kämpfern anhaftete, eine Tatsache, über die wochenlang diskutiert wurde. Von den prominenten Bürgern waren Kapitän Whipple und Moses Brown am stärksten verwundet, und Briefe ihrer Frauen bezeugen, welche Verwirrung die Männer durch ihre Zurückhaltung und Wachsamkeit im Zusammenhang mit den Verbänden stifteten. In seelischer Hinsicht war jeder einzelne Kämpfer gealtert, ernüchtert und erschüttert. Glücklicherweise waren sie allesamt robuste Männer der Tat und einfache orthodoxe Gläubige, denn hätten sie über eine verfeinerte Phantasie und komplexe Geistesgaben verfügt, so wäre es ihnen bei Gott schlimm ergangen. Präsident Manning litt am meisten, aber selbst er befreite sich von den dunkelsten Schatten und erstickte seine Erinnerung im Gebet. Jeder dieser führenden Männer hatte in den folgenden Jahren eine wichtige Rolle zu spielen, und sie konnten vielleicht von Glück sagen, daß dem so war. Kaum mehr als zwölf Monate danach führte Kapitän Whipple den Pöbelhaufen an, der das Zollschiff *Gaspee* in Brand steckte, und in dieser ruchlosen Tat könnte man den Versuch erblicken, bedrückende Erinnerungen auszulöschen.

Der Witwe Joseph Curwens wurde ein versiegelter Bleisarg von merkwürdiger Form übergeben, der offenbar schon bereitgestanden hatte, als man ihn brauchte. In diesem Sarg, so sagte man ihr, läge der Leichnam ihres Mannes. Er sei, so wurde erklärt, in einem Kampf mit Zöllnern getötet worden, über den aus politischen Rücksichten keine weiteren Einzelheiten verlauten dürften. Mehr als dies hat nie ein Sterblicher über den Tod Joseph Curwens verraten, und Charles Ward fand nur einen einzigen Hinweis, auf dem er eine Theorie aufbauen konnte. Auch dieser Hinweis war undeutlich genug – eine zittrige Unterstreichung unter einer Passage in Jedediah Ornes konfisziertem Brief an Joseph Curwen, teilweise abgeschrieben in Ezra Weedens Handschrift. Die Abschrift fand sich im Besitz von Smith' Nachkommen; und wir müssen selbst entscheiden, ob Weeden sie seinem Gehilfen gegeben hat, nachdem alles vorüber war, sozusagen als stummen Hinweis auf abnorme Dinge, die vorgefallen waren, oder ob, und das ist das Wahrscheinlichere, Smith die Abschrift schon vorher besessen und die Unterstreichungen selbst vorgenommen hatte, nachdem er durch kluges Kombinieren und geschickte Fragen doch das eine oder andere aus seinem Freund herausbekommen hatte. Bei dem unterstrichenen Absatz handelte es sich lediglich um folgende Zeilen:

»Ich sage Euch abermals, erwecket Keinen, welchen Ihr nicht auszutreiben vermöget; will sagen, Keinen, welcher etwas gegen Euch erwecken kann, wogegen Eure mächtigste Zauberey nichts ausrichten könnte.«

Aufgrund dieser Passage sowie der Überlegung, welche letzten unnennbaren Bundesgenossen ein geschlagener Mann in der höchsten Not anrufen könnte, mag Charles Ward sich wohl gefragt haben, ob irgendein Bürger von Providence Joseph Curwen getötet hatte.

Die vorsätzliche Tilgung jedes Andenkens an den Toten aus dem Leben und den Annalen von Providence wurde durch den Einfluß der prominenten Bürger, die an dem Überfall teilgenommen hatten, sehr erleichtert. Sie hatten zunächst nicht vorgehabt, so gründliche Arbeit zu leisten, und hatten die Witwe, deren Vater und das Kind im unklaren über die wahren Verhältnisse gelassen; aber Kapitän Tillinghast war ein kluger Kopf und brachte bald so viel in Erfahrung, daß er zutiefst entsetzt war und seine Tochter und Enkeltochter veranlaßte, ihren Namen zu ändern, die Bibliothek und die übriggebliebenen Schriftstücke zu verbrennen und die Inschrift auf dem schiefernen Grabstein Joseph Curwens tilgen zu lassen. Er kannte den Kapitän Whipple gut und entlockte dem barschen Seebären wahrscheinlich mehr Hinweise auf das Ende des fluchbeladenen Hexenmeisters, als je ein anderer in Erfahrung bringen konnte.

Von dieser Zeit an wurde das Schweigen über Curwen immer eisiger und erstreckte sich schließlich nach allgemeiner Übereinkunft sogar auf die städtischen Chroniken und die Archive der *Gazette*. Man kann es der Art nach nur damit vergleichen, wie Oscar Wildes Name ein Jahrzehnt lang totgeschwiegen wurde, nachdem er in Ungnade gefallen war, und dem Umfang nach nur mit dem Schicksal jenes sündigen Königs von Runagur in Lord Dunsanys Erzählung, der nach dem Willen der Götter nicht nur aufhören mußte zu existieren, sondern den es auch nie gegeben haben durfte.

Mrs. Tillinghast, wie die Witwe sich nach 1772 nannte, verkaufte das Haus in Olney Court und wohnte bis zu ihrem Tode im Jahre 1817 im Haus ihres Vaters an der Power's Lane. Den Bauernhof bei Pawtuxet, von jeder lebenden Seele gemieden, ließ man vermodern, und er schien im Laufe der Jahre mit unerklärlicher Schnelligkeit zu verfallen. Im Jahre 1780 standen nur noch die Stein- und Ziegelmauern, und bis zur Jahrhundertwende waren selbst diese zu formlosen Trümmerhaufen eingestürzt. Niemand wagte es, das dichte Gestrüpp am Flußufer zu durchdringen, hinter dem vielleicht die große Tür lag, noch unternahm irgend jemand den Versuch, sich ein Bild von den Szenen zu machen, inmitten derer Joseph Curwen aus den Greueln abgerufen wurde, die er selbst heraufbeschworen hatte.

Nur den robusten Kapitän hörten aufmerksame Leute hin und wieder vor sich hin murmeln: »Die Pest über diesen – – – – –, was mußte der Kerl auch lachen, während er schrie. Man hätt' fast glauben können, der verdammte – – – – – hätt' noch was auf Lager gehabt. Für 'ne halbe Krone würd' ich sein – – – – – Haus anstecken.«

III
Eine Suche und eine Anrufung

1

Charles Ward entdeckte, wie wir gesehen haben, erst im Jahre 1918, daß er von Joseph Curwen abstammte. Daß er sich auf der Stelle intensiv für alles zu interessieren begann, was mit dem vergangenen Geheimnis zu tun hatte, braucht uns nicht zu wundern; denn jedes vage Gerücht, das er über Curwen gehört hatte, war plötzlich von größter Bedeutung für ihn selbst, in dessen Adern Curwens Blut floß. Kein begeisterter und phantasiebegabter Genealoge hätte etwas anderes getan, als unverzüglich damit zu beginnen, sich mit größtem Eifer dem Sammeln von Fakten über diesen Mann zu widmen.

Bei seinen ersten Nachforschungen machte Ward keinerlei Anstalten, etwas geheimzuhalten, so daß sogar Dr. Lyman zögert, den Beginn der geistigen Umnachtung des jungen Mannes zu irgendeinem Zeitpunkt vor dem Jahresende 1919 anzusetzen. Er sprach offen mit seiner Familie – obwohl seine Mutter nicht gerade erfreut darüber war, einen Vorfahren wie Curwen zu haben – und mit den Angestellten verschiedener Museen und Bibliotheken, die er aufsuchte. Wenn er Privatfamilien um die Überlassung von Unterlagen bat, von denen er glaubte, sie befänden sich in ihrem Besitz, machte er aus seinen Absichten keinen Hehl und teilte die leicht amüsierte Skepsis, mit der man die Berichte der alten Tagebuch- und Briefschreiber betrachtete. Er bekannte oft, daß er zu gerne gewußt hätte, was sich vor anderthalb

Jahrhunderten auf jenem Bauernhof bei Pawtuxet wirklich abgespielt hatte, dessen Lage er vergeblich zu ermitteln versucht hatte, und was Joseph Curwen wirklich gewesen war.

Als er auf Smith' Tagebuch und Archiv stieß und den Brief von Jedediah Orne fand, beschloß er, nach Salem zu fahren und dort Nachforschungen über Curwens frühe Aktivitäten und Verbindungen anzustellen, was er in den Osterferien 1919 tat. Im Essex-Institut, das er von früheren Besuchen in der glanzvollen alten Stadt verfallender puritanischer Giebel und dichtgedrängter Walmdächer her gut kannte, wurde er sehr freundlich empfangen und grub eine ganze Menge Unterlagen über Curwen aus. Er fand heraus, daß sein Vorfahr am 18. Februar (alten Stils) 1662-3 im Dorf Salem, dem heutigen Danvers, sieben Meilen vor der Stadt, geboren war und daß er im Alter von fünfzehn Jahren von zu Hause fortgelaufen und zur See gefahren war, um erst neun Jahre später mit der Kleidung, der Sprache und dem Gebaren eines gebürtigen Engländers wiederaufzutauchen und sich in Salem selbst niederzulassen. Damals befaßte er sich kaum mit seiner Familie, sondern verbrachte die meiste Zeit mit den seltsamen Büchern, die er aus Europa mitgebracht hatte, und den sonderbaren Chemikalien, die für ihn auf Schiffen aus England, Frankreich und Holland kamen. Mit seinen Fahrten aufs Land erregte er die Neugier der Einheimischen, die sie flüsternd mit vagen Gerüchten über nächtliche Feuer auf den Hügeln in Verbindung brachten.

Curwens einzige engen Freunde waren ein Edward Hutchinson aus dem Dorf Salem und ein Simon Orne aus Salem gewesen. Mit diesen Männern sah man ihn sich oft in der Öffentlichkeit unterhalten, und gegenseitige Besuche waren keineswegs selten. Hutchinson hatte ziemlich weit draußen vor den Wäldern ein Haus, das wegen der Geräusche, die dort des Nachts zu hören waren, sensibleren Naturen nicht ganz geheuer war. Man sagte, er empfange sonderbare Besucher, und das Licht hinter seinen Fenstern sei immer von derselben Farbe. Sein Wissen um längst verstorbene Personen und längst vergessene Ereignisse empfand man als ausgesprochen unheimlich; er verschwand um die Zeit, als der Hexenwahn begann, und wurde nie mehr gesehen. Zur selben Zeit zog auch Joseph Curwen fort, aber man erfuhr bald, daß er sich in Providence niedergelassen hatte. Simon Orne lebte in Salem bis zum Jahre 1720; von da an erregte er Aufsehen, weil er äußerlich nicht zu altern schien. Deshalb verschwand er aus der Stadt, doch dreißig Jahre später tauchte ein Mann auf, der ihm wie aus dem Gesicht geschnitten schien, nach eigenen Angaben sein Sohn war und Anspruch auf die Besitztümer seines Vaters erhob. Mans entsprach seinem Begehren aufgrund von Dokumenten in Simon Ornes bekannter Handschrift, und Jedediah Orne lebte noch bis 1771 in Salem; in diesem Jahr erfuhr man aus Briefen von Bürgern der Stadt Providence an Hochwürden Thomas Barnard und andere, er sei in aller Stille in unbekannte Gegenden verzogen.

Im Essex-Institut, im Gerichtsarchiv und im Handelsregister fanden sich Dokumente über all diese sonderbaren Angelegenheiten, darunter harmlose Geschäftsurkunden wie Grundstücks- und allgemeine Kaufverträge, aber auch geheime Schriftstücke, die zu allerlei Spekulationen Anlaß gaben. In den Protokollen der Hexenprozesse waren vier oder fünf unmißverständliche Anspielungen enthalten; so hatte zum Beispiel ein Hepzibah Lawson am zehnten Juli 1692 vor dem Gericht von Oyer und Terminen unter Richter Hathorne beeidet, daß »vierzig Hexen und Schwarze Männer regelmäßig in den Wäldern hinter Mr. Hutchinsons Haus zusammenkommen«, und ein gewisser Amity How erklärte in einer Verhandlung am achten August vor Richter Gedney, »Mr. G. B. (George Burroughs) hat jenes Nachts Bridget S., Johathan A., *Simon O.*, Deliverance W., *Joseph C.*, Susan P., Mehitable C. und Deborah B. mit dem Teufel seinem Zeichen gebranntmarket«. Weiterhin war da ein Katalog von Hutchinsons unheimlicher Bibliothek, wie sie nach seinem Verschwinden vorgefunden worden war, sowie ein unvollendetes Manuskript in seiner Handschrift, abgefaßt in einer Geheimschrift, die niemand lesen konnte. Ward ließ sich eine Photokopie von diesem Manuskript anfertigen und begann, nebenbei an der Entzifferung der Schriftzeichen zu arbeiten, sobald er die Kopie in Händen hatte. Vom folgenden August an bemühte er sich intensiv und fieberhaft um die Dechiffrierung der Geheimschrift, und es besteht Grund dafür, aus seinen Aussagen und seinem Verhalten zu schließen, daß er noch vor Oktober oder November den Schlüssel fand. Er verriet jedoch nie, ob er Erfolg gehabt hatte oder nicht.

Von größtem unmittelbarem Interesse war jedoch das Material über Orne. Ward brauchte nur kurze Zeit, um aufgrund von Schriftvergleichen etwas nachzuweisen, was er schon anhand des Textes des Briefes an Curwen für sicher gehalten hatte, nämlich daß Simon Orne und sein vermeintlicher Sohn ein und dieselbe Person gewesen seien. Wie Orne seinem Briefpartner anvertraut hatte, war es ziemlich unsicher, in Salem zu lange zu leben, weshalb er auf den Ausweg verfiel, sich dreißig Jahre im Ausland aufzuhalten und als Vertreter einer neuen Generation zurückzukehren, um wieder Anspruch auf seinen Grund und Boden zu erheben. Orne hatte offenbar vorsichtshalber den größten Teil seiner Korrespondenz vernichtet, aber die Bürger, die im Jahre 1771 zur Tat schritten, fanden und bewahrten ein paar Briefe, die ihnen viel zu denken gaben. Da waren kryptische Formeln und Diagramme in seiner und anderen Handschriften, die Ward jetzt entweder kopierte oder photographieren ließ, sowie ein in höchstem Maße mysteriöser Brief, die der Forscher anhand von Eintragungen im Handelsregister eindeutig als Joseph Curwens Handschrift identifizierte.

Obwohl Curwens Brief keine Jahresangabe trug, war es offensichtlich nicht der, auf den Orne jene konfiszierte Nachricht als Antwort abgeschickt hatte. Aufgrund seines Inhalts glaubte Ward, er könne nicht viel später als 1750 entstanden sein. Es mag nicht unangebracht sein, den Text hier wörtlich wiederzugeben, als Beispiel für den Stil eines Mannes, dessen Lebensgeschichte so dunkel und schrecklich war. Der Empfänger wird als »Simon« bezeichnet, doch das Wort war durchgestrichen worden – ob von Curwen oder Orne, wußte Ward nicht zu sagen.

Providence, 1. Mai

Bruder:

Mein alter Freund, geziemenden Respeckt und ehrfürchtige Wünsche Ihm, welchem wir zu Seinem ewigen

Ruhme dienen. Ich bin soeben auf jenes gestoßen, was Ihr wissen müßtet, bezüglich jener letzten und äußersten Angelegenheit, und was im Hinblick darauf zu thun sey. Ich bin nicht in der Lage, Eurem Rathe zu folgen, in Ansehen meines hohen Alters wegzugehen, denn in Providence pfleget man ungewöhnliche Dinge nicht mit derselbigen Schärffe zu verfolgen und vor Gericht zu stellen wie andernorts. Ich bin mit meinen Schiffen und Waren beschäfftiget und könnte nicht thun, was Ihr gethan, auch weil das, welches unter meinem Bauernhof sich befindet und Euch bekannt ist, nicht meiner Rückkunfft als ein Anderer harren würde.

Aber ich bin nicht unvorbereitet für ein hartes Los, wie ich Euch schon gesagt habe, und habe lange Zeit daran gearbeitet, wie eine Rückkunfft nach einer Katastrophe zu bewerckstelligen sey. Letzte Nacht stieß ich auf jene Worte, welche YOGGE-SOTHOTHE erwecken, und sahe zum ersten Mahle jenes Gesicht, von welchem Ibn Schacabac in dem ------ spricht. Und Es sagte, daß der III. Psalm in dem Liber Damnatus den Schlüssel berge. Mit der Sonne im V. Hause, Saturn im Gedrittschein, zeichnet das Pentagramm des Feuers und saget den neunten Vers dreymahl. Diesen Vers wiederholet sowohl am Tage der Kreuzerhöhung als auch an Allerheiligen, und das Ding wird in den Äußeren Sphären erscheinen. *Und aus dem Samen des Alten wird Einer geboren werden, welcher zurückschauen wird, ohne zu wissen, wonach er suchet.*

Dennoch wird alles nichts fruchten, wenn es keinen Erben giebt, und wenn die Saltze oder die Art und Weise, die Saltze zu präpariren, ihm nicht zur Hand seyn. Und hier muß ich gestehen, daß ich nicht die nöthigen Schritte gethan und nicht viel erfunden habe. Der Prozeß ist äußerst complizirt und man brauchet dafür so viele Exemplare, daß ich Mühe habe, genügend zu bekommen, trotz der Seeleute, welche ich von den Westindischen Inseln habe. Die Leute hier herumb werden neubegierig, allein ich vermag sie fernzuhalten. Die Edelleute sind ärger als das gemeine Volk, weil sie in ihren Berichten genauer sind und man ihnen eher glaubet. Jener Pastor und Mr. Merritt haben etliches erzählet, wovon mir Angst wird, allein bisher ist es nicht gefährlich. Die chymischen Substanzen sind leicht zu bekommen, denn es giebt in der Stadt gute Apotheker, Dr. Bowen und Sam Carew. Ich befolge, was Borellus saget, und habe eine Hilfe in Abdool Al-Hazreds VII. Buche. Was auch immer ich finden mag, Ihr sollet es bekommen. Und inzwischen versäumet nicht, Nutzen aus den Worten zu ziehen, welche Ihr hier findet; es sind die Richtigen, doch wenn Ihr Ihn zu sehen wünschet, so schreibet auf das Stück – – – –, welches Ihr in diesem Päckchen findet. Saget die Verse an jedem Tag der Kreuzerhöhung und jedem Allerheiligentage; und wenn Ihr nicht ablasset, *so wird in Jahren Einer kommen, der zurückblicken wird und jene Saltze oder Stoffe für Saltze verwenden, welche Ihr Ihm hinterlassen werdet.* Hiob XIV. XIV.

Ich freue mich, daß Ihr wieder in Salem seid, und hoffe, Euch in Bälde wiederzusehen. Ich habe einen guten Hengst und denke daran, eine Kutsche zu kaufen, da es bereits eine (Mr. Merritts) in Providence giebt, wiewohl die Straßen schlecht sind. So Ihr bereit seid, zu reysen, so kommet bey mir vorbey. Nehmet von Boston die Poststraße durch Dedham, Wrentham und Attleborough, in welchen Städten es überall gute Herbergen giebt. Steiget in Mr. Bolcoms Hause in Wrentham ab, wo die Betten besser sind als in Mr. Hatchs, doch esset in dem anderen hause, denn deren Koch ist besser. Fahret an den Pantucket-Fällen vorbey nach Providence, auf der Straße, an der Mr. Sayles' Taverne lieget. Mein Haus befindet sich gegenüber Mr. Epenetus Olneys Taverne an der Town Street, das erste auf der Nordseite von Olney Court. Entfernung von Boston an XLIV Meilen.

Mein Herr, ich bin Euer alter und getreuer Freund und Diener in Almonsin-Metraton

Josephus C.

An Mr. Simon Orne,
William's Lane, Salem.

Merkwürdigerweise erfuhr Ward erst durch diesen Brief, an welcher Stelle genau Curwens Haus in Providence gestanden hatte, denn keine der Unterlagen, auf die er bis dahin gestoßen war, hatte darüber genaue Angaben enthalten. Die Entdeckung war doppelt aufregend, weil sie als das neuere Haus Curwens, das im Jahre 1761 an derselben Stelle wie das alte errichtet worden war, ein heruntergekommenes Gebäude auswies, das noch immer in Olney Court stand und Ward von seinen Streifzügen über Stampers Hill her vertraut war. Das Haus war in der Tat nur ein paar Blöcke von seinem Elternhaus weiter oben auf dem Hügel entfernt und wurde jetzt von einer Negerfamilie bewohnt, die allgemein beliebt war und gerne zu gelegentlichen Dienstleistungen wie Wäschewaschen, Hausputz und Ofenreinigung herangezogen wurde. Daß er im fernen Salem so plötzlich einen Beweis für die Bedeutung einer so vertrauten Elendsunterkunft entdeckt hatte, beeindruckte Ward aufs tiefste, und er beschloß, sich das Haus sofort nach seiner Rückkehr näher anzusehen. Die mystischeren Passagen des Briefes, die er für eine extravagante Art von Symbolismus hielt, setzten ihn in blankes Erstaunen; doch er vermerkte mit neugieriger Erregung, daß es sich bei dem erwähnten Bibelzitat – Hiob 14,14 – um den bekannten Vers »Wird ein toter Mensch wieder leben? Alle Tage meines Streites wollte ich harren, bis daß meine Veränderung komme!« handelte.

2

Der junge Ward kam in freudiger Erregung nach Hause und brachte den folgenden Samstag damit zu, das Haus in Olney Court lange und gründlich zu durchsuchen. Das Gebäude, jetzt vom Alter gezeichnet, war nie eine Villa gewesen; es war vielmehr ein bescheidenes, zweieinhalbstöckiges Holzhaus im vertrauten Kolonialstil von Providence, mit einem einfachen, spitzgiebligen Dach, einem großen Kamin in der Mitte und einem kunstvollen Portal mit einer strahlenförmigen Lünette, einem dreieckigen Giebelfeld und schmucken dorischen Säulen. Äußerlich hatte es kaum gelitten, und Ward spürte, daß er etwas vor sich hatte, was den finstren Objekten seiner Nachforschungen sehr nahestand.

Die derzeitigen Bewohner kannten ihn, und der alte Asa und seine stämmige Frau Hannah geleiteten ihn höflich ins Hausinnere. Hier hatte sich mehr verändert, als von außen zu sehen war, und Ward sah mit Bedauern, daß die geschmackvolle, eine Urne und eine Schriftrolle darstellende Stuckverzierung über dem Kaminsims und das Schnitzwerk an den Schränken mehr als zur Hälfte verschwunden waren, während ein großer Teil der schönen Wandtäfelung und des Leistenwerks zerschrammt, durchlöchert, abgerissen oder mit billigen Tapeten überklebt war. Alles in allem erbrachte die Untersuchung nicht so viel, wie Ward sich versprochen hatte; doch war es immerhin aufregend, innerhalb der uralten Mauern zu stehen, die einmal einen solch schrecklichen Mann wie Joseph Curwen beherbergt hatten. Mit leisem Schaudern sah er, daß von dem alten messingnen Türklopfer sorgsam ein Monogramm entfernt worden war.

Von da an bis nach Beendigung seiner Schulzeit befaßte sich Ward mit der Photokopie von Hutchinsons Geheimschrift und der Sammlung weiterer Fakten über Curwen. Das Manuskript widerstand noch immer seinen Bemühungen, doch Fakten über Curwen entdeckte er so viele, daß die darin enthaltenen Hinweise auf weiteres Material an anderen Orten ihn veranlaßten, eine Reise nach New London und New York zu machen, um die alten Briefe zu studieren, die sich an diesen Orten befinden sollten. Diese Reise war sehr ertragreich, denn sie verschaffte ihm die Fenner-Briefe mit der furchtbaren Beschreibung des Überfalls auf den Bauernhof an der Pawtuxet Road sowie die Nightingale-Talbot-Briefe, aus denen er von dem Porträt erfuhr, das auf eine Wandtäfelung in Curwens Bibliothek gemalt worden war. Die Sache mit diesem Porträt interessierte ihn ganz besonders, denn er würde viel darum gegeben haben, zu erfahren, wie Joseph Curwen ausgesehen hatte; und er beschloß, in dem Haus in Olney Court nochmals Nachforschungen anzustellen, um herauszufinden, ob nicht vielleicht eine Spur des alten Gemäldes unter abblätternden Schichten später aufgetragener Farbe oder muffigen Tapeten zu entdecken sein würde.

Diese zweite Durchsicht fand Anfang August statt, und Ward klopfte sorgfältig die Wände in jedem Raum ab, der groß genug war, um auch nur mit einiger Wahrscheinlichkeit dem unseligen Erbauer einmal als Bibliothek gedient zu haben. Besondere Aufmerksamkeit widmete er den großen Paneelen derjenigen Verzierungen über den Kaminsimsen, die noch erhalten waren; und äußerste Erregung bemächtigte sich seiner, als er nach ungefähr einer Stunde auf einem großen Wandstück über der Feuerstelle in einem geräumigen Zimmer im Erdgeschoß nach dem Abkratzen mehrerer Farbschichten auf eine Oberfläche stieß, die ohne Zweifel merklich dunkler war als jeder normale Innenanstrich oder das Holz, unter dem sich dieser wahrscheinlich einmal befunden hatte. Nach ein paar weiteren vorsichtigen Proben mit einem Messerchen hatte er die Gewißheit, daß er auf ein ausgedehntes Ölgemälde gestoßen war. Mit der Zurückhaltung eines wahren Gelehrten wagte er nicht, den Schaden zu risikieren, den der Versuch, das verborgene Bild auf der Stelle mit dem Messer freizulegen, hätte anrichten können, sondern zog sich vom Schauplatz seiner Entdeckung zurück, um sich der Mithilfe eines Experten zu versichern. Drei Tage später kam er mit einem erfahrenen Künstler wieder, nämlich mit Mr. Walter Dwight, dessen Atelier sich am Fuße des College Hill befindet; und dieser befähigte Restaurator ging sogleich mit den entsprechenden Methoden und chemischen Substanzen ans Werk. Der alte Asa und seine Frau wunderten sich gehörig über die sonderbaren Besucher und wurden für diese Störung ihrer häuslichen Ruhe angemessen entschädigt.

Während die Restaurierungsarbeiten Tag für Tag Fortschritte machten, sah Charles Ward mit wachsendem Interesse zu, wie die Linien und Farben, die so lange verborgen gewesen, nach und nach entschleiert wurden. Dwight hatte am unteren Bildrand begonnen; da es sich um ein Kniestück handelte, kam deshalb das Gesicht zunächst noch nicht zum Vorschein. Unterdessen sah man aber bereits, daß das Modell ein schlanker Mann von guter Figur, mit dunkelblauem Rock, Stickweste, schwarzen Seidenkniehosen und weißen Seidenstrümpfen war, der in einem geschnitzten Sessel vor einem Fenster saß, das den Blick auf Kaianlagen und Schiffe freigab. Als der Kopf hervortrat, stellte sich heraus, daß der Mann eine schmucke Albemarle-Perücke trug und schmale, ruhige, unauffällige Gesichtszüge hatte, die sowohl Ward als auch dem Künstler irgendwie bekannt vorkamen. Doch erst im allerletzten Augenblick hielten der Restaurator und sein Klient beim Anblick der Einzelheiten dieses hageren, bleichen Gesichtes erschrocken den Atem an und erkannten mit ehrfürchtigem Staunen, welch dramatischen Scherz die Vererbung sich hier geleistet hatte. Denn erst nach dem letzten Ölbad und dem letzten Strich mit einem feinen Schabmesser wurde der Gesichtsausdruck, den Jahrhunderte verborgen hatten, voll erkennbar; und erst in diesem Moment erkannte der verblüffte Charles Dexter Ward, Bewohner der Vergangenheit, daß er sein getreues Abbild in der Gestalt seines schrecklichen Ururururgroßvaters vor sich hatte.

Ward holte seine Eltern, um ihnen das Wunder zu zeigen, das er aufgedeckt hatte, und sein Vater beschloß auf der Stelle, das Bild zu erwerben, obwohl es auf die stationäre Täfelung gemalt war. Die Ähnlichkeit mit dem jungen Mann war trotz des unverkennbar höheren Alters phantastisch; und es war nicht zu übersehen, daß durch einen launischen Atavismus die äußeren Züge des Joseph Curwen nach anderthalb Jahrhunderten ihr getreues Gegenstück erhalten hatten. Dagegen war Mrs. Wards Ähnlichkeit mit ihrem Vorfahren keineswegs genauso ausgeprägt, obschon sie sich an Verwandte erinnern konnte, die einige der Merkmale aufgewiesen hatten, die ihrem Sohn und dem verblichenen Joseph Curwen gemeinsam waren. Sie konnte der Entdeckung nicht recht froh werden und sagte ihrem Mann, er solle das Bild lieber verbrennen, anstatt es nach Hause zu schaffen. Sie behauptete, es sei ihr unheimlich, nicht nur das Bild als solches, sondern auch wegen der Ähnlichkeit mit Charles. Mr. Ward aber war ein praktisch veranlagter und einflußreicher Geschäftsmann – Baumwolltuchfabrikant mit einer ansehnlichen Weberei in Riverpoint im Tal des Pawtuxet – und somit nicht der Mann, der auf weibliche Einwände gehört hätte. Das Bild beeindruckte ihn sehr durch die Ähnlichkeit mit seinem Sohn, und er glaubte, sein Sohn habe es als Geschenk verdient. Dieser Meinung schloß Charles Ward sich natürlich bereitwilligst an, und ein paar Tage später hatte Mr. Ward den Besitzer des Hauses ausfindig gemacht, einen kleinen Menschen mit dem Aussehen eines Nagetieres und einem gutturalen Akzent – und erwarb den ganzen Kaminsims einschließlich der Täfelung darüber zu einem kurzerhand abgemachten Preis, ohne es erst zu dem zu erwartenden schmierigen Gefeilsche kommen zu lassen.

Nun mußte nur noch die Täfelung abgenommen und

in das Haus der Wards transportiert werden, wo man Vorbereitungen für die endgültige Restaurierung des Bildes und seine Anbringung über einem elektrischen Kamin in Charles' Arbeitsbibliothek im dritten Stock getroffen hatte. Die Aufgabe, den Transport zu überwachen, fiel Charles zu, und am achtundzwanzigsten August begleitete er zwei fachkundige Arbeiter der Dekorationsfirma Crooker zu dem Haus in Olney Court, wo der Kaminsims und die darüber befindliche Täfelung mit dem Porträt mit großer Sorgfalt abgenommen und zum Transport auf den firmeneigenen Lastwagen verladen wurden. Zurück blieb eine kahle Mauerfläche, die den Verlauf des Kamins markierte, und in dieser entdeckte der junge Ward eine würfelförmige Vertiefung von ungefähr einem Fuß im Quadrat, die direkt hinter dem Kopf des Porträts gelegen haben mußte. Neugierig, was eine solche Nische wohl bedeuten oder enthalten mochte, trat der junge Mann näher und schaute hinein; und unter der dicken Staub- und Rußschicht fand er ein paar lose, vergilbte Blätter, ein ungeschlachtes, dickes Notizbuch und ein paar vermodernde Textilfetzen, die vielleicht einmal das Band gewesen waren, das die übrigen Dinge zusammengehalten hatte. Nachdem er den größten Staub weggeblasen hatte, nahm er das Buch heraus und betrachtete die deutliche Aufschrift auf dem Deckel. Diese war in einer Handschrift geschrieben, die er im Essex-Institut kennengelernt hatte, und lautete: »Tagebuch und Notizen des ehrenwerten Jos. Curwen, aus Providence-Plantations, weiland Salem.«

Durch seine Entdeckung aufs äußerste erregt, zeigte Ward das Buch den beiden neugierig neben ihm stehenden Arbeitern. Ihr Zeugnis in bezug auf die Art und

Echtheit des Fundes ist unanfechtbar, und auf sie stützt Dr. Willett vor allem seine Theorie, daß der junge Mann noch nicht wahnsinnig war, als er wahrhaft exzentrisch zu werden begann. Auch alle die anderen Papiere trugen Curwens Handschrift, und eines davon schien wegen seiner Aufschrift besonders unheilverkündend: »*An Ihn, welcher danach kommen wird, und wie Er über die Zeit und die Sphären hinaus gelangen kann.*« Ein weiteres war in einer Geheimschrift abgefaßt, derselben, so hoffte Ward, wie Hutchinsons Chiffre, die er noch immer nicht entziffert hatte. Ein drittes – und hier frohlockte der Forscher – schien ein Schlüssel zu der Geheimschrift zu sein, während das vierte und fünfte an »Edw.: Hutchinson, Wappenträger« respektive »Jedediah Orne, Edelmann«, »oder deren Erbe oder Erben oder deren Repräsentanten« gerichtet waren. Auf dem sechsten und letzten stand zu Lesen: »*Joseph Curwen, sein Leben und Reisen von anno 1678 bis anno 1687: wohin er gereiset, wo er geweilet, wen er gesehen und was er gelernet.*«

3

Wir sind nun an dem Punkt angelangt, von dem an die Nervenärzte der akademischeren Richtung den Beginn von Charles Wards geistiger Umnachtung datieren. Nach seiner Entdeckung hatte der junge Mann sofort einen Blick auf einige Seiten des Buches und der Manuskripte geworfen und offenbar etwas gesehen, was ihn zutiefst beeindruckt hatte. Ja, die Arbeiter hatten sogar den Eindruck gehabt, daß er, als er ihnen die Titel zeigte, den Text selbst sorgfältig vor ihnen verbarg und daß er unter einer Verwirrung litt, die sich kaum durch die antiquarische und genealogische Bedeutung seines Fundes erklären ließ. Nach Hause zurückgekehrt, wirkte er beinahe verlegen, als er die Neuigkeit verkündete, so als wollte er die anderen von der überragenden Bedeutung seines Fundes überzeugen, ohne das Beweismaterial selbst vorlegen zu müssen. Er zeigte seinen Eltern nicht einmal die Titelseiten, sondern sagte ihnen lediglich, er habe einige Dokumente in Joseph Curwens Handschrift gefunden, »überwiegend in Geheimschrift«, die er sehr sorgfältig würde studieren müssen, um ihre wahre Bedeutung herauszufinden. Es ist unwahrscheinlich, daß er den Arbeitern überhaupt etwas gezeigt hätte, wäre nicht deren unverhohlene Neugier gewesen. So aber wollte er zweifellos den Eindruck übertriebener Geheimnistuerei vermeiden, denn dadurch hätte er ihre Neugierde nur noch mehr angestachelt.

Die ganze Nacht saß Charles Ward in seinem Zimmer wach und las in dem neuentdeckten Buch und den Manuskripten, und auch als der Tag anbrach, ließ er noch nicht ab. Nachdem seine Mutter hinaufgegangen war, um zu sehen, ob etwas nicht in Ordnung war, wurden ihm seine Mahlzeiten auf seine dringende Bitte hin aufs Zimmer gebracht; und am Nachmittag tauchte er nur kurz auf, als die Arbeiter kamen, um das Porträt von Curwen und den Kaminsims zu installieren. In der folgenden Nacht schlief er ab und zu kurze Zeit in den Kleidern und arbeitete zwischendurch fieberhaft an der Entschlüsselung des chiffrierten Manuskriptes. Am Morgen sah seine Mutter, daß er über der Photokopie der Geheimschrift Hutchinsons saß, die er ihr vorher schon oft gezeigt hatte, aber auf ihre Frage gab er zur

Antwort, der Schlüssel von Curwen ließe sich darauf nicht anwenden. An diesem Nachmittag ließ er seine Arbeiten liegen, um fasziniert den Arbeitern zuzuschauen, wie sie das Porträt mit den dazugehörigen Paneelen endgültig über einem täuschend echten elektrischen Kaminfeuer anbrachten; Kaminsims und Täfelung wurden so installiert, daß sie ein wenig über der Nordwand erhaben waren und der Eindruck entstand, daß wirklich ein Kamin vorhanden sei, und die Seiten wurden mit Paneelen aus demselben Holz wie die Täfelung des Zimmers verkleidet. Das vordere Paneel, auf dem das Bild sich befand, wurde herausgesägt und mit Scharnieren versehen, so daß dahinter Schrankraum geschaffen wurde. Als die Arbeiter gegangen waren, holte er die Sachen ins Arbeitszimmer, setzte sich davor und schaute abwechselnd auf die Geheimschrift und auf das Porträt, das ihn anstarrte wie ein altmachender, Jahrhunderte überbrückender Spiegel. Seine Eltern wußten, wenn sie an sein damaliges Verhalten zurückdachten, interessante Einzelheiten über seine Vorsichtsmaßnahmen zu berichten. Vor den Dienstboten verbarg er kaum jemals eines der Schriftstücke, an denen er gerade arbeiten mochte, weil er mit Recht annahm, daß Curwens verschnörkelte, altmodische Handschrift für sie unleserlich sei. Bei seinen Eltern jedoch ließ er größere Umsicht walten. Wenn das in Frage stehende Manuskript nicht gerade in Geheimschrift abgefaßt war oder eine bloße Anhäufung kryptischer Symbole und unbekannter Ideogramme darstellte (was bei jenem mit dem Titel »*An Ihn, welcher danach kommen wird*« usw. der Fall zu sein schien), pflegte er es mit irgendeinem belanglosen Blatt Papier zuzudecken, bis sein Besucher gegangen war. Nachts hielt er die Papiere in einem antiken Schränkchen unter Verschluß, wo er sie auch stets deponierte, wenn er tagsüber das Zimmer verließ. Er nahm bald wieder seinen gewohnten Lebensrhythmus auf, außer daß seine langen Spaziergänge und anderen Unternehmungen außer Haus aufzuhören schienen. Der Beginn der Schulzeit und damit seines letzten Schuljahres schien im außerordentlich ungelegen zu kommen, und er bekräftigte wiederholt, er sei entschlossen, sich nie mit dem Besuch des Colleges abzugeben. Er müsse, so behauptete er, spezielle Nachforschungen anstellen, die ihm mehr Wege zur Weisheit und den humanistischen Wissenschaften ebnen würden als die beste Universität, deren die Welt sich rühmen könne.

Natürlich konnte nur einer, der immer mehr oder weniger gelehrtenhaft, exzentrisch und einzelgängerisch gewesen war, sich tagelang so merkwürdig verhalten, ohne Aufsehen zu erregen. Ward aber war von der Veranlagung her ein Gelehrter und Einsiedler; seine Eltern waren deshalb weniger überrascht als betrübt über seine selbst auferlegte Abgeschiedenheit und seine Geheimnistuerei. Gleichzeitig empfanden es sowohl sein Vater als auch seine Mutter als merkwürdig, daß er ihnen auch nicht das kleinste Stückchen von seinem Schatz zeigte und auch keinen zusammenhängenden Bericht über die Einzelheiten abgab, die er entziffert hatte. Diese Zurückhaltung versuchte er damit zu erklären, daß er warten wolle, bis er eine zusammenhängende Enthüllung vorweisen könne, doch als die Wochen ohne weitere Erklärungen vergingen, begann sich zwischen dem jungen Mann und seinen Eltern ein gespanntes Verhältnis zu entwickeln, das im Falle seiner Mutter noch dadurch verschärft wurde, daß sie die ganzen Nachforschungen über Curwen unverhohlen mißbilligte.

Im Oktober begann Ward wieder die Bibliotheken aufzusuchen, aber nicht um derselben Dinge willen wie früher. Hexerei und Magie, Okkultismus und Dämonologie waren die Gebiete, um die es ihm jetzt zu tun war; und wenn die Quellen in Providence sich als unergiebig erwiesen, setzte er sich in den Zug nach Boston und bediente sich der reichen Bestände der großen Bibliothek am Copley Square, der Widener-Bibliothek in Harvard oder der Zion-Forschungsbibliothek in Brookline, die manches seltene Werk über biblische Themen besitzt. Er kaufte in großem Umfang Bücher und stellte in seinem Arbeitszimmer ein ganz neues Regal für die neuerworbenen Bücher über unheimliche Themen auf; während der Weihnachtsferien aber unternahm er mehrere Reisen in umliegende Städte, unter anderem auch nach Salem, um bestimmte Unterlagen im Essex-Institut zu konsultieren.

Gegen Mitte Januar 1920 war dann Wards Verhalten plötzlich durch ein Triumphgefühl gekennzeichnet, das er nicht erklärte, und man sah ihn nicht mehr an der Entzifferung von Hutchinsons Geheimschrift arbeiten. Statt dessen verteilte er seine Zeit jetzt gleichmäßig auf chemische Experimente und das Stöbern in alten Archiven; für die ersteren richtete er in dem leerstehenden Dachgeschoß des Elternhauses ein Laboratorium ein, und das letztere erstreckte sich auf alle alten Schriften, die in Providence zu finden waren. Die örtlichen Händler für Drogen und wissenschaftliche Geräte lieferten, als sie später befragt wurden, verblüffend sonderbare und unzusammenhängende Kataloge der Substanzen und Instrumente, die er bei ihnen gekauft hatte; doch die Angestellten im Regierungsgebäude, im Rathaus und in den verschiedenen Bibliotheken äußerten sich einmütig über das unverkennbare Ziel seiner Forschungen auf seinem zweiten Interessengebiet: Er suchte intensiv und fieberhaft nach Joseph Curwens Grab, von dessen schiefernem Grabstein eine ältere Generation in weiser Voraussicht den Namen entfernt hatte.

Ganz allmählich bildete sich in Wards Familie die Überzeugung heraus, daß irgend etwas nicht in Ordnung sei. Charles hatte zwar auch vorher schon Launen und schwankendes Interesse für bestimmte kleinere Gebiete gezeigt, doch seine wachsende Verschwiegenheit und Beschäftigung mit abseitigen Dingen war selbst bei ihm etwas völlig Neues. Seine Schularbeiten machte er nur, um wenigstens halbwegs den Schein zu wahren, und obwohl er alle Prüfungen bestand, war nicht zu übersehen, daß sein einstiger Lerneifer völlig verflogen war. Er hatte jetzt andere Interessen; und wenn er einmal nicht in seinem Laboratorium mit den Unmengen alter Folianten über Alchimie war, konnte man ihn entweder unten in der Stadt über alten Kirchenbüchern brüten sehen oder in seinem Arbeitszimmer in seine Bücher über dunkle Geheimwissenschaften vergraben finden, wo das Antlitz Joseph Curwens, das ihm so erstaunlich – und man hatte fast den Eindruck, zunehmend – ähnelte, ihn von der Täfelung über dem Kamin an der Nordseite herab unverwandt anstarrte.

Gegen Ende März ergänzte Ward sein Stöbern in den Archiven noch durch eine unheimliche Serie von Gängen zu den verschiedenen alten Friedhöfen der Stadt. Der Grund wurde später bekannt, als man von Rathausangestellten erfuhr, daß er wahrscheinlich einen wichtigen Hinweis entdeckt habe. Seine Wißbegierde hatte sich unvermittelt vom Grab Joseph Curwens auf das eines gewissen Naphtali Field verlagert, und dieser Wechsel wurde verständlich, als man bei Durchsicht der Bücher, mit denen er sich befaßt hatte, tatsächlich eine unvollständige Eintragung über Curwens Begräbnis entdeckte, die der allgemeinen Tilgung entgangen war; sie besagte, daß der sonderbare Bleisarg »10 Fuß s. und 5 Fuß w. vom Grab des Naphtali Field auf dem – – – –« beerdigt worden sei. Die Suche wurde durch die fehlende Angabe über den Friedhof sehr erschwert, und Naphtali Fields Grab schien ebenso unauffindbar wie das des Joseph Curwen; doch in diesem Falle hatte niemand versucht, alle Hinweise zu vernichten, und man konnte mit Recht hoffen, den Grabstein selbst zu finden, selbst wenn alle sonstigen Anhaltspunkte verschwunden waren. Daher diese Friedhofsgänge – von denen der Kirchhof von St. John's (früher King's Church) und der alte Friedhof der freien Gemeinden in der Mitte des Swan Point-Friedhofs ausgeschlossen waren, weil andere Unterlagen ergeben hatten, daß der einzige Naphtali Field (ob. 1729), dessen Grab gemeint sein konnte, Baptist gewesen war.

4

Es war Mai geworden, als Dr. Willett auf Bitten des älteren Ward und ausgerüstet mit allen Fakten über Curwen, die die Familie in jenen Momenten erfahren hatte, in denen Charles nicht ganz so zugeknöpft gewesen war, mit dem jungen Mann sprach. Die Unterredung führte zu keinem brauchbaren oder schlüssigen Ergebnis, weil Willett in jedem Augenblick spürte, daß Charles vollkommen Herr seiner selbst und mit Dingen von wirklicher Bedeutung in Kontakt war; aber immerhin wurde der junge Mann dadurch gezwungen, eine plausible Erklärung für sein Verhalten in der letzten Zeit abzugeben. Ward war ein farbloser, leidenschaftsloser Typ, der nicht leicht in Verlegenheit zu bringen war, und schien durchaus bereit, über seine Arbeiten zu sprechen, ohne jedoch deren Ziel zu verraten. Er erklärte, die Schriftstücke seines Vorfahren hätten bemerkenswerte Geheimnisse früher Wissenschaften enthalten, größtenteils in Geheimschrift, die offenbar in ihrer Tragweite nur mit den Entdeckungen von Friar und Bacon zu vergleichen seien, ja diese vielleicht sogar noch überträfen. Sie seien jedoch bedeutungslos, wenn man sie nicht zu einem heute völlig veralteten Wissensgebiet in Beziehung setze, so daß sie, würde man sie unverzüglich einer nur mit der modernen Wissenschaft vertrauten Welt vorlegen, all ihrer dramatischen Bedeutung beraubt würden. Um den ihnen gebührenden Platz in der Geschichte des menschlichen Denkens einnehmen zu können, müßten sie erst von einem Kundigen in eine Korrelation mit dem Hintergrund gebracht werden, aus dem sie sich entwickelt hatten, und dieser Aufgabe widme er sich zur Zeit. Er versuche, sich so schnell wie möglich jene vergessenen Fertigkeiten der Alten anzueignen, die ein getreuer Deuter der Fakten über Curwen besitzen müsse, und er hoffe, zu gegebener Zeit umfassendes Material vorlegen zu können, das für die Menschheit und die Geistesgeschichte von höchstem Interesse sein würde. Nicht einmal Einstein, so behauptete er, könne die herrschenden Ansichten über die Dinge tiefgreifender revolutionieren.

Zu seinen Nachforschungen auf den Friedhöfen, deren Zweck er freimütig eingestand, über deren Fortschreiten er sich jedoch nicht näher ausließ, sagte er, er habe Grund zu der Annahme, daß Joseph Curwens verstümmelte Grabinschrift bestimmte mystische Symbole enthalte – eingemeißelt in Ausführung seines letzten Willens und unwissentlich verschont von jenen, die den Namen getilgt hatten –, die für die letzte Lösung seines kryptischen Systems absolut unerläßlich seien. Curwen, so glaube er, habe sein Geheimnis sorgsam bewahren wollen und deshalb die einzelnen Daten auf äußerst sonderbare Weise verstreut. Als Dr. Willett die mystischen Dokumente zu sehen begehrte, zeigte sich Ward äußerst abgeneigt und versuchte, ihn mit Dingen wie den Photokopien der Geheimschrift von Hutchinson und der Formel und den Diagrammen Ornes abzuspeisen; doch schließlich zeigte er ihm wenigstens von außen einige der echten Curwen-Funde – sein »Tagebuch«, die Geheimschrift (Titel ebenfalls in Geheimschrift) und die mit Formeln angefüllte Botschaft *»An Ihn, welcher danach kommen wird«* – und ließ ihn auch in diejenigen Schriftstücke hineinschauen, die in obskuren Buchstaben geschrieben waren.

Auch schlug er das Tagebuch an einer Stelle auf, die er mit Vorbedacht wegen ihrer Harmlosigkeit ausgesucht hatte, und ließ Willett einen Blick auf Curwens zusammenhängende Handschrift in englischer Sprache werfen. Der Doktor besah sich sehr aufmerksam die krakeligen, verschnörkelten Buchstaben, und ihm fiel auf, daß sowohl die Schriftzüge als auch der Stil typisch für das siebzehnte Jahrhundert waren, obwohl der Verfasser bis ins achtzehnte Jahrhundert hinein gelebt hatte; er war schnell überzeugt, daß das Dokument echt war. Der Text selbst war verhältnismäßig belanglos, und Willett konnte sich nur an ein Fragment erinnern:

»Mittw. 16. Okt. 1754. Meine Schaluppe *Wahefal* lief heute aus London ein, mit XX neuen Mannen von den Westindischen Inseln, Spanier aus Martineco und Niederländer aus Surinam. Die Niederländer werden wohl dersertiren, da sie gehört haben, es sey etwas Böses an diesen Abenteuern, doch ich will sie zu halten suchen. Für Mr. Knight Dexter, Zum Lorbeer mit dem Buche, 120 Ballen Kamelott, 100 Ballen sort. Kamelott-Imitation, 20 Ballen blauen Düffel, 100 Ballen Schalaune, 50 Ballen Kalmank, je 300 Ballen Sehndsoy- und Humhum-Tuch. Für Mr. Green, Zum Elefanten, 50 Gallonen-Kessel, 20 Pfannen, 15 Backformen, 10 Paar Kohlenzangen. Für Mr. Perrigo 1 Satz Pfrieme. Für Mr. Nightingale 50 Ries bestes Propatria. Sagte letzte Nacht dreymahl das SABA-OTH, aber keiner erschien. Ich muß von Mr. H. in Transsilvania hören, wiewohl es schwer ist, ihn zu erreichen, und merckwürdig, daß er mir nicht sagen kann, wie das zu gebrauchen sey, welches er hundert Jahre lang so klug gebrauchet. Simon hat die V. Woche nicht geschrieben, doch ich hoffe, in Bälde von ihm zu hören.«

Als er an dieser Stelle angelangt war, blätterte Dr. Willett um, doch Ward griff sofort ein und riß ihm das Buch beinahe aus der Hand. Alles, was der Doktor auf den neu aufgeschlagenen Seiten sehen konnte, waren zwei kurze Sätze; doch merkwürdigerweise blieben ihm diese hartnäckig im Gedächtnis. Sie lauteten: »Wenn der

Vers aus Liber Damnatus V Tage der Kreuzerhöhung und IV Allerheiligenabende gesprochen wird, vertraue ich darauf, daß jenes Ding außerhalb der Sphären erscheinet. Es wird Einen ziehen, welcher kommen wird, so ich es vollbringen kann, daß er seyn wird, und er wird an vergangene Dinge denken und zurückblicken auf alle die Jahre, gegen welche ich die Saltze bereit haben muß oder jenes, aus welchem sie zu fertigen seyn.«

Mehr konnte Willett nicht lesen, doch irgendwie verlieh dieser kurze Blick den gemalten Zügen Joseph Curwens, die unverwandt von der Täfelung über dem Kamin herabstarrten, eine neue, vage Schrecklichkeit. Und seither konnte er sich nicht von der sonderbaren Vorstellung losmachen – die seine medizinische Bildung ihn natürlich als bloße Einbildung verwerfen ließ –, daß die Augen des Mannes auf dem Porträt den Wunsch, wenn auch nicht gerade die eindeutige Tendenz hatten, dem jungen Charles nachzuschauen, wenn er sich im Zimmer hin und her bewegte. Bevor er das Arbeitszimmer verließ, blieb er stehen, um das Bild genau zu betrachten, und er staunte über die Ähnlichkeit mit Charles und prägte sich jede winzige Einzelheit des kryptischen, farblosen Antlitzes ein, bis hin zu einer kleinen Narbe auf der glatten Stirn über dem rechten Auge. Cosmo Alexander, so entschied er bei sich, war als Künstler ein würdiger Sohn jenes Schottland gewesen, das Raeburn hervorgebracht hatte, und ein würdiger Lehrer seines berühmten Schülers Gilbert Stuart.

Nachdem der Doktor ihnen versichert hatte, daß Charles' geistige Gesundheit nicht in Gefahr war und er im Gegenteil sich mit Forschungen befaßte, die sich als wirklich bedeutungsvoll erweisen konnten, waren die

Wards nachsichtiger, als sie es sonst vielleicht gewesen wären, als der junge Mann sich im Juni strikt weigerte, sich am College einzuschreiben. Er müsse sich, so erklärte er, Studien von weit größerer Bedeutung widmen, und teilte seinen Eltern mit, er wolle im nächsten Jahr ins Ausland gehen, um sich Zugang zu Informationsquellen zu verschaffen, die in Amerika nicht vorhanden seien. Ward senior schlug ihm zwar diesen letzteren Wunsch ab, weil er für einen erst achtzehnjährigen Jungen absurd sei, gab aber in der Frage des Universitätsstudiums nach, so daß für den jungen Charles auf den nicht gerade brillanten Abschluß an der Moses Brown-Schule drei Jahre intensiver okkulter Studien und ausgedehnter Friedhofsbesichtigungen folgten. Es sprach sich herum, daß er ein Exzentriker sei, und die Freunde der Familie verloren ihn noch mehr aus den Augen, als es bisher schon der Fall gewesen war. Er widmete sich ausschließlich seiner Arbeit und unternahm nur hin und wieder Fahrten in andere Städte, um obskure alte Archive zu durchstöbern. Einmal fuhr er in den Süden, um sich mit einem sonderbaren alten Mulatten zu unterhalten, der in einem Sumpf lebte und über den eine Zeitung einen merkwürdigen Artikel gebracht hatte. Ein andermal suchte er ein kleines Dorf in den Adirondacks auf, aus dem Berichte über merkwürdige Zeremonien gekommen waren. Aber immer noch gestatteten ihm die Eltern nicht jene Reise in die Alte Welt, die er sich wünschte.

Nachdem er im April 1923 volljährig geworden war, entschloß sich Ward, da er schon vorher ein kleines Vermögen von seinem Großvater mütterlicherseits geerbt hatte, endlich die Reise nach Europa anzutreten, die man ihm so lange verweigert hatte. Wohin er überall fahren würde, sagte er nicht, außer daß seine Studien den Besuch vieler verschiedener Orte erforderlich machen würden; er versprach jedoch, seinen Eltern regelmäßig und ausführlich zu schreiben. Als sie sahen, daß er nicht von seinem Vorhaben abzubringen war, gaben sie allen Widerstand auf und halfen ihm, so gut sie konnten; im Juni bestieg der junge Mann dann ein Schiff nach Liverpool, begleitet von den guten Wünschen seines Vaters und seiner Mutter, die ihn nach Boston brachten und ihm vom White Star Pier in Charlestown aus zuwinkten, bis das Schiff außer Sicht war. Seine Briefe berichteten bald danach, er sei gut angekommen, habe eine gute Unterkunft in der Great Russell Street in London gefunden, wo er zu bleiben beabsichtige, ohne irgendwelche Freunde der Familie aufzusuchen, bis er die Möglichkeiten des Britischen Museums in einer bestimmten Richtung ausgeschöpft habe. Über seinen Tagesablauf schrieb er nur wenig, denn darüber gab es wenig zu berichten. Studium und Experimente beanspruchten seine ganze Zeit, und er erwähnte einmal ein Laboratorium, das er sich in einem seiner Zimmer eingerichtet habe. Daß er nichts über Wanderungen durch die alten Teile der glanzvollen Stadt mit ihrer faszinierenden Silhouette alter Kuppeln und Türme und ihrem Gewirr von Straßen und Gassen schrieb, deren geheimnisvolle Windungen und unvermittelte Aussichten gleichzeitig verlocken und überraschen, nahmen die Eltern als ein gutes Zeichen dafür, daß seine neuen Interessengebiete jetzt seine ganze Aufmerksamkeit beanspruchten.

Im Juni 1924 kam eine kurze Nachricht über seine Abreise nach Paris, wo er schon vorher ein- oder zweimal für ganz kurze Zeit gewesen war, um sich Material aus der Nationalbibliothek zu besorgen. In den folgenden drei Monaten schickte er nur Postkarten, auf denen er seine Adresse in der Rue St. Jacques angab und einmal von besonderen Nachforschungen in alten Manuskripten in der Bibliothek eines ungenannten Privatsammlers sprach. Er ging Bekanntschaften aus dem Wege, und keine Touristen konnten berichten, daß sie ihn getroffen hätten. Dann ließ er lange nichts hören, und im Oktober erhielten die Wards eine Postkarte aus Prag, aus der sie erfuhren, daß Charles sich in dieser alten Stadt aufhielt, um mit einem hochbetagten Mann zusammenzutreffen, der angeblich der letzte lebende Mensch sei, der über irgendeine äußerst merkwürdige Information aus dem Mittelalter verfüge. Er nannte eine Adresse in der Neustadt und schrieb, er würde bis zum folgenden Januar dort bleiben. In diesem Monat kamen dann auch mehrere Postkarten aus Wien, auf denen er erzählte, er sei auf der Durchreise zu einer weiter östlich gelegenen Region, wohin ihn einer seiner Briefpartner und Kollegen auf dem Gebiet okkulter Studien eingeladen habe.

Die nächste Karte kam aus Klausenburg in Transsilvanien und berichtete davon, daß er sich seinem Ziel nähere. Er würde einen Baron Ferenczy besuchen, dessen Gut in den Bergen östlich von Rakus liege, und man solle ihm seine Post per Adresse dieses Adligen schicken. Eine weitere Karte, die eine Woche später in Rakus abgeschickt worden war und berichtete, er sei mit der Kutsche des Gastgebers abgeholt worden und befände sich auf dem Weg in die Berge, war seine letzte Nachricht für einen längeren Zeitraum; er beantwortete nicht einmal die zahlreichen Briefe seiner Eltern, bis er dann im Mai schrieb, um seine Mutter von dem Vorhaben abzubringen, sich mit ihm im Sommer in London, Paris oder Rom zu treffen; um diese Zeit wollten die älteren Wards eine Europareise machen. Seine Nachforschungen, so schrieb er, seien so geartet, daß er seinen derzeitigen Aufenthaltsort nicht verlassen könne, das Schloß des Barons Ferenczy aber sei wegen seiner Lage für Besuche nicht geeignet. Es stünde auf einem Felsen in den dunklen bewaldeten Bergen, und die Gegend werde von den Einheimischen in der Weise gemieden, daß normale Leute sich dort unweigerlich unbehaglich fühlten. Überdies sei der Baron kein Typ, der aufrechten und konservativen Bürgern Neuenglands zusagen würde. Er sei von eigentümlichem Aussehen und Gebaren und von beunruhigend hohem Alter. Es wäre besser, so meinte Charles, wenn seine Eltern bis zu seiner Rückkehr nach Providence warten würden, die nicht mehr in allzu ferner Zukunft läge.

Doch diese Rückkehr fand erst im Mai 1925 statt, als der junge Weltenbummler nach einigen das Ereignis ankündigenden Postkarten in aller Stille auf der *Homeric* in New York eintraf und die lange Strecke bis nach Providence im Autobus zurücklegte; wie im Traum nahm er den Anblick der grünen, welligen Hügel, der duftenden, blühenden Gärten und der weißen, von Türmen überragten Städte des frühlingshaft erstrahlenden Connecticut in sich auf – den ersten Vorgeschmack auf Neuengland nach fast vier Jahren. Als der Bus den Pawcatuck überquerte und im feenhaften Gold eines Spätnachmittags im Frühling nach Rhode Island hineinfuhr, begann sein Herz schneller zu schlagen, und die Ankunft in Providence, entlang der Reservoir- und

Elmwood-Allee, war ein atemberaubendes, wuderbares Erlebnis, trotz der Tiefen verbotener Geheimwissenschaften, in die er vorgedrungen war. Auf dem hohen Platz, wo die Weybosset und die Empire Street zusammentrafen, sah er vor und unter sich im Feuer des Sonnenunterganges die anmutigen und vertrauten Häuser und Kuppeln und Türmchen der alten Stadt liegen; und ihm wurde ganz benommen zumute, als das Fahrzeug zu der Haltestelle hinter dem Biltmore hinabrollte und die große Kuppel und die weichen, von Dächern unterbrochenen Grünflächen der alten Hügel jenseits des Flusses auftauchten und der im Kolonialstil erbaute Turm der First Baptist Church sich im magischen Abendlicht rosa vor dem frischen Grün des steilen Hügels im Hintergrund abzeichnete.

Gutes, altes Providence! Diese Stadt und die geheimnisvollen Kräfte ihrer langen, kontinuierlichen Geschichte hatten ihn hervorgebracht und ihn zurückgerufen zu Wundern und Geheimnissen, deren Grenzen kein Prophet festsetzen konnte. Hier lagen die Arkana, mochten sie wunderbar oder schrecklich sein, auf die all seine Wander- und Studienjahre ihn vorbereitet hatten. Ein Taxi brachte ihn im Nu über den Postplatz, mit dem kurzen Ausblick auf den Fluß, die alte Markthalle und den Anfang der Bucht, und die steile Waterman Street hinauf zur Prospect Street, wo die gewaltige, glänzende Kuppel und die von der Abendsonne geröteten ionischen Säulen der Christian Science Church von Norden herüberschauten. Dann noch acht Blöcke weiter, vorbei an den alten Villen, die ihm von Kindheit auf vertraut waren, und den eigentümlichen Ziegeltrottoirs, über die er in seinen Jugendjahren so oft gegangen war. Und schließlich dann das kleine, weiß angestrichene Bauernhaus zur Rechten, und zur Linken die klassische Adam-Veranda und die imposante Fachwerkfassade des großen, massiv gebauten Hauses, in dem er geboren war. Es dämmerte, und Charles Dexter Ward war heimgekehrt.

5

Eine etwas weniger akademische Schule von Nervenärzten als die des Dr. Lyman vertritt die Auffassung, der eigentliche Wahnsinn sei bei Ward während seiner Europareise ausgebrochen. Sie räumen ein, daß er normal war, als er losfuhr, glauben aber, sein Verhalten nach seiner Rückkehr lasse auf eine katastrophale Veränderung schließen. Aber selbst dieser Theorie vermag Dr. Willett nicht zuzustimmen. Er beharrt darauf, es sei da später noch etwas gewesen; und das absonderliche Gebaren des jungen Mannes nach seiner Rückkehr führt er auf die Ausübung von Ritualen zurück, die er in der Fremde kennengelernt habe – recht abseitige Dinge, gewiß, aber keineswegs von solcher Art, daß sie gleich geistige Umnachtung des Zelebranten vermuten ließen. Ward selbst, obzwar sichtlich gealtert und verhärtet, zeigte im allgemeinen noch völlig normale Reaktionen; und in mehreren Unterredungen mit Willett legte er eine Ausgeglichenheit an den Tag, wie sie kein Wahnsinniger – nicht einmal im Frühstadium – längere Zeit hindurch würde vortäuschen können. Was den Verdacht des Wahnsinns in jener Periode nährte, waren die *Geräusche*, die zu allen Tages- und Nachtstunden aus Wards Labor im Dachgeschoß zu hören waren, in dem er sich die meiste Zeit über aufhielt. Man vernahm Gesänge und endlose Widerholungen sowie dröhnende Deklamationen in unheimlichen Rhythmen; und obwohl es sich immer um Wards eigene Stimme handelte, lag etwas im Klang dieser Stimme und im Akzent der Formeln, die sie aussprach, das jedem Zuhörer unweigerlich das Blut in den Adern gerinnen ließ. Auch konnte man beobachten, daß Nig, der majestätische schwarze Kater, der den Wards ans Herz gewachsen war, unruhig hin und her lief und einen Buckel machte, wenn manche dieser Töne durch das Haus schallten.

Auch die Gerüche, die gelegentlich aus dem Laboratorium drangen, waren äußerst merkwürdig. Manchmal waren sie beißend und giftig, meist jedoch aromatisch, geisterhafte, unbestimmbare Düfte, die die Macht zu besitzen schienen, phantastische Trugbilder hervorzurufen. Leute, die diese Gerüche wahrnahmen, hatten oft einen flüchtigen Augenblick Visionen von überwältigenden Landschaften mit sonderbaren Gebirgen oder langen, von Sphinxen oder Hippogryphen gesäumten Straßen, die sich in unendliche Fernen erstreckten. Ward nahm seine früheren Spaziergänge nicht wieder auf, sondern widmete sich eifrig den seltsamen Büchern, die er mitgebracht hatte, und nicht weniger seltsamen Experimenten in seinen Zimmern; und er erklärte, das in Europa gefundene Material habe die Möglichkeiten seiner Arbeit beträchtlich erweitert und verspreche große Enthüllungen in den folgenden Jahren. Sein älteres Aussehen verstärkte in erstaunlichem Maße die Ähnlichkeit mit Curwens Porträt in der Bibliothek, und Dr. Willett blieb oft nach einem Besuch vor dem Bild stehen und staunte über die praktisch vollkommene Identität, wobei er überlegte, daß jetzt nur die kleine Narbe über dem rechten Auge den längst verblichenen Hexenmeister von seinem lebendigen Spiegelbild unterschied. Diese Besuche Willetts, die auf Bitten der alten Wards stattfanden, waren ein kurioses Geschäft. Ward wies den Doktor nie ab, doch dieser spürte, daß das Innenleben des jungen Mannes ihm verschlossen blieb. Oft bemerkte er sonderbare Dinge; kleine Wachsfiguren von grotesker Gestalt auf den Bücherborden oder Tischen und die halb verwischten Spuren von Kreisen, Dreiecken und Pentagrammen in Kreide oder Holzkohle auf dem leeren Fußboden in der Mitte des großen Raumes. Und unablässig dröhnten des Nachts jene Rhythmen und Zaubergesänge durch das Haus, bis es fast unmöglich wurde, Dienstboten zu halten und verstohlenes Geraune über Charles' Wahnsinn zu verhindern.

Im Januar 1927 ereignete sich ein sonderbarer Vorfall. Eines Nachts gegen Mitternacht, als Charles einen rituellen Gesang zelebrierte, dessen geisterhafte Kadenzen unheimlich durch das Haus hallten, erhob sich plötzlich ein böiger, eiskalter Wind von der Bucht her, begleitet von einem leichten Erdbeben, das jeder in der ganzen Umgebung bemerkte. Gleichzeitig ließ der Kater Anzeichen entsetzlicher Furcht erkennen, und im Umkreis von nicht weniger als einer Meile bellten die Hunde. Das war das Vorspiel zu einem schweren Gewitter, das für diese Jahrezeit ungewöhnlich war und in einem solchen Donnerschlag gipfelte, daß Mr. und Mrs. Ward glaubten, der Blitz habe in ihr Haus eingeschlagen. Sie rannten nach oben, um zu sehen, was für ein Schaden angerichtet worden sei, doch Charles erwartete sie an der Tür zum Dachgeschoß; bleich, entschlossen und unheimlich, mit einer beinahe furchterregenden Mischung aus Triumph und tiefem Ernst auf dem Gesicht. Er versicherte ihnen, es habe nicht eingeschlagen und das Gewitter würde bald vorüber sein. Sie hielten inne, schauten aus dem Fenster und sahen, daß er recht hatte; denn die Blitze entfernten sich immer weiter, und die Bäume bogen sich nicht mehr unter eisigen Windstößen vom Wasser her. Der Donner sank zu einem dumpf grollenden Gemurmel ab und verebbte schließlich ganz. Die Sterne kamen heraus, der Triumph auf Charles Wards Antlitz verdichtete sich zu einem höchst einzigartigen Ausdruck.

In den auf diesen Vorfall folgenden zwei Monaten vergrub sich Ward nicht so häufig wie sonst in seinem Laboratorium. Er zeigte ein merkwürdiges Interesse für das Wetter und stellte kuriose Untersuchungen an, um herauszufinden, wann im Frühjahr der Erdboden auftauen würde. Eines Nachts gegen Ende März ging er nach Mitternacht aus dem Haus und kehrte erst kurz vor Tagesanbruch zurück; zu dieser Stunde hörte seine Mutter, die nicht mehr schlafen konnte, wie ein Auto mir ratterndem Motor vor der Einfahrt hielt. Gedämpfte Flüche ließen sich vernehmen, und als Mrs. Ward sich erhob und ans Fenster trat, sah sie vier dunkle Gestalten, die eine lange, schwere Kiste nach Charles' Anweisungen von einem Lastwagen abluden und durch die Seitentür ins Haus trugen. Sie hörte angestrengtes Keuchen und schwere Fußtritte auf der Treppe und schließlich einen dumpfen Schlag vom Dachgeschoß her; danach kamen die Fußtritte wieder die Treppe herunter, die vier Männer tauchten draußen auf und fuhren in ihrem Lastwagen davon. Am folgenden Tag zog sich Charles wieder in sein Labor im Dachgeschoß zurück, ließ die dunklen

Jalousien vor den Fenstern herunter und arbeitete offenbar an irgendeinem Metallgegenstand. Er öffnete keinem und wies standhaft alles Essen zurück, das man ihm anbot. Gegen Mittag waren ein Reißgeräusch, ein gräßlicher Schrei und das Fallen eines schweren Gegenstandes zu hören, aber als Mrs. Ward an die Tür pochte, antwortete ihr Sohn nach einer Weile mit schwacher Stimme, es sei nichts passiert. Der widerwärtige und unbeschreibliche Geruch, der sich jetzt ausbreitete, sei völlig harmlos und leider unvermeidlich. Das wichtigste sei jetzt, daß er allein bleibe, und er würde später zum Abendessen herunterkommen. Nachdem hinter der Tür mehrmals merkwürdige Zischgeräusche ertönt und endlich verstummt waren, kam er am Nachmittag schließlich heraus; er sah völlig verstört aus und verbot jedem einzelnen, unter welchem Vorwand auch immer, das Laboratorium zu betreten. Das erwies sich als der Beginn einer neuen Geheimhaltungspolitik, denn von diesem Tage an erlaubte er niemandem mehr, das mysteriöse Arbeitszimmer oder den daran anschließenden Lagerraum zu betreten, den er reinigte, behelfsmäßig möblierte und seinem geheiligten Privatbezirk als Schlafzimmer angliederte. Hier lebte er, mit den Büchern, die er aus seiner Bibliothek heraufholte, bis er den Bungalow in Pawtuxet kaufte und alle seine wissenschaftlichen Geräte und Hilfsmittel dorthin schaffte.

Am Abend desselben Tages nahm Charles die Zeitung an sich und vernichtete einen Teil davon, scheinbar durch bloße Unachtsamkeit. Dr. Willett stellte später durch Befragung mehrerer Mitglieder des Haushalts das genaue Datum fest, ließ sich im Büro des *Journal* eine vollständige Nummer vorlegen und entdeckte, daß in dem von Charles beseitigten Teil der folgende Artikel gestanden hatte:

Nächtliche Ruhestörung auf dem Nordfriedhof

Robert Hart, Nachtwächter auf dem Nordfriedhof, bemerkte heute in den frühen Morgenstunden eine Gruppe von mehreren Männern mit einem Lastwagen im ältesten Teil des Friedhofes, schlug sie aber offenbar durch sein Auftauchen in die Flucht, bevor sie ihr Vorhaben ausführen konnten.

Hart entdeckte die Männer ungefähr gegen vier Uhr, als ihm das Geräusch eines Lastkraftwagens nicht weit von seinem Unterstand auffiel. Er ging dem Geräusch nach und sah einen großen Lastwagen auf dem Hauptweg stehen, mehrere Ruten entfernt; er konnte ihn jedoch nicht mehr erreichen, da offenbar seine Tritte auf dem Kiesweg die Männer auf ihn aufmerksam gemacht hatten. Die Unbekannten luden eilig eine große Kiste auf den Lastwagen und fuhren in Richtung auf die Straße davon, bevor Hart sie einholen konnte. Da kein Grab angetastet wurde, glaubt Hart, bei dieser Kiste habe es sich um einen Gegenstand gehandelt, den die Männer vergraben wollten.

Die Unbekannten mußten schon eine ganze Weile am Werk gewesen sein, als sie überrascht wurden, denn Hart fand ein riesiges Loch, das in beträchtlicher Entfernung vom Hauptweg auf der Parzelle von Amosa Field gegraben worden war, wo früher alte Grabsteine gestanden haben, die jedoch inzwischen längst entfernt wurden. Das Loch, so groß und tief wie ein Grab, war leer. Seine Lage entsprach keiner der in den Kirchenbüchern erwähnten Grabstätten.

Sergeant Riley vom Zweiten Revier nahm die Stelle in Augenschein und äußerte die Ansicht, das Loch sei von Schmugglern gegraben worden, die den äußerst makabren Einfall gehabt hätten, diesen ruhigen Ort als sicheres Versteck für Spirituosen zu mißbrauchen. Auf entsprechende Fragen gab Hart an, er glaube, der Lastwagen sei in die Rochambeau Avenue eingebogen, doch sei er sich dessen nicht sicher.

Während der folgenden fünf Tage bekamen die Wards von Charles nicht viel zu sehen. Nachdem er sich im Dachgeschoß auch eine Schlafstelle eingerichtet hatte, blieb er dort oben ganz für sich und gab Anweisung, man solle sein Essen vor die Tür stellen, wo er es sich erst holte, wenn der Dienstbote gegangen war. Das Dröhnen monotoner Formeln und Rhythmen bizarrer Gesänge waren hin und wieder zu vernehmen, während man zu anderen Zeiten Geräusche wie von klirrendem Glas, zischenden Chemikalien, laufendem Wasser und fauchenden Gasflammen hören konnte. Gerüche völlig unbestimmter Art, wie sie nie zuvor jemand wahrgenommen hätte, drangen zuzeiten durch die Tür; und die innerliche Spannung, die man dem jungen Einsiedler ansehen konnte, wenn er sich einmal kurz herauswagte, gab Anlaß zu den absonderlichsten Spekulationen. Einmal begab er sich in aller Eile zum Athenäum, um sich ein bestimmtes Buch zu beschaffen, und ein andermal mietete er einen Boten, der ihm einen höchst obskuren Band aus Boston holen mußte. Spannung hing bedrohlich über der ganzen Situation, und sowohl die Eltern als auch Dr. Willett mußten sich eingestehen, daß sie völlig ratlos waren, was davon zu halten sei oder was man unternehmen könne.

6

Dann aber trat am fünften April eine bemerkenswerte Wende ein. Zwar vollzog sich offenbar keine grundsätzliche Veränderung, doch war eine furchtbare Steigerung in der Intensität nicht zu übersehen; und Dr. Willett mißt dieser Veränderung irgendwie eine große Bedeutung bei. Es geschah an einem Karfreitag, ein Umstand, von dem die Dienstboten viel Aufhebens machten, während andere ihn natürlich als einen bloßen Zufall abtaten. Am Spätnachmittag fing der junge Ward an, eine bestimmte Formel mit ungewöhnlich lauter Stimme immer wieder aufzusagen, wobei er irgendeine so beißende Substanz verbrannte, daß der Rauch sich im ganzen Haus ausbreitete. Die Formel war im Flur außerhalb der abgeschlossenen Tür so deutlich zu verstehen, daß Mrs. Ward sie sich unwillkürlich einprägte, als sie angstvoll lauschend wartete, und sie später auf Dr. Willetts Verlangen aufschrieb. Sie lautete wie folgt, und Experten haben Dr. Willett darüber aufgeklärt, daß sich eine ganz ähnliche Formel in den mystischen Schriften des »Eliphas Levi« fände, jener kryptischen Seele, die durch einen Spalt in der verbotenen Tür kroch und einen Blick auf die schrecklichen Abgründe auf der anderen Seite erhaschte:

»Per Adonai Eloim, Adonai Jehova,
Adonai Sabaoth, Metraton Ou Agla Methon,
Verbum pythonicum, mysterium salamandrae,
cenventus sylvorum, antra gnomorum,
daemonia Coeli God, Almonsin, Gibor,
Jehosua, Evam, Zariathnatmik, Veni, veni, veni.«

Diesen Spruch hatte Ward zwei Stunden lang unverändert und ohne Unterbrechung rezitiert, als plötzlich in der ganzen Nachbarschaft ein pandämonisches Hundegeheul einsetzte. Das Ausmaß dieses Geheuls mag man daran ermessen, wieviel Raum ihm tags darauf in den Zeitungen gewidmet wurde, aber für die Menschen im Haus der Wards wurde es von dem Geruch überschattet, der sich unmittelbar darauf ausbreitete. Ein widerwärtiger, alles durchdringender Gestank, den keiner von ihnen je zuvor noch jemals danach gerochen hat. Mitten in dieser memphitischen Flut flammte ein Lichtstrahl von der Helligkeit eines Blitzes auf, der höchst eindrucksvoll gewesen wäre und die Augen geblendet hätte, wäre es nicht taghell gewesen; und dann ließ sich die *Stimme* vernehmen, die keiner von denen, die sie hörten, je vergessen wird, so donnernd laut und doch entfernt, so unglaublich tief und so unheimlich anders als Charles' Stimme war sie. Sie erschütterte das Haus und wurde von mindestens zwei Nachbarn deutlich wahrgenommen, trotz des Hundegeheuls. Mrs. Ward, die verzweifelt vor der Tür des verschlossenen Laboratoriums ihres Sohnes gelauscht hatte, schauderte, als sie die höllische Bedeutung dieser Stimme erkannte; denn Charles hatte ihr von deren unheilvollem Ruf in dunklen Büchern erzählt, und auch davon, wie sie, wenn man den Fenner-Briefen glauben konnte, donnernd über dem Bauernhof bei Pawtuxet ertönt war, in der Nacht von Joseph Curwens Vernichtung. Es konnte kein Zweifel über diesen nachtmahrhaften Spruch geben, denn Charles hatte ihn allzu lebhaft beschrieben, damals, als er noch freimütig von seinen Nachforschungen über Curwen erzählt hatte. Und doch war es nur dieses Fragment in einer archaischen und vergessenen Sprache: »DIES MIES JESCHET BOENE DOESEF DOUVEMA ENITEMAUS.«

Unmittelbar nach diesem Donner verdunkelte sich für einen Moment das Licht des Tages, obwohl es bis zum Sonnenuntergang noch eine Stunde war, und dann quoll ein neuer Gestank auf, anders als der erste, doch ebenso unbekannt und unerträglich. Charles hatte jetzt seinen Singsang wiederaufgenommen, und seine Mutter konnte Silben verstehen, die etwa wie folgt lauteten: »Yi-nash-Yog-Sothoth-helglb-fi-throdag« und in einem »Yah!« endeten, dessen irrwitzige Lautstärke zu einem ohrenbetäubenden Crescendo anschwoll. Eine Sekunde später wurden alle bisherigen Eindrücke ausgelöscht durch den wimmernden Schrei, der mit rasender Explosivität ausbrach und sich nach und nach zu einem krampfhaften, diabolischen und hysterischen Gelächter wandelte. Hin und her gerissen zwischen Furcht und dem verzweifelten Mut einer Mutter, trat Mrs. Ward ein paar Schritte vor und klopfte zaghaft an die alles verbergende Holztür, doch sie erhielt keine Antwort. Wieder klopfte sie, hielt aber entnervt inne, als ein zweiter Schrei sich erhob, diesmal unverkennbar in der vertrauten Stimme ihres Sohnes, *und im Gleichklang mit dem noch immer andauernden Gekecker jener anderen Stimme ertönte.* Im nächsten Augenblick fiel sie in Ohnmacht, doch bis heute weiß sie nicht zu sagen, was der eigentliche und unmittelbare Anlaß dafür war. Das Gedächtnis versagt uns manchmal auf wohltätige Weise den Dienst.

Mr. Ward kam Viertel vor sechs aus dem Industriegebiet nach Hause, und als er seine Frau unten nicht fand, erfuhr er von den verschüchterten Dienstboten, sie beobachte wahrscheinlich Charles' Tür, hinter der seltsamere Geräusche als je zuvor ertönt seien. Er eilte unverzüglich die Treppe hinauf und fand Mrs. Ward der Länge nach auf dem Fußboden des Korridors vor dem Laboratorium liegen. Er folgerte sogleich, daß sie in Ohnmacht gefallen sei, und holte schnell ein Glas Wasser aus einem Krug, der in einer Nische des Korridors stand. Er schüttete ihr die kalte Flüssigkeit ins Gesicht und bemerkte zu seiner Freude, daß sie sofort reagierte; während er aber noch zusah, wie sie erstaunt die Augen öffnete, durchfuhr ihn ein Schreck, der ihn beinahe in jenen Zustand versetzt hätte, aus dem seine Frau eben aufgewacht war. Denn das scheinbar stille Laboratorium war keineswegs so still, wie er zunächst gedacht hatte, sondern von den gedämpften Lauten einer gespannten Unterredung erfüllt, die zu leise war, als daß man etwas verstehen konnte, aber doch von einer Art, die einen in tiefster Seele beunruhigen konnte.

Nun war es natürlich nichts Neues, daß Charles irgendwelche Formeln murmelte; doch dieses Gemurmel war entschieden anders geartet. Es war so eindeutig ein Dialog oder doch die Imitation eines Gespräches mit Frage und Antwort, Rede und Gegenrede. Eine Stimme war eindeutig die von Charles, doch die andere war von einer Tiefe und Hohlheit, wie der junge Mann sie bei seinen erfolgreichsten zeremoniellen Imitationsversuchen kaum jemals erreicht hatte. Sie hatte etwas Grauenerregendes, Blasphemisches, Abnormes, und hätte ihn nicht ein Ausruf seiner zu sich kommenden Frau aufgestört und seine schützenden Instinkte wachgerufen, so hätte sich Theodore Howland Ward wohl kaum noch fast ein weiteres Jahr rühmen können, in seinem ganzen

Leben noch nie in Ohnmacht gefallen zu sein. So aber nahm er seine Frau auf die Arme und trug sie eilends die Treppe hinunter, bevor auch sie die Geräusche hörte, die ihn so aus der Fassung gebracht hatten. Dennoch war er nicht schnell genug, um nicht noch selbst etwas zu hören, was ihn gefährlich mit seiner Last stolpern ließ. Denn Mrs. Wards Ausruf war offensichtlich außer von ihm auch noch von anderen gehört worden, und als Antwort darauf waren aus dem Raum hinter der verschlossenen Tür die ersten vernehmlichen Worte dieses schrecklichen Gespräches nach draußen gedrungen. Es war nichts als eine aufgeregte Warnung in Charles' eigener Stimme, doch die Folgerungen daraus versetzten den Vater, der sie vernahm, in namenlosen Schrecken. Was er gehört hatte, war nicht mehr als dies: »Psst! Schreibt!«

Mr. und Mrs. Ward hatten nach dem Dinner eine längere Unterredung, und Mr. Ward beschloß, Charles ernstlich und unnachsichtig ins Gebet zu nehmen. Wie wichtig die Angelegenheit auch sein mochte, ein solches Gebaren konnte nicht länger geduldet werden; denn diese neuesten Entwicklungen überschritten jede Grenze der Vernunft und stellten eine Bedrohung für die Ordnung im Haus und den Seelenfrieden seiner Bewohner dar. Der junge Mann mußte wirklich den Verstand verloren haben, denn nur schierer Wahnsinn konnte zu den wilden Schreien und imaginären Gesprächen mit verstellter Stimme geführt haben, die dieser Tag gebracht hatte. All das mußte jetzt aufhören, sonst würde Mrs. Ward noch vollends krank und die Beschäftigung von Hausangestellten unmöglich werden.

Mr. Ward erhob sich vom Tisch und machte sich auf den Weg nach oben in Charles' Laboratorium. Doch im dritten Stock hielt er inne, als er die Geräusche vernahm, die jetzt aus der unbenützten Bibliothek seines Sohnes kamen. Offenbar warf jemand mit Büchern herum und raschelte mit Papieren, und als er an die Tür trat, erblickte Mr. Ward den jungen Mann, wie er sich in höchster Aufregung einen ganzen Stapel verschiedenster Bücher und Schriften auf den Arm lud. Charles sah sehr mitgenommen und verstört aus und ließ mit einem unterdrückten Aufschrei seine ganze Last fallen, als er die Stimme seines Vaters hörte. Auf dessen Weisung hin setzte er sich und hörte sich eine Zeitlang die Ermahnungen an, die er schon längst verdient hatte. Es kam zu keinem Streit. Als die Strafpredigt beendet war, räumte er ein, daß sein Vater recht habe und daß seine Stimme, sein Gemurmel, seine Beschwörungen und chemischen Gerüche in der Tat eine unentschuldbare Belästigung darstellten. Er erklärte sich bereit, sich fortan ruhiger zu verhalten, bestand aber darauf, auch in Zukunft völlig ungestört weiterarbeiten zu können. Ein Großteil seiner zukünftigen Arbeit, so sagte er, würde ohnehin aus rein theoretischer Forschung bestehen, und für alle rituellen Gesänge, die zu einem späteren Zeitpunkt notwendig werden mochten, könne er sich ohne weiteres andere Räumlichkeiten beschaffen. Über die Angst und die Ohnmacht seiner Mutter zeigte er sich zutiefst zerknirscht, und er erklärte, daß die Unterredung, die anschließend zu hören gewesen sei, Teil eines komplizierten Symbolismus gewesen sei, der eine bestimmte geistig-seelische Atmosphäre habe schaffen sollen. Die abstrusen chemischen Fachausdrücke, die er gebrauchte, verwirrten Mr. Ward ein bißchen, doch der entscheidende Eindruck war, daß Charles völlig normal und Herr seiner selbst sei, trotz einer mysteriösen, im höchsten Grade besorgniserregenden Spannung. Die Unterredung verlief im Grunde ziemlich ergebnislos, und als Charles seine Bücher und Schriften aufsammelte und das Zimmer verließ, wußte Mr. Ward kaum, was er von der ganzen Angelegenheit halten sollte. Sie war genauso mysteriös wie der Tod des armen alten Nig, dessen steifer Kadaver mit aufgerissenen Augen und angstverzerrtem Maul eine Stunde zuvor im Keller gefunden worden war.

Einem vagen detektivischen Instinkt folgend, musterte der Vater jetzt neugierig die leeren Bücherborde, um festzustellen, was sein Sohn in die Dachkammer mitgenommen hatte. Die Bibliothek des jungen Mannes war streng und übersichtlich geordnet, so daß man auf einen Blick sagen konnte, welche Bücher oder zumindest welche Arten von Büchern entnommen worden waren. Zu seinem größten Erstaunen bemerkte Mr. Ward, daß keines der Bücher über Okkultismus und Altertumsforschung, abgesehen von denen, die schon vorher entfernt worden waren, fehlte. Die neu entnommenen Bücher betrafen ausnahmslos moderne Wissensgebiete; historische Werke, wissenschaftliche Abhandlungen, Geographiebücher, Literatur-Handbücher, philosophische Werke und einige zeitgenössische Zeitungen und Zeitschriften. Das war eine höchst merkwürdige Veränderung gegenüber Charles' Lektüre in der letzten Zeit, und der Vater hielt plötzlich inne, weil ein immer stärker werdendes Gefühl würgender Unruhe und Befremdung ihn beschlich. Dieses Gefühl wurde immer bedrückender und nahm ihm fast den Atem, während er sich verzweifelt bemühte, die Ursache seiner Unruhe ausfindig zu machen. Irgend etwas stimmte nicht, dessen war er sicher, und zwar in materieller ebenso wie in spiritueller Hinsicht. Seit er diesen Raum betreten hatte, hatte er gespürt, daß irgend etwas nicht stimmte, und schließlich dämmerte ihm, was es war.

An der Nordwand erhob sich noch immer über dem Kamin die geschnitzte Täfelung aus dem Haus in Olney Court, doch das brüchige, in mühsamer Arbeit restaurierte Ölporträt war vom Schicksal ereilt worden. Die Zeit und die ungleichmäßige Heizung hatten zu guter Letzt ihre Wirkung getan, und irgendwann nach dem letzten Saubermachen in dem Zimmer mußte es passiert sein. Von der Holzunterlage sich abschälend, enger und enger sich zusammenrollend und schließlich – und offenbar mit bösartig lautloser Plötzlichkeit – in kleine Stückchen zerbröckelnd, hatte das Porträt des Joseph Curwen für immer seinen Posten als unverwandt blickender Beobachter des jungen Mannes, dem es auf so merkwürdige Weise glich, aufgegeben und lag jetzt verstreut auf dem Boden als eine dünne Schicht feinen, blaugrauen Staubes.

IV
Eine Mutation und ein Fall von Wahnsinn

1

In der Woche, die jenem denkwürdigen Karfreitag folgte, sah man Charles Ward öfter als sonst; er trug unablässig Bücher zwischen seiner Bibliothek und dem Labor im Dachgeschoß hin und her. Seine Bewegungen waren gemessen und vernünftig, doch er wirkte gehetzt und verstohlen, was seiner Mutter gar nicht gefiel, und er legte – nach seinen Anforderungen an die Köchin zu urteilen – einen wahren Heißhunger an den Tag.

Dr. Willett war über die Geräusche und Ereignisse jenes Freitags unterrichtet worden und führte am folgenden Dienstag in der Bibliothek, wo das Bild nicht mehr von der Wand herabstarrte, ein längeres Gespräch mit dem jungen Mann. Es verlief wie immer ergebnislos; doch Willett ist noch immer bereit zu beschwören, daß der junge Mann zu diesem Zeitpunkt noch normal und Herr seiner selbst gewesen sei. Charles stellte baldige Enthüllungen in Aussicht und sprach davon, daß er sich anderswo ein Labor würde einrichten müssen. Über den Verlust des Bildes war er in Anbetracht seiner anfänglichen Begeisterung recht wenig betrübt und schien im Gegenteil dem plötzlichen Zerfall des Gemäldes sogar eine heitere Seite abzugewinnen.

Von der zweiten Woche an war Charles Ward wiederholt längere Zeit nicht zu Hause, und eines Tages, als die gute alte Hannah kam, um beim Frühjahrsputz zu helfen, erwähnte sie seine häufigen Besuche in dem alten

Haus in Olney Court, wo er immer mit einem großen Koffer auftauche und im Keller herumstöbere. Er sei immer sehr großzügig zu ihr und dem alten Asa, scheine aber unruhiger als sonst, worüber sie sehr betrübt sei, denn sie kenne ihn ja von seiner Geburt an.

Ein weiterer Bericht über seine Unternehmungen kam aus Pawtuxet, wo ihn Freunde der Familie erstaunlich oft aus der Ferne gesehen hatten. Er schien sich häufig im Strandbad und am Bootshaus von Rhodes-on-the-Pawtuxet zu schaffen zu machen, und spätere Nachforschungen Dr. Willetts in diesem Ort ergaben, daß es dabei offenbar stets sein Ziel war, sich Zugang zu dem dicht mit Büschen bewachsenen Flußufer zu verschaffen, an dem entlang er dann in nördlicher Richtung verschwand, um meistens für längere Zeit nicht mehr aufzutauchen.

Gegen Ende Mai waren eines Tages wieder rituelle Geräusche aus dem Labor unter dem Dach zu hören, was Charles einen strengen Tadel von Mr. Ward einbrachte, woraufhin er ein wenig zerstreut Besserung gelobte. Es geschah am Vormittag, und die Geräusche schienen eine Fortsetzung jener imaginären Unterredung darzustellen, die an jenem turbulenten Karfreitag stattgefunden hatte. Der junge Mann schien mit sich selbst zu streiten oder sich laute Vorwürfe zu machen, denn ganz plötzlich ertönte, deutlich vernehmbar, ein lauter Wortwechsel in zwei verschiedenen Stimmen, von denen die eine hartnäckig etwas zu fordern und die andere ebenso beständig abzulehnen schien, und Mrs. Ward rannte die Treppe hinauf, um an der Tür zu lauschen. Sie hörte aber nur ein Bruchstück, dessen einzige verständliche Worte »müssen es für drei Monate rot haben« lauteten, und auf ihr

Klopfen hin wurde es sofort still. Als Charles später von seinem Vater zur Rede gestellt wurde, sagte er, es gebe gewisse Konflikte der Bewußtseinssphären, die man nur mit größter Umsicht vermeiden könne, die er aber in andere Regionen verlagern würde.

Ungefähr Mitte Juni ereignete sich ein sonderbarer nächtlicher Vorgang. Am frühen Abend hatte man im Labor im Dachgeschoß polternde Geräusche gehört, und Mr. Ward wollte gerade nachsehen gehen, als es wieder ruhig war. Um Mitternacht, als die Wards sich zur Ruhe begeben hatten, schloß der Butler gerade die Haustür für die Nacht zu, als nach seiner Aussage Charles wie aus Versehen und ziemlich unsicher am Fuß der Treppe auftauchte und ihm durch ein Zeichen zu verstehen gab, daß er ihn hinauslassen solle. Der junge Mann sagte kein Wort, aber der ehrenwerte Mann aus Yorkshire sah für einen Augenblick seine fiebrigen Augen, und ein grundloses Zittern überfiel ihn. Er öffnete die Tür, und der junge Ward ging hinaus, doch am Morgen überbrachte er Mrs. Ward seine Kündigung. Es habe, so sagte er, etwas Unheimliches in dem Blick gelegen, mit dem Charles ihn fixiert habe. Es sei keine Art für einen jungen Mann, eine ehrliche Person auf diese Weise anzuschauen, und er sehe sich außerstande, noch eine weitere Nacht unter diesem Dach zu verbringen. Mrs. Ward ließ den Mann gehen, maß aber seiner Aussage nicht sonderlich viel Bedeutung bei. Sich vorzustellen, Charles habe sich in dieser Nacht in einem so aggressiven Zustand befunden, war ziemlich lächerlich, denn solange sie wachgelegen hatte, waren aus dem Labor schwache Geräusche zu hören gewesen; ein leises Schluchzen, ruhelos auf und ab gehende Schritte und ein

Seufzen, das nur von tiefster Verzweiflung zeugte. Mrs. Ward hatte es sich zur Gewohnheit gemacht, in der Nacht Geräuschen im Haus zu lauschen, denn das Geheimnis ihres Sohnes verdrängte in wachsendem Maße alle anderen Dinge aus ihrem Bewußtsein.

Wie schon an jenem anderen Abend vor nahezu drei Monaten, holte sich Charles auch am folgenden Abend als erster die Zeitung und verlegte den Hauptteil. Daran erinnerten sich die Wards erst später, als Dr. Willett anfing, Zusammenhänge aufzuspüren und hier und da nach fehlenden Gliedern zu suchen. Im Archiv des *Journal* fand er den Teil, den Charles beseitigt hatte, und entdeckte zwei Artikel, die möglicherweise bedeutsam waren. Sie hatten den folgenden Wortlaut:

Wieder Friedhofsschänder am Werk

Heute morgen bemerkte Robert Hart, Nachtwächter auf dem Nordfriedhof, daß abermals Grabplünderer im alten Teil des Friedhofes ihr Unwesen trieben. Das Grab von Ezra Weeden, der 1740 geboren wurde und gemäß der Inschrift seines umgestürzten und völlig zertrümmerten Schiefer-Grabsteins im Jahre 1824 starb, war geöffnet und geplündert worden, offensichtlich mit Hilfe eines Spatens, der vorher aus einem nahegelegenen Geräteschuppen entwendet worden war.

Was immer sich nach über einem Jahrhundert noch in dem Grab befunden haben mag, war bis auf ein paar verrottete Holzreste verschwunden. Es wurden keine Radspuren gefunden, doch die Polizei hat ein einzelnes Paar Fußabdrücke vermessen, die in der Nähe des Grabes entdeckt wurden und offenbar von den Stiefeln eines wohlhabenden Mannes stammten.

Hart neigt zu der Auffassung, daß ein Zusammenhang zwischen dieser Grabschändung und dem Vorfall im März besteht; damals hatte er eine Gruppe von Unbekannten mit einem Lastwagen verscheucht, nachdem die Männer ein tiefes Loch gegraben hatten. Sergeant Riley vom Zweiten Revier dagegen hält diese Theorie für unzutreffend und verweist auf grundlegende Unterschiede in beiden Fällen. Im März war an einer Stelle gegraben worden, wo sich kein Grab befand; diesmal wurde dagegen ein deutlich erkennbares und gepflegtes Grab offenbar mit voller Absicht geplündert. Wie rücksichtslos die Plünderer vorgegangen seien, könne man auch daran ermessen, daß der Grabstein zerstört wurde, der bis zum Tag zuvor noch völlig intakt gewesen sei.

Mitglieder der Familie Weeden äußerten ihr Erstaunen und ihre Trauer, als ihnen die Nachricht von der Plünderung überbracht wurde; sie sahen sich völlig außerstande, Angaben darüber zu machen, wer einen Grund gehabt haben könnte, das Grab ihres Vorfahren zu schänden. Hazard Weeden aus der Angell Street Nr. 598 erinnert sich an eine Familienlegende, nach der Ezra Weeden kurz vor dem Freiheitskrieg eine – für ihn jedoch nicht ehrenrührige – Rolle bei irgendwelchen Vorkommnissen gespielt haben soll; von einer Fehde oder einem Geheimnis aus jüngerer Zeit weiß er jedoch nichts. Inspektor Cunningham wurde mit der Klärung des Falls beauftragt und hofft, schon bald einige wichtige Anhaltspunkte zu entdecken.

Nächtliches Hundegebell in Pawtuxet

Die Einwohner von Pawtuxet wurden heute nacht gegen drei Uhr durch außergewöhnlich lautes Hundegebell aus dem Schlaf geschreckt, dessen Zentrum am Fluß unmittelbar nördlich von Rhodes-on-the-Pawtuxet zu liegen schien. Nach Aussage der meisten Ohrenzeugen war das Geheul der Hunde nach Art und Lautstärke höchst merkwürdig. Fred Lemdin, Nachtwächter in Rhodes, berichtet, er habe gleichzeitig Geräusche vernommen, die sich ganz wie gräßliche Angst- oder Todesschreie von Menschen angehört hätten. Ein heftiges und sehr kurzes Gewitter, das anscheinend in der Nähe des Flußufers niederging, setzte der Ruhestörung ein Ende. Der Vorfall wird allgemein mit sonderbaren und unangenehmen Gerüchen in Verbindung gebracht, die wahrscheinlich durch die Öltanks entlang der Bucht verursacht werden und zur Beunruhigung der Hunde beigetragen haben könnten.

Charles' Aussehen wurde jetzt immer abgezehrter und gehetzter, und rückblickend stimmen fast alle darin überein, daß er damals vielleicht den Wunsch hatte, eine Erklärung abzugeben oder ein Geständnis zu machen, wovon ihn nur blankes Entsetzen abgehalten habe. Seine Mutter fand auf ihrem makabren nächtlichen Horchposten heraus, daß er oft im Schutz der Dunkelheit das Haus verließ, und die orthodoxeren Nervenspezialisten schreiben ihm heute einhellig die widerwärtigen Fälle von Vampirismus zu, über die damals die Zeitungen in Sensationsmeldungen berichteten, für die aber bis heute noch kein Schuldiger gefunden wurde. Diese Fälle, die erst so kurz zurückliegen und so viel Aufsehen erregten, daß es sich erübrigt, sie im einzelnen zu schildern, betrafen Opfer jedes Alters und jeder Herkunft und schienen in zwei Gegenden gehäuft aufzutreten – in dem

Wohngebiet auf dem Hügel und im Norden, also in der Nähe des Hauses der Wards, und in den Vorstadtvierteln bei Pawtuxet. Sowohl Leute, die spät in der Nacht noch unterwegs waren, als auch solche, die bei offenem Fenster schliefen, wurden angefallen, und diejenigen von ihnen, die überlebten, berichteten übereinstimmend von einem mageren, geschmeidigen, springenden Ungeheuer mit brennenden Augen, das seine Zähne in den Hals oder den Oberarm schlug und gierig zu saugen begann.

Dr. Willett, der sich weigert, den Beginn von Charles Wards geistiger Umnachtung auf einen so frühen Zeitpunkt zu legen, ist nicht so schnell mit einer Erklärung für diese grausigen Vorfälle bei der Hand. Er habe, so behauptet er, seine eigenen Theorien, und schränkt seine positiven Erklärungen durch eine eigentümliche Negation ein. »Ich habe nicht die Absicht«, sagt er, »mich darüber zu äußern, wer oder was meiner Meinung nach diese Überfälle und Morde beging, aber ich erkläre, daß Charles Ward unschuldig war. Ich habe Grund zu der sicheren Annahme, daß er den Geschmack von Blut nicht kannte, was ja auch durch seine fortschreitende Anämie und Blässe deutlicher als durch alle Worte belegt wird. Ward hatte sich auf schreckliche Dinge eingelassen, aber er hat dafür bezahlt, und er war nie ein Ungeheuer oder ein Schurke. Wie es jetzt um ihn steht, darüber denke ich lieber nicht nach. Eine Veränderung vollzog sich, und ich bin geneigt anzunehmen, daß damit der alte Charles Ward starb. Zumindest starb seine Seele, denn jener irrsinnige Körper, der aus Waites Irrenanstalt verschwand, hatte eine andere.«

Willetts Wort hat Gewicht, denn er war oft im Hause der Wards, um nach Mrs. Ward zu sehen, deren Nerven allmählich unter der starken Belastung versagten. Ihr nächtliches Lauschen hatte zu gewissen makabren Halluzinationen geführt, die sie zaghaft dem Doktor anvertraute; Willett zog diese Dinge ihr gegenüber ins Lächerliche, obwohl sie ihm viel zu denken gaben, wenn er allein war. Diese Einbildungen betrafen stets die schwachen Geräusche, die sie in dem Labor und dem Schlafzimmer im Dachgeschoß zu hören meinte, und sie beharrte darauf, es handle sich um gedämpftes Seufzen und Schluchzen zu den unmöglichsten Zeiten. Anfang Juli verschrieb Dr. Willett Mrs. Ward einen Erholungsaufenthalt von unbestimmter Dauer in Atlantic City und schärfte sowohl Mr. Ward als auch dem verstörten und scheuen Charles ein, ihr nur aufmunternde Briefe zu schreiben. Wahrscheinlich verdankt sie es dieser unfreiwilligen Flucht, daß sie noch am Leben und bei klarem Verstande ist.

2

Nicht lange nach der Abreise seiner Mutter begann Charles mit den Verhandlungen über den Kauf des Bungalows bei Pawtuxet. Es war ein schmutziges, kleines Holzhaus mit einer Betongarage, hoch auf dem dünn besiedelten Flußufer etwas oberhalb von Rhodes, doch aus irgendeinem unerfindlichen Grunde wollte der junge Mann dies und nichts anderes. Er ließ den Immobilienmaklern so lange keine Ruhe, bis einer von ihnen das Haus zu einem exorbitanten Preis für ihn von dem etwas widerstrebenden Besitzer gekauft hatte, und sobald es geräumt war, zog er unter dem Schutze der Nacht ein, wobei er in einem großen, geschlossenen Lieferwagen die gesamte Einrichtung seines Labors hinüberschaffte, einschließlich der Bücher über okkulte wie auch moderne Themen, die er aus seiner Bibliothek entfernt hatte. Er ließ den Lieferwagen in den Stunden nach Mitternacht beladen, und sein Vater erinnert sich nur, in jener Nacht im Halbschlaf unterdrückte Flüche und schwere Tritte gehört zu haben. Danach bezog Charles wieder seine Räume im dritten Stock und hielt sich nie mehr in den Dachkammern auf.

Den Bungalow bei Pawtuxet umgab Charles mit derselben Heimlichtuerei wie früher die Räume im Dachgeschoß, nur schien er jetzt zwei Leute in seine Geheimnisse eingeweiht zu haben; einen verschlagen aussehenden portugiesischen Mischling aus dem Hafenviertel an der South Main Street, der als Diener fungierte, sowie einen mageren, gelehrtenhaften Fremden mit dunkler Brille und einem struppigen und offenbar gefärbten Vollbart, bei dem es sich anscheinend um einen Kollegen handelte. Die Nachbarn versuchten vergeblich, mit diesen beiden sonderbaren Menschen ins Gespräch zu kommen. Der Mulatte Gomes sprach nur sehr wenig Englisch, und der Bärtige, der sich Dr. Allen nannte, folgte seinem Beispiel. Ward selbst gab sich Mühe, umgänglicher zu erscheinen, erregte aber nur Neugier durch seine weitschweifigen Berichte über chemische Forschungen. Es dauerte nicht lange, und die Leute begannen darüber zu reden, daß in dem Bungalow die ganze Nacht hindurch Licht brannte; und etwas später, als die Fenster in der Nacht plötzlich dunkel blieben, machten noch seltsamere Gerüchte die Runde – über verhältnismäßig große Fleischkäufe beim Metzger und über das gedämpfte Rufen, Deklamieren und die rhythmischen Gesänge und Schreie, die aus einem sehr tiefen Keller unter dem Haus heraufzudringen schienen. Den größten Unwillen und Abscheu erregte der neue und sonderbare Haushalt bei den ehrsamen Bürgern in der Nachbarschaft, und es ist nicht verwunderlich, daß dunkle Vermutungen über einen Zusammenhang zwischen dem verhaßten Anwesen und den um sich greifenden vampirischen Überfällen und Morden angestellt wurden, zumal die Vorfälle sich jetzt ganz auf Pawtuxet und die angrenzenden Straßen von Edgewood beschränkten.

Ward verbrachte die meiste Zeit in dem Bungalow, übernachtete aber gelegentlich in seinem Elternhaus und wurde noch immer als Mitglied des Haushalts angesehen. Zweimal verließ er die Stadt, um auf wochenlange Reisen zu gehen, deren Bestimmungsorte bis heute unbekannt geblieben sind. Er wurde zusehends bleicher und hagerer als je zuvor und wirkte nicht mehr so selbstsicher, als er Dr. Willett wieder einmal dieselbe uralte Geschichte von bedeutsamen Forschungen und zukünftigen Enthüllungen erzählte. Willett fing ihn oft im Hause seines Vaters ab, denn der ältere Ward war zutiefst beunruhigt und verwirrt und wünschte, daß sein Sohn unter so strenge Aufsicht genommen würde, wie es sich bei einem so verschlossenen und unabhängigen Erwachsenen irgend bewerkstelligen ließ. Der Doktor beharrt noch immer darauf, daß der junge Mann selbst zu diesem späten Zeitpunkt noch geistig normal gewesen sei, und führt zum Beweis dieser Behauptung zahlreiche Gespräche an.

Im Laufe des Septembers ließ der Vampirismus nach,

aber im darauffolgenden Januar wäre Ward beinahe in ernstliche Schwierigkeiten geraten. Schon seit einiger Zeit hatte man über die nächtliche Ankunft und Abfahrt von Lastkraftwagen bei dem Bungalow Vermutungen angestellt, als durch eine unvorhergesehene Störung wenigstens in einem Fall bekannt wurde, welche Art Fracht diese Lastwagen beförderten. An einer einsamen Stelle in der Nähe von Hope Valley hatte sich einer der häufigen Überfälle durch Straßenräuber ereignet, die in dem Lastwagen Spirituosen zu finden hofften, aber diesmal sollten die Wegelagerer selbst die böseste Überraschung erleben, denn als sie die erbeuteten langen Kisten aufbrachen, machten sie eine grausige Entdekkung; so grausig war der Inhalt, daß die Angelegenheit in der Unterwelt die Runde machte. Die Räuber hatten ihren Fund in aller Eile verscharrt, aber als die Staatspolizei Wind davon bekam, lief eine gründliche Untersuchung an. Ein kurz zuvor festgenommener Landstreicher, dem man Straffreiheit für alle anderen Vergehen zusicherte, erklärte sich schließlich bereit, eine Gruppe berittener Polizisten an die fragliche Stelle zu führen; und was man dort in dem notdürftigen Versteck fand, war im höchsten Grade entsetzlich und schändlich. Es würde allen nationalen – ja sogar internationalen – Geboten der Schicklichkeit hohnsprechen, wollte man an die Öffentlichkeit dringen lassen, was diese fassungslosen Männer ausgruben. Es gab keinen Zweifel, nicht einmal für diese alles andere als gebildeten Polizisten; und in fieberhafter Aufregung wurde ein Telegramm nach dem anderen nach Washington geschickt.

Die Kisten waren an Charles Ward in seinem Bungalow in Pawtuxet adressiert, und Beamte der Staats- und

Bundespolizei unterzogen ihn unverzüglich einem unnachsichtigen und ernsten Verhör. Sie fanden ihn bleich und verstört bei seinen beiden Gefährten und bekamen von ihm anscheinend eine plausible Erklärung, die sie von seiner Unschuld überzeugte. Er habe bestimmte anatomische Versuchsobjekte für ein Forschungsprogramm benötigt, dessen Wichtigkeit und Ernsthaftigkeit jeder bezeugen könne, der ihn in den letzten Jahren gekannt habe, und habe die erforderliche Anzahl geeigneter Objekte bei Agenten bestellt, wobei er so legal gehandelt zu haben glaube wie nach den Umständen überhaupt möglich. Von der *Identität* der Objekte habe er keine Ahnung gehabt, und er zeigte sich entsprechend schockiert, als die Inspektoren andeuteten, welch grauenhafte Folgen sich für die Öffentlichkeit und das Ansehen des Landes ergeben hätten, wäre die Sache ruchbar geworden. Seine Aussagen wurden von seinem bärtigen Kollegen Dr. Allen uneingeschränkt bestätigt, dessen merkwürdig hohle Stimme noch überzeugender klang als sein eigenes nervöses Gestammel. Zu guter Letzt blieb den Beamten nichts anderes übrig, als sich die New Yorker Adresse zu notieren, die Charles ihnen angab, aber die darauf sich gründende Untersuchung verlief ergebnislos. Der Ordnung halber soll nicht unerwähnt bleiben, daß die Objekte eiligst und in aller Stille an ihren gebührenden Platz zurückgebracht wurden und die Öffentlichkeit nie von der blasphemischen Schändung erfahren wird.

Am 9. Februar 1928 erhielt Dr. Willett einen Brief von Charles Ward, dem er außerordentlich viel Bedeutung beimißt und über den er oft mit Dr. Lyman gestritten hat. Dr. Lyman glaubt, der Brief enthalte schlüssige Beweise für einen fortgeschrittenen Fall von *Dementia praecox*, Willett dagegen sieht in ihm die letzte völlig normale Äußerung des unglückseligen jungen Mannes. Er hebt besonders den normalen Stil hervor, der zwar Hinweise auf eine Nervenzerrüttung enthält, trotzdem aber eindeutig Wards eigener Stil ist. Der Brief hatte folgenden Wortlaut:

Providence, R. I.
100 Prospect St.,
8. März 1928

Lieber Dr. Willett!
Ich glaube, die Zeit ist reif für die Enthüllungen, die ich Ihnen so oft versprochen habe und auf die Sie so oft gedrängt haben. Für die Geduld, mit der Sie gewartet haben, und das Vertrauen, das Sie in meinen Geisteszustand und meine Rechtschaffenheit gesetzt haben, werde ich Ihnen zeit meines Lebens dankbar sein.

Und nun, da ich sprechen kann, muß ich demütig eingestehen, daß mir niemals der Triumph zuteil werden wird, von dem ich geträumt habe. Anstelle eines Triumphes bleibt mir nur Entsetzen, und ich schreibe Ihnen nicht, um mich eines Sieges zu rühmen, sondern um Sie inständig zu bitten, mir Rat und Hilfe zu gewähren, damit ich mich und die ganze Welt vor einem Schrecken jenseits aller menschlichen Vorstellungskraft retten kann. Sie erinnern sich, was in den Fenner-Briefen über jene Strafexpedition nach Pawtuxet gestanden hat. All das muß sich jetzt wiederholen, und zwar so schnell wie möglich. Von uns hängt mehr ab, als man in Worte fassen kann – die gesamte Zivilisation, das gesamte Naturgesetz, vielleicht sogar das Schicksal des Sonnensystems und des Universums. Ich habe eine ungeheuerliche Abnormität ans Licht gebracht, aber ich tat es im Interesse der Wissenschaft. Im Interesse allen Lebens und aller Natur müssen Sie mir jetzt helfen, diese Ungeheuerlichkeit wieder in die Finsternis zurückzustoßen.

Ich habe den Bungalow bei Pawtuxet für immer verlassen, und wir müssen alles ausrotten, was sich dort befindet, sei es lebendig oder tot. Ich werde nie mehr dort hingehen, und Sie dürfen es nicht glauben, wenn Sie jemals hören sollten, ich sei dort. Warum ich dies sage, werden Sie erfahren, wenn ich Sie sehe. Ich bin für immer nach Hause zurückgekehrt, und möchte, daß Sie mich so bald wie irgend möglich besuchen und sich fünf oder sechs Stunden hintereinander anhören, was ich zu sagen habe. So lange wird es dauern – und bitte glauben Sie mir, wenn ich Ihnen sage, daß Sie nie eine ernstere berufliche Pflicht gehabt haben. Mein Leben und mein Verstand sind nur die allergeringsten Dinge, die auf dem Spiel stehen.

Ich wage nicht, meinen Vater ins Vertrauen zu ziehen, denn er würde das alles nicht begreifen. Aber ich habe ihm erzählt, in welcher Gefahr ich mich befinde, und er läßt das Haus durch vier Leute von einem Detektivbüro bewachen. Ich weiß nicht, was sie ausrichten können, denn sie haben Mächte gegen sich, die sogar Sie sich kaum vorstellen können. Kommen Sie deshalb schnell, wenn Sie mich noch lebend antreffen wollen, und hören Sie, wie Sie mir helfen können, den Kosmos vor dem schieren Inferno zu retten.

Sie können kommen, wann Sie wollen – ich werde nicht aus dem Haus gehen. Rufen Sie nicht vorher an, denn wer weiß, wer oder was versuchen könnte, Sie abzuhören. Und lassen Sie uns beten, zu welchen Göttern auch immer, daß nichts dieses Treffen verhindern möge.

In tiefster Verzweiflung,

Ihr Charles Dexter Ward

P. S. Erschießen Sie Dr. Allen sofort, falls Sie ihn sehen, *und lösen Sie seinen Körper in Säure auf. Verbrennen Sie ihn nicht!*

Dr. Willett erhielt diese Nachricht gegen halb elf Uhr vormittags und traf sofort die nötigen Vorbereitungen, um sich den ganzen Spätnachmittag und Abend für das wichtige Gespräch freizuhalten, so daß es notfalls auch bis tief in die Nacht hinein würde dauern können. Er wollte gegen vier dort sein, und während der noch verbleibenden Stunden war er so sehr in alle Arten abenteuerlicher Spekulationen versunken, daß er die meisten seiner Arbeiten rein mechanisch erledigte. So wahnsinnig der Brief auch einem Fremden erschienen wäre, Willett kannte Charles Wards exzentrisches Wesen zu gut, um ihn als das Geschreibsel eines Irren abzutun. Daß irgend etwas äußerst Unfaßbares, Altes, Schreckliches in der Luft lag, dessen war er ganz sicher, und der Auftrag im Hinblick auf Dr. Allen war fast verständlich angesichts der Gerüchte, die in Pawtuxet über Wards rätselhaften Kollegen in Umlauf waren. Willett hatte den Mann nie gesehen, aber viel über sein Aussehen und Gebaren gehört, und er fragte sich unwillkürlich, was für Augen diese vieldiskutierten Brillengläser wohl verbergen mochten.

Pünktlich um vier Uhr stellte sich Willett vor dem Haus der Wards ein, mußte jedoch zu seinem Verdruß erfahren, daß Charles nicht seinem Entschluß treu geblieben war, das Haus nicht zu verlassen. Die Wächter waren da, aber sie sagten, der junge Mann habe anscheinend einen Teil seiner Scheu verloren. Am Vormittag habe er, wie einer der Detektive berichtete, längere Zeit am Telefon mit jemandem gestritten und offenbar angstvoll gegen etwas protestiert und dem unbekannten Anrufer mit Sätzen wie den folgenden geantwortet: »Ich bin sehr müde und muß mich eine Weile ausruhen«, »Ich kann eine Zeitlang niemanden empfangen. Sie müssen mich entschuldigen«, »Bitte schieben Sie wichtige Maßnahmen auf, bis wir zu irgendeinem Kompromiß gelangt sind« oder »Es tut mir sehr leid, aber ich muß erst mal Urlaub von alldem nehmen; wir sprechen uns später«. Danach habe er offenbar nachgedacht und neuen Mut geschöpft, denn er habe heimlich das Haus verlassen, ohne daß jemand ihn gesehen oder gewußt hätte, daß er nicht mehr im Hause war, bis er dann gegen ein Uhr zurückgekommen und wortlos hineingegangen sei. Er sei nach oben gegangen, aber dort habe er es offenbar wieder mit der Angst zu tun bekommen, denn beim Betreten der Bibliothek habe er laut und entsetzt aufgeschrien, doch der Schrei sei bald zu einem erstickten Röcheln abgesunken. Als der Butler jedoch hinaufgegangen sei, um nach dem Rechten zu sehen, sei er mit durchaus entschlossener Miene an die Tür gekommen und habe dem Mann schweigend bedeutet, er solle sich entfernen, und zwar mit einer Gebärde, die den Butler merkwürdigerweise in Angst und Schrecken versetzt habe. Danach habe er offenbar seine Bücherregale geordnet, denn man habe laute Geräusche wie von fallenden Büchern und knarrenden Dielen gehört; dann sei er wieder herausgekommen und habe sich unverzüglich entfernt. Willett fragte, ob er ihm eine Nachricht hinterlassen habe, wurde aber abschlägig beschieden. Der Butler schien über irgend etwas in Charles' Aussehen und Benehmen merkwürdig beunruhigt zu sein und fragte bekümmert, ob denn viel Hoffnung auf eine Heilung seiner überreizten Nerven bestünde.

Fast zwei Stunden wartete Dr. Willett vergebens in Charles Wards Bibliothek, betrachtete die staubigen Bücherborde mit den großen Lücken, wo Bücher herausgenommen worden waren, und lächelte grimmig zu der Vertäfelung über dem Kamin hinüber, von wo ein Jahr zuvor noch die verbindlichen Züge des Joseph Curwen milde herabgeschaut hatten. Nach einer Weile zogen die Schatten der Dämmerung herauf, und die Heiterkeit des Sonnenuntergangs wich einem vagen, wachsenden Grauen, das schattengleich vor der Nacht einherflog. Schließlich kam Mr. Ward nach Hause und zeigte sich überrascht und verärgert über die Abwesenheit seines Sohnes, obwohl er soviel unternommen hatte, um ihn bewachen zu lassen. Er hatte nichts von Charles' Verabredung gewußt und versprach Willett, ihn zu benachrichtigen, sobald sein Sohn heimkam. Bevor er dem Doktor gute Nacht wünschte, brachte er seine tiefe Besorgnis über den Zustand seines Sohnes zum Ausdruck und beschwor seinen Besucher, alles zu tun, um dem Jungen sein seelisches Gleichgewicht wiederzugeben. Willett war froh, endlich dieser Bibliothek entronnen zu sein, denn irgend etwas Schreckliches, Unheimliches schien dort umzugehen, als habe das verschwundene Bild ein böses Vermächtnis hinterlassen. Er hatte das Bild nie gemocht; und selbst jetzt noch beschlich ihn beim

Anblick der leeren Täfelung trotz seiner starken Nerven ein Gefühl, das ihn den dringlichen Wunsch verspüren ließ, auf dem schnellsten Weg hinaus an die frische Luft zu kommen.

3

Am folgenden Morgen erhielt Willett eine Nachricht von Mr. Ward, daß Charles noch immer nicht zu Hause sei. Mr. Ward erwähnte auch, daß Dr. Allen ihn angerufen und ihm mitgeteilt habe, daß Charles für einige Zeit in Pawtuxet bleiben würde und nicht gestört werden dürfe. Dies sei notwendig geworden, weil er, Allen, plötzlich für unbestimmte Zeit verreisen müsse und die Forschungsarbeiten unter Charles' ständiger Aufsicht wissen wolle. Charles lasse grüßen, und es täte ihm leid, falls er durch seine abrupte Sinnesänderung irgendwelche Ungelegenheiten verursacht habe. Bei diesem Telefongespräch hörte Mr. Ward zum erstenmal Dr. Allens Stimme, die ihm irgendwie bekannt vorkam, ohne daß er sie hätte einordnen können, und ihn so verwirrte, daß er beinahe so etwas wie Angst in sich aufsteigen fühlte. Angesichts dieser verblüffenden, einander widersprechenden Gerüchte war Dr. Willett ratlos. Der furchtbare Ernst von Charles' Brief war nicht zu übersehen, aber was sollte man davon halten, daß der Schreiber unmittelbar danach seinen erklärten Vorsätzen zuwidergehandelt hatte? Der junge Ward hatte geschrieben, daß seine Forschungen blasphemisch und bedrohlich geworden seien, die Unterlagen sowie sein bärtiger Kollege um jeden Preis vernichtet werden müßten und er selbst nie wieder an den letzten Schauplatz dieser Unternehmungen zurückkehren würde; doch nun sah es so aus, als habe er all dies vergessen und sei mitten ins Zentrum der Geheimnisse zurückgekehrt. Der gesunde Menschenverstand gebot einem, den jungen Mann seinen Launen zu überlassen, aber ein tieferer Instinkt verhinderte, daß der Eindruck, den der verzweifelte Brief hinterlassen hatte, verwischt wurde. Willett las ihn noch einmal durch, aber der Inhalt wollte ihm nicht so leer und irrsinnig vorkommen, wie man sowohl aufgrund der bombastischen Ausdrucksweise als auch infolge der nicht eingetretenen Verwirklichung hätte annehmen können. Das Grauen, das in ihm lag, war zu tief und zu real und erweckte im Verein mit dem, was der Doktor schon wußte, allzu lebhafte Vorstellungen von Ungeheuerlichkeiten jenseits von Raum und Zeit, als daß man alles mit einer zynischen Erklärung hätte abtun können. Namenlose Schrecknisse waren entfesselt, und mochte man auch noch so wenig gegen sie ausrichten, man mußte bereit sein, um zu jeder Zeit in jeder Richtung aktiv werden zu können.

Über eine Woche grübelte Dr. Willett über das Dilemma nach, in dem er sich befand, und neigte nach und nach immer mehr dazu, Charles in seinem Bungalow einen Besuch abzustatten. Keiner von Charles' Jugendfreunden hatte es je gewagt, diesen geheimen Schlupfwinkel zu betreten, und selbst sein Vater kannte ihn nur aus gelegentlichen beiläufigen Bemerkungen seines Sohnes; doch Dr. Willett war überzeugt, daß ein direktes Gespräch mit seinem Patienten notwendig war. Mr. Ward hatte kurze, unverbindliche, mit der Maschine geschriebene Nachrichten von seinem Sohn bekommen und erzählt, daß auch seine Frau in Atlantic City nicht mehr erfahren habe. Deshalb entschloß der Doktor sich schließlich zum Handeln und machte sich trotz eines unguten Gefühls aufgrund der alten Legenden um Joseph Curwen und der Warnungen und Enthüllungen Charles Wards unerschrocken auf den Weg zu dem Bungalow auf dem Steilufer über dem Fluß.

Willett war schon vorher einmal aus reiner Neugierde dort draußen gewesen, natürlich ohne das Haus zu betreten oder seine Anwesenheit kundzutun, und kannte deshalb den Weg genau. Als er nun eines Frühnachmittags gegen Ende Februar in seinem kleinen Auto die Broad Street hinausfuhr, kam ihm merkwürdigerweise jene Gruppe entschlossener Männer in den Sinn, die vor 175 Jahren genau dieselbe Straße, entlanggegangen waren, mit einem schrecklichen Auftrag, den vielleicht nie jemand verstehen würde.

Die Fahrt durch die verfallenden Außenbezirke der Stadt war kurz, und bald tauchten vor ihm das schmucke Edgewood und das verschlafene Pawtuxet auf. Willett bog rechts in die Lockwood Street ein und fuhr mit seinem Auto auf dieser ländlichen Straße so weit, wie es ging, stieg aus und ging zu Fuß nach Norden weiter, wo das Steilufer über den anmutigen Schleifen des Flusses und der weiten, dunstigen Ebene auf der anderen Seite aufragte. Die Häuser standen hier noch immer recht vereinzelt, und der isolierte Bungalow war nicht zu übersehen, mit einer Betongarage auf einer Bodenerhebung links vom Hauptgebäude. Er ging mit schnellen Schritten über den verwahrlosten Kiesweg auf das Haus zu, pochte mit kräftiger Faust an die Tür und sprach beherzt mit dem verschlagenen portugiesischen Mulatten, der die Tür einen Spalt breit geöffnet hatte.

Er müsse, sagte er, sofort Charles Ward in einer äußerst wichtigen Angelegenheit sprechen. Er würde keine Ausflüchte akzeptieren, und sollte man ihn zurückweisen, so würde er nur dem älteren Ward ausführlich Bericht erstatten. Der Mulatte zögerte noch und stemmte sich gegen die Tür, als Willett sie zu öffnen versuchte, doch der Doktor brachte erneut sein Anliegen vor, diesmal mit lauterer Stimme. Dann kam aus dem Dunkel im Innern ein heiseres Flüstern, das den Doktor bis ins Mark schaudern ließ, obwohl er nicht wußte, weshalb es ihm so furchterregend schien. »Laß ihn rein, Tony«, sagte die Stimme, »wir können genauso gut jetzt miteinander reden.« Aber so verwirrend das Flüstern war, fürchterlicher noch war, was unmittelbar darauf folgte. Die Dielen knarrten, und der Sprecher tauchte aus dem Dunkel auf – und Dr. Willett sah, daß der Besitzer dieser sonderbaren, krächzenden Stimme kein anderer war als Charles Dexter Ward.

Die Genauigkeit, mit der Dr. Willett das Gespräch dieses Nachmittags beschrieben hat, läßt sich auf die große Bedeutung zurückführen, die er diesem Abschnitt in Charles' Entwicklung beimißt. Denn nun endlich räumte er ein, daß eine einschneidende Veränderung in Charles Dexter Wards geistiger Verfassung sich vollzogen habe, und er glaubt, daß die Worte des jungen Mannes jetzt einem Gehirn entsprangen, das nichts mehr mit jenem Gehirn gemeinsam hatte, dessen Entwicklung er sechsundzwanzig Jahre hindurch verfolgt hatte. Die Kontroverse mit Dr. Lyman hat ihn gezwungen, sich genau festzulegen, und er erklärt nunmehr endgültig, daß nach seiner Meinung der Beginn von Charles Wards geistiger Umnachtung in jene Zeit fiel, da er anfing, seinen Eltern maschinengeschriebene Mitteilungen zu schicken. Diese Mitteilungen sind nicht in Wards normalem Stil abgefaßt, nicht einmal im Stil jenes letzten, verzweifelten Briefes an Dr. Willett. Statt dessen sind sie sonderbar altertümelnd, so als habe die plötzliche Geistesverwirrung des Schreibers eine Flut von Neigungen und Eindrücken ausgelöst, die er unbewußt durch die Altertumsforschungen in seiner Jugend in sich aufgenommen hatte. Das Bemühen, modern zu erscheinen, ist nicht zu übersehen, aber der Geist und gelegentlich auch die Sprache sind die der Vergangenheit.

Die Vergangenheit sprach auch aus jeder Äußerung und jeder Geste von Charles Ward, als er den Doktor in dem düsteren Bungalow empfing. Er verbeugte sich, bedeutete Willett, Platz zu nehmen, und begann unvermittelt in jenem sonderbaren Flüsterton zu sprechen, den er gleich zu Anfang zu erklären versuchte.

»Ich bekomme allmählich die Schwindsucht«, begann er. »Daran ist diese vermaledeite Luft am Fluß schuld. Sie müssen meine Sprache entschuldigen. Ich nehme an, Sie kommen von meinem Vater, um zu sehen, was mir fehlt, und ich hoffe, Sie werden ihm nichts sagen, was ihn beunruhigen könnte.«

Willett studierte mit größter Aufmerksamkeit die krächzenden Töne, aber noch genauer beobachtete er das Gesicht seines Gesprächspartners. Irgend etwas war nicht in Ordnung, das spürte er; und er dachte daran, was die Familie ihm über den Butler aus Yorkshire erzählt hatte, der es eines Nachts plötzlich mit der Angst zu tun bekommen hatte. Er wünschte, es wäre nicht so dunkel gewesen, verlangte aber nicht, daß einer der Fensterläden geöffnet würde. Statt dessen fragte er Ward nur, warum er so eindeutig seinem verzweifelten Brief von vor weniger als einer Woche zuwiderhandle.

»Es mußte einmal so weit kommen«, erwiderte sein Gastgeber. »Sie müssen wissen, ich bin in schlimmer nervlicher Verfassung und tue und sage sonderbare Dinge, die ich mir hinterher nicht erklären kann. Wie ich Ihnen schon oft sagte, bin ich großen Dingen auf der Spur, und deren Größe läßt mich irgendwie unbesonnen werden. Wohl jeder würde vor dem zurückschrecken, was ich gefunden habe, aber ich lasse mich nicht für längere Zeit abhalten. Es war töricht von mir, mich bewachen zu lassen und zu Hause zu bleiben; denn da ich nun einmal so weit gegangen bin, ist dies hier mein Platz. Meine neugierigen Nachbarn berichten nichts Gutes über mich, und vielleicht habe ich mich durch meine Schwäche verleiten lassen, selbst zu glauben, was sie von mir sagen. Aber es ist nichts Böses an allem, was ich tue, solange ich es richtig tue. Seien Sie so nett und warten Sie noch sechs Monate, und ich werde Ihnen etwas zeigen, das ihre Geduld reichlich lohnen wird.

Sie werden wahrscheinlich auch wissen, daß ich eine Technik entwickelt habe, durch die ich aus Dingen mehr über die Vergangenheit erfahre als aus Büchern, und ich überlasse Ihnen das Urteil darüber, wie sehr ich die Geisteswissenschaft, die Philosophie und die Künste durch die Möglichkeiten bereichern kann, die mir offenstehen. Mein Vorfahr hatte dies alles, als diese hirnlosen Schnüffler kamen und ihn ermordeten. Ich habe es jetzt wieder, oder habe doch zumindest auf sehr unzulängliche Weise Anteil daran. Diesmal darf nichts geschehen, schon gar nicht deshalb, weil irgendein Tor sich vor mir fürchtet. Ich beschwöre Sie, Herr Doktor, vergessen Sie alles, was ich Ihnen schrieb, und fürchten Sie sich nicht vor diesem Haus oder irgendwelchen Dingen, die es birgt. Dr. Allen ist ein äußerst fähiger Mann, und ich muß mich bei ihm für alles Schlechte entschuldigen, das ich über ihn gesagt habe. Ich wollte, ich wäre nicht gezwungen, im Augenblick auf seine Dienste zu verzichten, doch er mußte wichtigen Pflichten an einem anderen Ort nachkommen. Sein Eifer in all diesen Dingen ist dem meinen ebenbürtig, und ich glaube, als ich vorübergehend Angst vor der Arbeit hatte, hatte ich auch Angst vor ihm als meiner größten Hilfe bei dieser Arbeit.«

Ward machte eine Pause, und der Doktor wußte nicht, was er sagen oder denken sollte. Er kam sich beinahe töricht vor angesichts dieser ruhigen Widerlegung des Briefes; dennoch blieb die Tatsache bestehen, daß das eben Gehörte sonderbar, fremd und zweifellos dem Wahnsinn entsprungen war, wogegen der Brief auf tragische Weise natürlich und für den Charles Ward charakteristisch gewesen war, den er kannte. Willett versuchte jetzt, das Gespräch auf frühere Begebenheiten zu lenken und dem jungen Mann einige vergangene Ereignisse ins Gedächtnis zu rufen, um die gewohnt vertraute Atmosphäre zwischen ihnen beiden wiederherzustellen; doch damit erzielte er nur höchst groteske Ergebnisse. Genauso erging es später allen Nervenärzten. Wichtige Bereiche seiner Erinnerung, hauptsächlich solche, die die Gegenwart und sein persönliches Leben betrafen, waren auf unerklärliche Weise ausgelöscht worden; dagegen war all das in den Jugendjahren angesammelte Wissen über vergangene Dinge aus einem tiefen Unterbewußtsein heraufgequollen und hatte das

Zeitgenössische und Individuelle verdrängt. Es war unnormal und unheimlich, wie gut der junge Mann über längst vergangene Dinge Bescheid wußte, und er gab sich alle Mühe, dieses Wissen zu verbergen. Wenn Willett auf irgendein Lieblingsthema der Forschungen seiner Jugendzeit zu sprechen kam, verriet Charles oft durch puren Zufall ein Detailwissen, wie es eigentlich kein Sterblicher besitzen konnte, und der Doktor schauderte jedesmal, wenn er eine dieser Anspielungen ganz beiläufig einflocht.

Es konnte nicht mit rechten Dingen zugehen, wenn jemand so genau darüber Bescheid wußte, wie dem fetten Sheriff die Perücke herunterfiel, als er sich über die Rampe beugte, bei der Theateraufführung in Mr. Douglass' Histrionick Academy in der King Street, am elften Februar 1762, der auf einen Donnerstag fiel; oder darüber, wie die Schauspieler den Text von Steeles »Schüchternem Liebhaber« so stark verstümmelt hatten, daß man fast froh war, als die von den Baptisten beherrschte Stadtverwaltung das Theater vierzehn Tage später schloß. Daß Thomas Sabins Kutsche nach Boston »verdammt unbequem« war, konnte man sicherlich alten Briefen entnehmen; aber welcher normale Altertumsforscher hätte wissen können, daß das Quietschen von Epenetus Olneys neuem Aushängeschild (das mit der prunkvollen Krone, das er sich zulegte, nachdem er seine Taverne in »Kaffeehaus zur Krone« umbenannt hatte) aufs Haar den ersten Noten des neuen Jazz-Stückes glich, das sämtliche Radios in Pawtuxet spielten?

Ward ließ sich jedoch nicht lange auf diese Art ausfragen. Moderne und persönliche Gesprächsthemen wischte er in Bausch und Bogen vom Tisch, während er sich im Hinblick auf vergangene Ereignisse bald höchst gelangweilt zeigte. Es war ihm deutlich genug anzumerken, daß er lediglich seinen Besucher so weit zufriedenstellen wollte, daß dieser gehen und ihn fortan in Ruhe lassen würde. Deshalb bot er auch Willett an, ihm das ganze Haus zu zeigen, und erhob sich sogleich, um den Doktor durch alle Zimmer vom Keller bis zum Boden zu führen. Willett sah sich gründlich um, stellte aber fest, daß die wenigen und überdies trivialen Bücher, die zu sehen waren, niemals dieselben sein konnten, die Charles aus seinen Regalen entfernt hatte, und daß das spärlich eingerichtete angebliche »Laboratorium« ein Bluff von der primitivsten Sorte war. Offensichtlich befanden sich Labor und Bibliothek in anderen Räumen, doch wo diese lagen, konnte Willett sich nicht vorstellen. In dem Bewußtsein, daß seine Suche nach Dingen, die er nicht näher bezeichnen konnte, im Grunde erfolglos verlaufen war, kehrte Willett noch vor Anbruch der Nacht zurück und erzählte dem älteren Ward alles, was sich abgespielt hatte. Sie stimmten darin überein, daß der junge Mann eindeutig seinen Verstand verloren habe, beschlossen aber, vorderhand keine drastischen Schritte zu unternehmen. Vor allem durfte Mrs. Ward auf keinen Fall mehr erfahren, als sie ohnehin aus den getippten Mitteilungen ihres Sohnes entnehmen würde. Mr. Ward entschloß sich nun, selbst seinen Sohn zu besuchen, und zwar ohne jede Ankündigung. Dr. Willett fuhr ihn eines Abends in seinem Wagen hinaus, begleitete ihn bis in Sichtweite des Bungalows und wartete geduldig auf seine Rückkehr. Die Unterredung dauerte lange, und der Vater war sehr besorgt und verwirrt, als er schließlich zurückkam. Sein

Empfang hatte sich ganz ähnlich abgespielt wie der Willetts, außer daß es sehr lange gedauert hatte, bis Charles sich zeigte, nachdem der Besucher sich den Eintritt in den Vorraum erzwungen und den Portugiesen in gebieterischem Ton fortgeschickt hatte, und im Verhalten seines veränderten Sohnes hatte er keine Spur familiärer Zuneigung entdeckt. Das Licht war schwach gewesen, aber der junge Mann hatte trotzdem behauptet, es blende ihn fürchterlich. Er hatte überhaupt nicht laut gesprochen, angeblich weil es ihm sehr schlecht ging; aber sein heiseres Geflüster war auf so vage Art beunruhigend gewesen, daß Mr. Ward ständig daran denken mußte.

Nunmehr endgültig entschlossen, gemeinsam alles für die Rettung von Charles' geistiger Gesundheit zu tun, machten sich Mr. Ward und Dr. Willett daran, alle Auskünfte über den Fall einzuholen, deren sie irgend habhaft werden konnten. Die in Pawtuxet umlaufenden Gerüchte waren das erste, was sie unter die Lupe nahmen, und dabei stießen sie kaum auf Schwierigkeiten, weil sie beide Freunde in dieser Gegend hatten. Dr. Willett brachte am meisten in Erfahrung, weil die Leute mit ihm offener sprachen als mit dem Vater der zentralen Figur, und allem, was er hörte, konnte er entnehmen, daß das Leben des jungen Ward tatsächlich sehr merkwürdig geworden war. Die Leute ließen sich nicht davon abbringen, daß ein Zusammenhang zwischen seinem Haushalt und dem Vampirismus im vergangenen Sommer bestünde, und die in tiefer Nacht ankommenden und abfahrenden Lastwagen trugen das Ihre zum Entstehen finsterer Spekulationen bei. Die Kaufleute des Ortes sprachen von sonderbaren Bestellungen, die ihnen der verschlagene Mulatte brachte, und besonders von den außergewöhnlichen Mengen von Fleisch und frischem Blut, die Ward in den beiden Fleischereien in seiner unmittelbaren Nachbarschaft holen ließ. Für einen Haushalt von drei Leuten waren diese Mengen völlig absurd.

Dann war da die Geschichte mit den Geräuschen unter der Erde. Klare Aussagen über diese Dinge zu bekommen war nicht ganz einfach, aber alle vagen Andeutungen stimmten in einigen grundlegenden Punkten überein. Geräusche ritueller Art traten mit Sicherheit auf, manchmal auch dann, wenn im Bungalow kein Licht brannte. Sie hätten natürlich aus dem Keller kommen können, von dessen Existenz man wußte; doch es hielt sich hartnäckig das Gerücht, es gebe noch tiefere und ausgedehntere Krypten. Da sie sich an die alten Geschichten von Joseph Curwens Katakomben erinnerten und von der Annahme ausgingen, daß Charles gerade diesen Bungalow gewählt habe, weil er, wie er aus einem der hinter dem Bild entdeckten Dokumente wissen mochte, auf dem ehemaligen Grund Joseph Curwens lag, schenkten Willett und Mr. Ward diesen Gerüchten große Aufmerksamkeit; und sie suchten oft vergeblich nach der Tür in der Uferböschung, die in den alten Manuskripten erwähnt war. Bezüglich der öffentlichen Meinung über die Bewohner des Bungalows stellte sich bald heraus, daß Gomes, der Portugiese, verabscheut, der bärtige Brillenträger gefürchtet und der bleiche junge Gelehrte mit tiefem Mißtrauen betrachtet wurde. Während der letzten ein oder zwei Wochen hatte Ward sich offenbar sehr verändert, alle Versuche, umgänglich zu erscheinen, aufgegeben und bei den wenigen Gelegenheiten, da er sich außer Haus gewagt hatte, nur in heiseren, aber seltsam abstoßenden Flüstertönen gesprochen.

Das waren die bruchstückhaften Hinweise, die Mr. Ward und Dr. Willett hier und dort bekamen, und sie diskutierten viel und ernsthaft darüber. Sie bemühten sich, Deduktion, Induktion und schöpferische Phantasie bis an die Grenzen des Möglichen einzusetzen und Beziehungen zwischen allen bekannten Tatsachen aus Charles' letzten Lebensjahren, einschließlich des verzweifelten Briefes, den der Doktor inzwischen dem Vater gezeigt hatte, und den spärlichen Unterlagen über den alten Joseph Curwen herzustellen. Sie hätten viel darum gegeben, einen Blick in die Schriftstücke werfen zu können, die Charles gefunden hatte, denn der Schlüssel zum Wahnsinn des jungen Mannes lag zweifellos in dem, was er über den alten Hexenmeister und seine Umtriebe erfahren hatte.

4

Aber trotz alledem waren es nicht die Bemühungen von Mr. Ward und Dr. Willett, die den nächsten Stein ins Rollen brachten. Der Vater und der Arzt hatten, verwirrt und genarrt von einem Schatten, der zu formlos und ungreifbar war, als daß man gegen ihn kämpfen konnte, notgedrungen eine Pause eingelegt, während die maschinengeschriebenen Mitteilungen des jungen Ward an seine Eltern immer seltener wurden. Dann kam der Monatserste mit den üblichen finanziellen Abrechnungen, und die Angestellten einiger Banken begannen, ratlos die Köpfe zu schütteln und sich gegenseitig anzurufen. Beamte, die Charles Ward vom Sehen kannten, suchten ihn in seinem Bungalow auf und fragten ihn, warum alle seine Schecks aus den letzten Wochen plumpe Fälschungen seien, und sie gaben sich nur widerstrebend mit den heiseren Erklärungen des jungen Mannes zufrieden, seine Hand sei vor einiger Zeit durch einen Nervenschock derart in Mitleidenschaft gezogen worden, daß er nicht mehr normal schreiben könne. Nur unter größten Schwierigkeiten, so behauptete er, könne er überhaupt halbwegs erkennbare Buchstaben schreiben; als Beweis führte er an, daß er in dieser Zeit gezwungen sei, all seine Briefe mit der Maschine zu schreiben, selbst die an seinen Vater und seine Mutter, die das bestätigen könnten.

Aber nicht allein deswegen waren die Beamten fassungslos, denn dabei handelte es sich nicht um einen allzu ungewöhnlichen oder von vornherein verdächtigen Umstand; und auch nicht wegen der in Pawtuxet umlaufenden Gerüchte, die einem oder zweien von ihnen zu Ohren gekommen waren. Es waren vielmehr die verworrenen Äußerungen des jungen Mannes, die sie so verblüfften, denn diesen war zu entnehmen, daß er sich praktisch überhaupt nicht mehr an seine wichtigen Geldgeschäfte erinnern konnte, deren Einzelheiten er noch vor einem oder zwei Monaten jederzeit parat gehabt hatte. Irgend etwas war nicht in Ordnung, denn trotz all seiner scheinbar zusammenhängenden und rationalen Äußerungen war für diese nur notdürftig bemäntelten Gedächtnislücken in wichtigen Angelegenheiten keine normale Erklärung denkbar. Überdies blieb den Männern, obzwar keiner von ihnen Ward besonders gut kannte, die Veränderung seiner Sprache und seines

Verhaltens nicht verborgen. Sie hatten gehört, daß er Altertumsforscher war, aber selbst die hoffnungslosesten unter diesen Wissenschaftlern bedienten sich keiner urgroßväterlichen Ausdrucksweisen und Gesten. All diese Symptome zusammengenommen – die Heiserkeit, die gelähmten Hände, das schlechte Gedächtnis, die Änderungen in Sprache und Gestik – deuteten auf eine wirklich ernste Störung oder Krankheit hin, die zweifellos Anlaß zu den sonderbaren Gerüchten der letzten Zeit gegeben hatte; und nachdem sie gegangen waren, kamen die Bankbeamten zu dem Schluß, daß man die Angelegenheit unbedingt mit dem alten Ward besprechen müsse. So fand denn am sechsten März 1928 in Mr. Wards Büro eine lange und ernste Konferenz statt, an deren Ende der bestürzte Vater in einer Art hilfloser Resignation Dr. Willett kommen ließ. Willett besah sich die unbeholfenen und krakeligen Unterschriften auf den Schecks und verglich sie im Geiste mit der Schrift jenes letzten, verzweifelten Briefes. Gewiß, die Veränderung war tiefgreifend, und doch kam ihm die neue Handschrift unheimlich bekannt vor. Sie wies altertümliche Schnörkelelemente auf, die überhaupt nicht zu dem Schriftzug des jungen Ward paßten. Es war merkwürdig – aber wo hatte er diese Schrift schon einmal gesehen? Alles in allem bestand kein Zweifel, daß Charles geistesgestört war. Und da es unwahrscheinlich schien, daß er noch lange in der Lage sein würde, seinen Besitz zu verwalten oder mit anderen Menschen zu verkehren, mußte schnell etwas unternommen werden, um ihn unter Aufsicht zu stellen und womöglich zu heilen. An diesem Punkt wurden die Nervenärzte hinzugezogen – die Doktoren Peck und Waite aus Providence und Dr.

Lyman aus Boston–, denen Mr. Ward und Dr. Willett den Fall so ausführlich wie möglich darlegten und die lange in der nunmehr unbenutzten Bibliothek ihres jungen Patienten konferierten und sich anhand der übriggebliebenen Bücher und Schriften zusätzlich ein Bild von seinen geistigen Neigungen zu machen versuchten. Nachdem sie dieses Material durchgesehen und Charles' Brief an Willett geprüft hatten, stimmten sie alle darin überein, daß die Studien des jungen Mannes ausgereicht hätten, um jeden normalen Verstand aus den Angeln zu heben oder zumindest zu verwirren, und brannten darauf, auch seine sorgsam gehüteten anderen Bücher und Dokumente in Augenschein zu nehmen; doch sie wußten, daß sie dies letztere bestenfalls nach einem Besuch in dem Bungalow selbst tun konnten. Willett untersuchte jetzt den ganzen Fall noch einmal mit fieberhafter Energie; im Verlauf dieser Untersuchungen befragte er die Arbeiter, die dabeigewesen waren, als Charles Joseph Curwens Dokumente entdeckt hatte, und kam den Vorfällen mit den beseitigten Zeitungsartikeln auf die Spur, indem er die betreffenden Nummern im Archiv des *Journal* durchsah.

Am Donnerstag, dem achten März, machten die Doktoren Willet, Peck, Lyman und Waite in Begleitung von Mr. Ward ihren Überraschungsbesuch bei dem jungen Mann; sie machten kein Hehl aus ihren Absichten und stellten dem Patienten – denn als solchen betrachteten sie ihn jetzt alle – eindringliche und unnachsichtige Fragen. Obwohl Charles lange nicht auf das Klopfen an der Tür reagierte und von einer Wolke sonderbarer und abscheuerregender Laborgerüche umgeben war, als er endlich aufgeregt an die Tür kam, zeigte er sich in keiner Weise widerspenstig und gab freimütig zu, daß sein Gedächtnis und sein seelisches Gleichgewicht durch die dauernde Beschäftigung mit abstrusen Studien etwas gelitten hätten. Er widersprach nicht, als man darauf bestand, ihn an einen anderen Ort zu bringen, und schien, abgesehen von dem Gedächtnisschwund, bei völlig klarem Verstande zu sein. Sein Auftreten hätte die Besucher in ungläubigem Staunen den Rückzug antreten lassen, hätten nicht seine auffällig altertümliche Redeweise und die unverkennbare Verdrängung moderner Ideen durch alte in seinem Bewußtsein ihn eindeutig als nicht mehr normal abgestempelt. Über seine Arbeit verriet er den Doktoren nicht mehr, als er früher seiner Familie und Dr. Willett gesagt hatte, und seinen verzweifelten Brief vom Vormonat tat er als reine Nervensache und Hysterie ab. Er beharrte darauf, es gebe in seinem düsteren Bungalow keine Bibliothek und kein Labor außer den sichtbaren, und verwickelte sich in Widersprüche, als er erklären sollte, weshalb man im Haus keinen der Gerüche wahrnahm, mit denen seine Kleider gesättigt waren. Den Klatsch der Nachbarn tat er als billige Erfindung unbefriedigter Neugierde ab. Er sagte, er sei nicht befugt, nähere Angaben über den Verbleib Dr. Allens zu machen, versicherte aber seinen Besuchern, daß der bärtige Brillenträger zurückkommen würde, wenn es notwendig werden sollte. Während er dem mürrischen Mulatten, der den Besuchern keinerlei Fragen beantwortet hatte, seinen Lohn auszahlte und den Bungalow abschloß, der noch immer finstere Geheimnisse zu bergen schien, ließ Ward keinerlei Anzeichen von Nervosität erkennen, abgesehen von einer kaum merklichen Tendenz, ab und zu innezuhalten, als lausche er einem sehr schwachen

Geräusch. Offenbar nahm er dies alles mit einem resignierten, philosophischen Gleichmut hin, so als wäre sein erzwungener Umzug lediglich ein vorübergehender Zwischenfall, der ihm die geringsten Ungelegenheiten machen würde, wenn er sich fügte und die Angelegenheit ein für allemal hinter sich brachte. Zweifellos verließ er sich darauf, daß die ungebrochene Schärfe seines Intellekts ihm über alle Schwierigkeiten hinweghelfen würde, in die er durch seinen Gedächtnisschwund, den Verlust der Sprache und der Handschrift und sein heimlichtuerisches und exzentrisches Verhalten geraten war. Man kam überein, daß seine Mutter nicht von der Änderung unterrichtet werden sollte; sein Vater sollte ihr in Charles' Namen maschinengeschriebene Mitteilungen schikken. Charles Ward wurde in das ruhige und malerisch gelegene Privatsanatorium des Dr. Waite auf der Insel Conanicut in der Bucht gebracht und von allen mit seinem Fall befaßten Ärzten aufs sorgfältigste untersucht und ausgefragt. Dabei wurden dann die merkwürdigen physischen Veränderungen entdeckt; der verlangsamte Stoffwechsel, die veränderte Haut und die unnormalen nervlichen Reaktionen. Dr. Willett war von allen untersuchenden Ärzten am meisten beunruhigt, denn er hatte Charles von Kindheit an beobachtet und übersah mit schrecklicher Deutlichkeit das Ausmaß seiner physischen Desorganisation. Sogar das vertraute olivgraue Mal auf seiner Hüfte war verschwunden, während sich auf seiner Brust jetzt ein großer schwarzer Leberfleck befand, der früher nicht dagewesen war, so daß Willett sich fragte, ob Charles wohl irgendwann einmal an einer jener unheimlichen nächtlichen Zusammenkünfte an wilden, einsamen Orten teilgenommen hatte, bei denen der Sage nach die Anwesenden mit einem »Hexenmal« gebrandmarkt wurden. Dem Doktor wollte nicht die Abschrift jenes Protokolls eines Hexenprozesses in Salem aus dem Sinn, die Charles ihm vor langer Zeit einmal gezeigt hatte, und die folgendermaßen lautete: »Mr. G. B. hat jenes Nachts Bridget S., Jonathan A., Simon O., Deliverance W., Joseph C., Susan P., Mehitable C. und Deborah B. mit dem Teufel seinem Zeichen gebranntmarcket.« Auch Wards Gesicht beunruhigte ihn zutiefst, bis ihm schließlich aufging, was daran so schrecklich war. Über dem rechten Auge des jungen Mannes war etwas, das er nie zuvor bemerkt hatte – eine kleine Narbe oder Vertiefung, genau wie die auf dem inzwischen zu Staub zerfallenen Porträt des alten Joseph Curwen, vielleicht ein Überbleibsel von irgendeiner gräßlichen rituellen Impfung, der sich beide auf einer bestimmten Stufe ihrer okkulten Entwicklung unterzogen hatten.

Während Ward selbst allen Ärzten der Heilanstalt Rätsel aufgab, zensierte man streng die gesamte Post, die an ihn oder an Dr. Allen adressiert war; Dr. Allens Post wurde auf Wards Wunsch ebenfalls ins Haus seiner Eltern zugestellt. Willett hatte vorher gesagt, daß man kaum etwas finden würde, weil alle wichtigen Nachrichten bisher wahrscheinlich durch Boten überbracht worden waren; doch gegen Ende März traf ein Brief für Dr. Allen aus Prag ein, der sowohl dem Doktor als auch dem Vater viel zu denken gab. Er war in einer sehr verschnörkelten, altertümlichen Handschrift abgefaßt, und obwohl der Absender mit Sicherheit kein Ausländer war, wies der Text fast dieselben einzigartigen Abweichungen vom modernen Sprachgebrauch auf wie die Sprache des jungen Ward selbst. Der Brief lautete folgendermaßen:

11. Februar 1928
Kleinstraße 11
Prag, Altstadt

Bruder in Almonsin-Metraton!
Am heutigen Tage erhielt ich Euren Bericht darüber, was aus den Saltzen kam, welche ich Euch gesandt hatte. Es war falsch, und das bedeutet ohne Zweifel, daß die Grabsteine vertauscht worden waren, als Barnabus mir das Objekt verschaffte. Solches trägt sich oft zu, was Euch sicher bekannt ist. Denket nur an jenes Ding, welches Ihr anno 1769 vom King's Chapell-Friedhof bekommen habet, oder jenes aus dem Alten Kirchhof anno 1690. Ich bekam ein solches Ding aus Ägypten vor 75 Jahren, von welchem die Narbe herrühret, die der Junge an mir anno 1924 gesehen hat. Wie ich Euch schon vor langer Zeit sagte, erwecket nichts, was Ihr nicht austreiben könnet, sei es aus todten Saltzen oder aus den äußeren Sphären. Haltet die Worte des Gegenzaubers allzeit bereit und stehet nicht an, Euch zu vergewissern, so Ihr zweifelt, Wen Ihr habet. Die Steine sind heutigentags in neun von zehn Friedhöfen alle vertauscht. Man ist nie sicher, bevor man nicht die Frage gestellt hat. Ich habe heute von H. gehört, welcher durch die Soldaten in Bedrängniß geraten ist. Er ist wahrscheinlich betrübt darüber, daß Transsilvania von Ungarn an Rumänien übergegangen ist, und würde seinen Sitz wechseln, wäre das Schloß nicht voll der Dinge, welche wir kennen. Doch davon hat er Euch sicherlich geschrieben. In meiner nächsten Sendung wird sich etwas aus einem Hügelgrab im Osten befinden, worüber Ihr sehr frohlokken werdet. Mittlerweile vergesset nicht, daß ich B. F. haben möchte, soferne Ihr ihn irgend für mich beschaf-

fen könntet. Ihr kennet G. in Philadelphia besser als ich. Holet ihn Euch zuerst, wenn Ihr wollet, doch behandelt ihn nicht so hart, daß er danach schwierig ist, denn ich muß am Ende zu ihm sprechen.

Yogg-Sothoth Neblod Zin
Simon O.

An Mr. J. C. in
Providence

Mr. Ward und Dr. Willett hielten in äußerster Bestürzung inne, als sie dieses offenkundige Zeugnis schieren Wahnsinns zu Gesicht bekamen. Nur ganz allmählich dämmerte ihnen, was der Brief wirklich bedeutete. Der abwesende Dr. Allen – und nicht Charles Ward – war also mittlerweile der führende Geist in Pawtuxet geworden? Das mußte die Erklärung für die wilde Entschlossenheit in dem letzten, verzweifelten Brief des jungen Mannes sein. Und wieso wurde der bärtige Fremde mit der Brille in der Adresse als »Mr. J. C.« bezeichnet? Die logische Schlußfolgerung lag auf der Hand, doch irgendwo hatte jede Monstrosität ihre Grenze! War »Simon O.« der alte Mann, den Ward vier Jahre zuvor in Prag besucht hatte? Vielleicht, aber in vergangenen Jahrhunderten hatte es schon einmal einen Simon O. gegeben – Simon Orne, alias Jedediah, der 1771 aus Salem verschwand *und dessen charakteristische Handschrift Willett jetzt unzweifelhaft wiedererkannte, als er sich an die Photokopien der Orneschen Formeln erinnerte, die Charles Ward ihm einmal gezeigt hatte.* Was für Schreckbilder und Mysterien, was für Widersprüche und Launen der Natur waren nach anderthalb Jahrhunderten wiedergekommen, um das alte Providence mit seinen dichtgedrängten Türmchen und Kuppeln abermals heimzusuchen?

Der Vater und der alte Arzt, die beim besten Willen nicht wußten, was sie von alledem halten sollten, besuchten Charles in der Anstalt und befragten ihn so vorsichtig wie möglich über Dr. Allen, seinen Besuch in Prag und das, was er über Simon oder Jedediah Orne aus Salem in Erfahrung gebracht habe. Auf alle diese Fragen antwortete der junge Mann höflich, aber unverbindlich; er stieß lediglich mit seiner heiseren Flüsterstimme hervor, er habe herausgefunden, daß Dr. Allen in einer bemerkenswerten geistigen Beziehung zu bestimmten Seelen aus der Vergangenheit stünde und daß jeder Briefpartner, den der bärtige Mann in Prag haben mochte, wahrscheinlich über ähnliche Fähigkeiten verfüge. Als sie wieder gingen, wurde Mr. Ward und Dr. Willett zu ihrem Kummer klar, daß in Wirklichkeit sie beide die Ausgefragten waren und der junge Mann ihnen, ohne selbst irgend etwas Wichtiges zu verraten, praktisch den ganzen Inhalt des Briefes aus Prag entlockt hatte.

Die Doktoren Peck, Waite und Lyman waren nicht geneigt, der sonderbaren Korrespondenz von Charles' Kollegen große Bedeutung beizumessen, denn sie kannten die Vorliebe seelenverwandter Exzentriker und Monomanen, sich zusammenzutun, und vertraten die Ansicht, daß Charles oder Allen lediglich einen expatriierten Gesinnungsgenossen ausfindig gemacht hatte – vielleicht einen, der Ornes Handschrift einmal gesehen und seine Handschrift kopiert hatte, um sich als Reinkarnation jener Gestalt aus der Vergangenheit aufzuspielen. Allen selbst war vielleicht ein ähnlicher Fall und hatte womöglich den jungen Mann dazu überredet, ihn als Avatar des längst verstorbenen Joseph Curwen anzuerkennen. Solche Dinge hatte es schon früher gegeben, und mit denselben Argumenten schoben die nüchternen Doktoren Willetts wachsende Beunruhigung über Charles Wards derzeitige Handschrift beiseite, die er ohne Wissen des jungen Mannes anhand einiger Schriftproben studierte. Willett glaubte, endlich herausgefunden zu haben, weshalb ihm diese Schrift so merkwürdig bekannt vorkam – sie ähnelte ein wenig der Handschrift von keinem anderen als dem alten Joseph Curwen. Die anderen Ärzte sahen darin jedoch nur eine Phase des Nachahmungstriebes, die bei einer solchen Manie zu erwarten sei, und weigerten sich, dieser Tatsache irgendeine positive oder negative Bedeutung beizumessen. Als er sah, wie phantasielos seine Kollegen waren, riet Dr. Willett Mr. Ward, den Brief bei sich zu behalten, der am zweiten April für Dr. Allen aus Rakus in Transsilvanien eingetroffen war und dessen Aufschrift so sehr der Geheimschrift von Hutchinson glich, daß die beiden Männer beklommen innehielten, bevor sie das Siegel erbrachen. Der Brief hatte folgenden Wortlaut:

7. März 1928
Schloß Ferenczy

Lieber C. –
Ein Trupp von 20 Milizsoldaten war bey mir, um mich über jene Dinge auszufragen, von welchen das Landvolk schwatzt. Muß tiefer graben, damit weniger zu hören sey. Diese Rumänen belästigen einen ohn Unterlaß; sie sind correct und diensteifrig, wo man sich einen Madjaren mit einer ordentlichen Mahlzeit kauffen könnte.

Letzten Monat brachte M. mir den Sarcophagus der Fünf Sphinxes von der Akropolis, woselbst jener, welchen ich erwecket, gesagt hatte, daß er sich befinden würde, und ich habe drey Gespräche *mit dem gehabt*, welcher darinnen begraben war. Es wird direkt an S. O. in Prag und von dorthen zu Euch gesandt werden. Es ist widerspenstig, doch Ihr wisset, was dagegen zu thun sey. Ihr handelt weise, daß Ihr nicht so viele halthet wie ehedem; denn es war nicht nothwendig, die Wächter in ihrer Gestalt zu lassen, so daß sie sich die Köpfe abfraßen, denn man geräth in arge Bedrängniß, so man mit ihnen betroffen wird, wie Ihr wohl wisset. Nunmehr könnet ihr nothfalls fliehen und an einem anderen Orte arbeiten, ohne Euch mit Töten aufzuhalten, wiewohl ich hoffe, daß in nächster Zukunft nichts Euch zwingen möge, einen so beschwerlichen Weg einzuschlagen. Ich bin erfreut, daß Ihr nicht so viel mit *Jenen Äußeren* verkehret, denn es lag immer eine tödtliche Gefahr darinnen, und Ihr wisset wohl, was es that, als Ihr Schutz von einem begehrtet, welches nicht willens war, ihn Euch zu gewähren. Ihr übertreffet mich in der Beschaffung der Formeln, in der Weise, daß *ein anderer* sie mit Erfolg sprechen kann, aber Borellus muthmaßte, daß dem so sein würde, fände man nur die rechten Worte. Wendet der Knabe sie oft an? Es thut mir leid, daß er zimperlich wird, wie ich es schon befürchtet, als ich ihn für beinahe fünfzehn Monate hier hatte, aber ich vertraue darauf, daß Ihr wisset, wie Ihr ihn behandeln müsset. Ihr könnet ihn nicht mit den Formeln bezwingen, denn diese sind nur gegen jene anderen wirksam, welche die anderen Formeln aus den Saltzen erwecket haben; doch Ihr nennet noch immer starke Hände und ein Messer und ein Pistol Euer eigen, und Gräber sind nicht schwer zu graben noch mangelt es an Säuren zum Verbrennen. O. sagt, Ihr hättet ihm B. F. versprochen. Danach muß ich ihn haben. B. wird Euch bald aufsuchen, und möge er Euch geben, was Ihr begehret von jenem Dunklen Ding unter Memphis. Lasset bei Euren Erweckungen Vorsicht walten und hütet Euch vor dem Jungen. Übers Jahr wird alles bereit sein, um die Legionen aus der Unterwelt heraufzuholen, und dann wird uns Unermeßliches zutheil werden. Vertrauet auf das, was ich sage, denn ich kenne O. und ich habe 150 Jahre mehr als Ihr gehabt, um diese Dinge zu erforschen.

Nephreu-Ka nai Hadoth
Edw: H.

An Herrn Joseph Curwen
Providence

Wenn aber Willet und Mr. Ward davon absahen, diesen Brief den Nervenärzten zu zeigen, so unterließen sie es doch keineswegs, selbst zur Tat zu schreiten. Keine noch so gelehrte Sophisterei konnte die Tatsache wegdiskutieren, daß der seltsame bärtige Brillenträger Dr. Allen, den Charles in seinem verzweifelten Brief eine furchtbare Bedrohung genannt hatte, in enger und sinistrer Korrespondenz mit zwei sonderbaren Kreaturen stand, die Ward auf seinen Reisen besucht hatte und die sich unverhohlen als Reinkarnationen oder Avatare von Curwens einstigen Kollegen aus Salem ausgaben, und daß er selbst sich als Reinkarnation des Joseph Curwen betrachtete und gegen einen »Knaben«, bei dem es sich kaum um jemand anderen als Ward handeln konnte, Mordabsichten hegte – oder zumindest zu dessen Ermordung aufgefordert wurde. Organisierter Terror war im Gange, und gleichgültig, wer damit angefangen hatte, der verschwundene Allen steckte auf jeden Fall dahinter. Mr. Ward dankte deshalb dem Himmel, daß Charles jetzt sicher in der Anstalt untergebracht war, und engagierte unverzüglich Detektive, die soviel wie möglich über den geheimnisvollen bärtigen Doktor in Erfahrung bringen sollten; sie sollten feststellen, woher er gekommen war und was man in Pawtuxet über ihn wußte, und nach Möglichkeit seinen jetzigen Aufenthaltsort ausfindig machen. Er übergab den Männern einen Schlüssel zu dem Bungalow, den Charles hatte aufgeben müssen, und bat sie eindringlich, Dr. Allens unbewohntes Zimmer zu untersuchen, das man bei der Abholung von Charles' Sachen identifiziert hatte, und zu sehen, ob er irgendwelche Gegenstände zurückgelassen hatte, die einen Hinweis liefern konnten. Mr. Ward sprach mit den Detektiven in der alten Bibliothek seines Sohnes, und die Männer verspürten eine deutliche Erleichterung, als sie den Raum verließen; denn irgendwie schien die Bibliothek von einer vagen unheilvollen Atmosphäre erfüllt. Vielleicht war es das, was sie über den unseligen alten Hexenmeister gehört hatten, dessen Bild einst von der Täfelung über dem Kamin herabgestarrt hatte, oder vielleicht war es auch etwas anderes, Unbedeutendes; auf jeden Fall hatten sie alle irgendwie das unfaßbare Miasma gespürt, das sich um dieses geschnitzte Überbleibsel aus einem älteren Haus konzentrierte und sich hin und wieder beinahe zu der Intensität einer materiellen Emanation verdichtete.

V
Ein Nachtmahr und ein Desaster

I

Und nun folgte bald jenes schreckliche Erlebnis, das sich unauslöschlich in die Seele des Marinus Bicknell Willett eingeprägt hat und einen Mann, dessen Jugendzeit auch vorher schon lange zurückgelegen hatte, um ein volles Jahrzehnt altern ließ. Dr. Willett hatte lange mit Mr. Ward konferiert und mit ihm Übereinstimmung über einige Punkte erzielt, die nach ihrer beider Auffassung die Nervenärzte nur ins Lächerliche gezogen hätten. Die beiden Männer mußten einsehen, daß sich auf der Welt eine schreckliche Bewegung erhalten hatte, deren direkte Verbindung mit einer Nekromantie, die noch älter war als die Hexerei von Salem, außer Zweifel stand. Und daß zumindest zwei lebende Männer – und noch ein weiterer, an den sie nicht zu denken wagten – absolute Gewalt über Seelen oder Persönlichkeiten hatten, die vor langer Zeit, um 1690 oder noch früher, lebendig gewesen waren, das war ebenfalls beinahe unwiderleglich bewiesen, selbst angesichts aller bekannten Naturgesetze. Was diese schrecklichen Kreaturen – und auch Charles Ward – taten oder zu tun versuchten, ging ziemlich klar aus ihren Briefen sowie aus allen alten wie neuen Einzelheiten hervor, die ein wenig Licht in den Fall gebracht hatten. Diese Leute plünderten die Gräber aller Zeitalter, einschließlich der weisesten und größten Männer der Welt, in der Hoffnung, aus der Asche der Vergänglichkeit eine Spur des Bewußtseins und des Wissens wiedergewinnen zu können, die einstmals diese Männer beseelt und erleuchtet hatten.

Diese Nachtmahrghulen trieben einen entsetzlichen Handel, tauschten untereinander die Gebeine berühmter Persönlichkeiten mit der kühlen Berechnung von Schuljungen, die Bücher austauschen; und was sie aus diesem jahrhundertealten Staub herauspreßten, verlieh ihnen mehr Macht und Weisheit, als sie der Kosmos je in einem einzelnen Menschen oder einer Gruppe konzentriert gesehen hat. Sie hatten unselige Mittel und Wege gefunden, um ihre Gehirne lebendig zu erhalten, entweder in demselben oder in verschiedenen Körpern, und offenbar auch eine Methode ersonnen, um das Bewußtsein der Toten anzuzapfen, die sie sich beschafften. Es schien, daß der alte Borellus doch nicht ganz unrecht gehabt hatte, als er schrieb, daß man selbst aus den ältesten sterblichen Überresten gewisse »essentielle Saltze« gewinnen und aus diesen den Schatten eines längst gestorbenen Lebewesens erwecken könne. Es gab eine Formel, um einen solchen Schatten heraufzubeschwören, und eine andere, um ihn wieder in die Versenkung zurückzuschicken; und das Verfahren war jetzt so weit vervollkommnet, daß es mit Erfolg von anderen erlernt werden konnte. Man mußte bei den Anrufungen Vorsicht walten lassen, denn alte Gräber sind nicht immer richtig bezeichnet.

Willett und Mr. Ward schauderten, während sie zu immer neuen Schlußfolgerungen gelangten. Irgendwelche Dinge – Erscheinungen oder Stimmen – konnten aus unbekannten Regionen wie auch aus dem Grabe heraufgeholt werden, und auch bei diesem Vorgang mußte man vorsichtig sein. Joseph Curwen hatte zweifellos viele verbotene Dinge erweckt, und was Charles betraf – was sollte man von ihm denken? Welche Kräfte von »außerhalb der Sphären« hatten ihn aus der Zeit Joseph Curwens erreicht und seinen Sinn auf vergessene Dinge gelenkt? Er war so geführt worden, daß er auf bestimmte Anweisungen stieß, und er hatte von ihnen Gebrauch gemacht. Er hatte mit dem Mann des Schreckens in Prag gesprochen und sich lange bei jener Kreatur in den transsilvanischen Bergen aufgehalten. Und er mußte zu guter Letzt Joseph Curwens Grab gefunden haben. Jener Zeitungsartikel und die Geräusche, die seine Mutter in der Nacht gehört hatte, waren zu bedeutsam, als daß man sie hätte übersehen können. Dann hatte er etwas gerufen, und es mußte tatsächlich erschienen sein. Diese machtvolle Stimme in der Höhe an jenem Karfreitag und diese *anderen* Geräusche in dem verschlossenen Laboratorium. Woran erinnerten diese dunklen, dröhnenden Töne? Waren sie nicht schreckliche Vorboten des gefürchteten Fremden Dr. Allen mit seinem gespenstischen Baß gewesen? Ja, *das* war es, was Mr. Ward mit vagem Grauen bei seinem einzigen Gespräch über das Telefon mit diesem Menschen – wenn es ein Mensch gewesen war – gespürt hatte.

Welcher höllische Geist oder welche Stimme, welch morbider Schatten oder welche Erscheinung war als Antwort auf Charles Wards geheime Riten hinter jener verschlossenen Tür gekommen? Die im Streit belauschten Stimmen – »müssen es für drei Monate rot haben« – großer Gott! War das nicht unmittelbar vor dem Ausbruch des Vampirismus gewesen? Die Plünderung des uralten Grabes von Ezra Weeden, und später die Schreie in Pawtuxet – wessen Geist hatte die Rache geplant und den ängstlich geschmiedeten Sitz alter Lästerungen wiederentdeckt? Und dann der Bungalow und der bärtige Fremde, und der Klatsch, und die Angst. Die endgültige Geistesverwirrung von Charles konnte weder der Vater noch der Doktor zu erklären versuchen, aber sie waren sicher, daß der Geist des Joseph Curwen wieder auf die Erde zurückgekehrt war und seine einstigen morbiden Untaten fortsetzte. Konnte ein Mensch tatsächlich von Dämonen besessen sein? Allen hatte etwas damit zu tun, und die Detektive mußten mehr über diesen Mann herausfinden, dessen Existenz das Leben des jungen Mannes bedrohte. Da die Existenz irgendeiner ungeheuren Krypta unter dem Bungalow praktisch nicht mehr bezweifelt werden konnte, mußte in der Zwischenzeit etwas unternommen werden, um sie zu finden. In Anbetracht der skeptischen Haltung der Nervenärzte beschlossen Willett und Mr. Ward bei ihrer abschließenden Unterredung, gemeinsam eine Untersuchung von beispielloser Gründlichkeit durchzuführen; sie kamen überein, sich am folgenden Morgen am Bungalow zu treffen, ausgerüstet mit Koffern und bestimmten Werkzeugen und Hilfsmitteln für die Suche in dem Gebäude unter der Erde.

Der Morgen des sechsten April zog klar herauf, und die beiden Männer waren um zehn Uhr vor dem Bungalow zur Stelle. Mr. Ward hatte den Schlüssel, und nachdem er aufgeschlossen hatte, wurden die Räume zunächst einer flüchtigen Musterung unterzogen. Die Unordnung in Dr. Allens Zimmer ließ darauf schließen, daß die Detektive schon dagewesen waren, und es stand zu hoffen, daß sie ein paar Hinweise entdeckt hatten, die sich als brauchbar erweisen würden. Das Wichtigste war natürlich der Keller, in den Dr. Willett und Mr. Ward deshalb unverzüglich hinabstiegen; wieder machten sie den Rundgang, der schon damals in Gegenwart des geistesgestörten jungen Hausherrn ergebnislos verlaufen war. Eine Zeitlang schien alles vergeblich, denn jeder Zoll des Fußbodens und der Steinwände sah so massiv und unverdächtig aus, daß von einer klaffenden Öffnung kaum ein Gedanke sein konnte. Willett überlegte, daß ja der ursprüngliche Keller ohne Wissen um die darunterliegenden Katakomben angelegt worden war und daß deshalb der Einstieg zu dem unterirdischen Gang nur von dem jungen Ward und seinen Gefährten mit modernen Mitteln geschaffen worden sein konnte und an einer Stelle liegen mußte, wo sie nach den uralten Gewölben gesucht hatten, von denen sie auf keinem normalen Wege Kunde erhalten hatten.

Der Doktor versuchte sich in Charles hineinzuversetzen, um herauszufinden, wie dieser die Sache wohl angepackt hätte, aber diese Methode half ihm auch nicht weiter. Deshalb wechselte er die Taktik und untersuchte mit größter Sorgfalt die gesamten Flächen der unterirdischen Räume, senkrechte und waagrechte, wobei er jeden Quadratzoll abtastete. Bald hatte er fast alles abgesucht, und zum Schluß blieb ihm nur noch die kleine Plattform vor den Waschzubern, die er schon einmal vergebens untersucht hatte. Nun aber probierte er auf jede erdenkliche Weise und mit verdoppeltem Kraftaufwand daran herum und fand schließlich heraus, daß der Oberteil sich tatsächlich um einen Zapfen in der Erde drehen und horizontal wegschieben ließ. Darunter lag eine glatte Betonfläche mit einem eisernen Schachtdekkel, auf den Mr. Ward sofort mit neuerwachtem Eifer losging. Der Deckel ließ sich ohne sonderliche Mühe bewegen, und der Vater hatte ihn kaum hochgehoben, als Willett bemerkte, wie sonderbar er plötzlich aussah. Er schwankte und taumelte benommen, und der Doktor erkannte sogleich, daß die Ursache in dem Schwall giftiger Luft zu suchen sei, der aus dem dunklen Loch emporquoll.

Einen Augenblick später hatte Willett seinen Begleiter nach oben gebracht und versuchte, mit kaltem Wasser seine Lebensgeister zu wecken. Mr. Ward reagierte schwach, aber es war zu sehen, daß der Pesthauch aus der memphischen Krypta ihm arg zugesetzt hatte. Da er nichts riskieren wollte, hastete Willett hinaus, um auf der Broad Street ein Taxi anzuhalten, und bald darauf befand sich der Patient trotz seiner schwachen Proteste auf dem Heimweg; sodann holte Willett seine Taschenlampe hervor, bedeckte seine Nase mit einem sterilen Gazebausch und stieg abermals in den Keller hinunter, um in die neuentdeckten Tiefen hinabzuspähen. Der faulig riechende Luftstrom hatte jetzt etwas nachgelassen, und Willett konnte einen Lichtstrahl in das stygische Loch hinabschicken. Er sah, daß es bis in eine Tiefe von ungefähr zehn Fuß ein senkrechter zylindrischer Schacht mit Betonwänden und einer eisernen Leiter war; in dieser Höhe schien der Schacht auf eine alte Steintreppe zu stoßen, die ursprünglich etwas südlich von dem derzeitigen Gebäude an die Erdoberfläche gekommen sein mußte.

2

Willett gibt freimütig zu, daß ihn der Gedanke an die alten Legenden um Curwen einen Augenblick davon abhielt, allein in diesen übelriechenden Abgrund hinunterzusteigen. Er mußte an das denken, was Luke Fenner über jene letzte schaurige Nacht berichtet hatte. Doch dann gewann sein Pflichtgefühl die Oberhand, und er begann den Abstieg, in der Hand einen Koffer, für den Fall, daß er irgendwelche Papiere von höchster Bedeutung finden sollte. Langsam, wie es einem Mann seines Alters anstand, kletterte er die Leiter hinunter und erreichte die glitschigen Treppenstufen. Das war uraltes Mauerwerk, wie er im Licht der Taschenlampe feststellte, und an den triefenden Mauern sah er das muffige Moos von Jahrhunderten. Tief und tiefer wand die Treppe sich hinab, nicht in Spiralen, sondern in drei abrupten Krümmungen. So eng war der Durchlaß, daß zwei Menschen kaum aneinander vorbeigekommen wären. Er hatte etwa dreißig Stufen gezählt, als ein sehr schwaches Geräusch an sein Ohr drang; und von da an fühlte er sich nicht mehr in der Lage weiterzuzählen.

Es war ein gottloses Geräusch; einer jener tiefen, tückischen Ausbrüche der Natur, die nicht sein sollen. Ihn ein dumpfes Wimmern, ein verzweifeltes Heulen, ein hoffnungsloses Jaulen vielstimmiger Qual und geschundenen, geistlosen Fleisches zu nennen, würde bedeuten, seine kennzeichnende Abscheulichkeit und seine seelenverwirrenden Obertöne zu unterschlagen. War es das, worauf Ward an dem Tag, da man ihn fortschaffte, gelauscht hatte? Das Geräusch war das fürchterlichste, das Willett je vernommen hatte, und es ertönte immer wieder, aus keiner bestimmten Richtung, als der Doktor den Fuß der Treppe erreicht hatte und den Lichtstrahl seiner Taschenlampe über hohe Korridorwände gleiten ließ, die zyklopisch überwölbt und von zahllosen schwarzen Bogengängen durchbrochen waren. Die Halle, in der er stand, war bis zum Scheitelpunkt des Gewölbes vielleicht vierzehn Fuß hoch und zehn oder zwölf Fuß breit. Der Fußboden bestand aus großen, unregelmäßig gebrochenen Steinplatten, Wände und Decke aus behauenen Quadern. Die Länge der Halle konnte er nicht ermessen, denn sie erstreckte sich vor ihm endlos in die Finsternis. Manche Bogengänge hatten Türen im alten Kolonialstil, mit sechs Paneelen, andere waren türlos.

Die Furcht niederkämpfend, die der Gestank und das Geheul ihm einflößten, begann Willett, diese Bogengänge einen nach dem anderen zu untersuchen; dahinter lagen Räume mit gemauerten Kreuzgewölben, alle von mittlerer Größe und offenbar bizarrem Verwendungszweck; in den meisten befanden sich Feuerstellen, und es wäre eine interessante Aufgabe für einen Ingenieur gewesen, die Abzugsschächte für diese Kamine zu suchen. Nie zuvor oder danach hatte Willett solche Instrumente oder Andeutungen von Instrumenten erblickt, wie sie hier, unter dem alles bedeckenden Staub und den Spinnweben von anderthalb Jahrhunderten verborgen, allenthalben herumlagen, in vielen Fällen offenbar zerstört, möglicherweise bei jenem lange zurückliegenden Überfall. Denn viele der Kammern schien nie der Fuß eines modernen Menschen betreten zu haben, und sie stammten offenbar aus den frühesten Phasen der Experimente von Joseph Curwen. Schließlich gelangte er in einen Raum, der anscheinend in jüngerer Zeit eingerichtet oder doch zumindest noch vor kurzem bewohnt worden war. Hier gab es Ölöfen, Bücherregale und Tische, Stühle und Schränkchen, und einen Schreibtisch, auf dem hohe Stapel antiker und auch zeitgenössischer Schriften lagen. Kerzen und Öllampen standen an mehreren Stellen, und als er eine Schachtel Zündhölzer fand, zündete Willett einige davon an.

In dem helleren Lichtschein schien es ihm, als handle es sich bei diesem Raum um nichts anderes als das letzte Arbeits- oder Bibliothekszimmer von Charles Ward. Viele der Bücher hatte der Doktor schon einmal gesehen, und ein Großteil des Mobiliars stammte offensichtlich aus dem Elternhaus in der Prospect Street. Hier und da sah er einen Gegenstand, den er gut kannte, und dieses Gefühl der Vertrautheit wurde so stark, daß er fast den Gestank und das Geheul vergessen hätte, obwohl beides hier noch deutlicher war als am Fuß der Treppe. Seine erste Aufgabe war es, das stand fest, alle Papiere zu suchen und an sich zu nehmen, die von entscheidender Bedeutung sein konnten; besonders jene monströsen Dokumente, die Charles vor so langer Zeit hinter dem Bild in Olney Court gefunden hatte. Während er suchte, ging ihm auf, was für eine ungeheure Arbeit die endgültige Entschlüsselung dieses Materials sein würde; denn Ordner um Ordner war prall mit Schriftstücken in sonderbaren Handschriften und mit sonderbaren Zeichen gefüllt, so daß man wahrscheinlich Monate oder sogar Jahre brauchen würde, um all das vollständig zu entziffern und herauszugeben. Einmal fand er große Bündel von Briefen mit Poststempeln aus Prag und Rakus und in Handschriften, die eindeutig als die von Orne und Hutchinson zu erkennen waren; die Briefe nahm er alle an sich und legte sie auf den Stapel, den er in seinem Koffer mit nach oben nehmen wollte.

Schließlich fand er dann in einem verschlossenen Mahagonischränkchen, das früher einmal das Wardsche Elternhaus geziert hatte, das Bündel alter Papiere von Joseph Curwen, die er wiedererkannte, obwohl Charles ihn damals nur widerwillig einen kurzen Blick darauf hatte werfen lassen. Der junge Mann hatte sie offenbar weitgehend so beieinander gelassen, wie er sie entdeckt hatte, denn Willett fand alle Titel, an die die Arbeiter sich erinnerten, mit Ausnahme der an Orne und Hutchinson adressierten Schriftstücke sowie der Geheimschrift einschließlich des Schlüssels. Willett legte das ganze Bündel in den Koffer und durchsuchte weiter die Ordner. Da der augenblickliche Zustand des jungen Ward das vordringlichste Problem war, suchte er am sorgfältigsten unter dem Material, das offenkundig aus jüngerer Zeit stammte; und an den in großer Menge vorhandenen Manuskripten aus der letzten Zeit fiel Willett etwas Merkwürdiges auf, nämlich die spärliche Anzahl von Schriftstücken in Charles' normaler Handschrift, von denen überdies keines weniger als zwei Monate alt war. Dagegen fand er buchstäblich ganze Stapel von Symbolen und Formeln, historischen Abhandlungen, geschrieben in einer verschnörkelten Handschrift, die absolut identisch mit der Schrift des alten Joseph Curwen war, obwohl die Dokumente unzweifelhaft aus jüngster Zeit stammten. Offenbar hatte in den letzten Wochen Charles' Arbeitsprogramm zum Teil in der beharrlichen Nachahmung der Handschrift des alten Hexenmeisters bestanden, worin er es anscheinend zu erstaunlicher Meisterschaft gebracht hatte. Von einer dritten Handschrift, bei der es sich um die Allens hätte handeln können, war keine Spur zu finden. Wenn dieser Mann in der letzten Zeit wirklich die führende Rolle gespielt hatte, so mußte er Ward gezwungen haben, ihm als Sekretär zu dienen.

In diesem neuen Material kehrte eine mystische Formel, oder besser gesagt ein Formelpaar, so oft wieder, daß Willett den Wortlaut auswendig konnte, bevor er seine Suche auch nur halb zu Ende gebracht hatte. Es waren zwei nebeneinanderstehende Kolumnen; über der linken stand das archaische Symbol des »Drachenkopfes«, das in Kalendern zur Bezeichnung des aufsteigenden Knotens verwendet wird, und über der rechten ein entsprechendes Zeichen für den »Drachenschwanz« oder absteigenden Knoten. Das Ganze sah ungefähr so aus

☊	☋
Y'AI'NG'NGAH,	OGTHROD AI'F
YOG-SOTHOTH	GEB'L-EE'H
H'EE-L'GEB	*YOG-SOTHOTH*
F'AI THRODOG	'NGAH'NG'AI'Y
UAAAH	*ZHRO*

und beinahe unbewußt bemerkte der Doktor, daß es sich bei der zweiten Kolumne um nichts anderes als den Text der ersten handelte, jedoch silbenweise rückwärts geschrieben, mit Ausnahme der beiden letzten einsilbigen Wörter und des sonderbaren Namens *Yog-Sothoth*, den er im Laufe seiner Nachforschungen in dieser schrecklichen Angelegenheit schon mehrmals – wenn auch in wechselnder Schreibweise – gelesen hatte. Die Formeln lauteten wie folgt – und zwar *buchstabengetreu*, wie Willett mehr als ausreichend zu belegen vermag–, und die erste weckte eine unangenehme, latente Erinnerung in seinem Gehirn, deren Bedeutung ihm erst später aufging, als er die Ereignisse jenes schrecklichen Karfreitags des Vorjahres rekapitulierte.

Diese Formeln waren so faszinierend, und der Doktor stieß so oft auf sie, daß er sie alsbald halb unbewußt vor sich hinmurmelte. Schließlich hatte er jedoch das Gefühl, daß er alle Schriftstücke sichergestellt hatte, die er fürs erste mit Gewinn auswerten konnte; deshalb beschloß er, die Suche zunächst abzubrechen, bis er die skeptischen Nervenärzte allesamt zur Teilnahme an einer gründlichen und systematischeren Durchsuchung des Kellers würde bewegen können. Er mußte noch das geheime Laboratorium ausfindig machen, weshalb er den Koffer in dem erleuchteten Raum zurückließ und sich wieder in den übelriechenden, finstren Korridor hinaus begab, dessen Gewölbe unaufhörlich von jenem gräßlichen, dumpfen Geheul widerhallten. Die nächsten paar Räume, die er inspizierte, waren alle leer oder enthielten nichts als vermoderte Kisten und ominöse Bleisärge, aber sie vermittelten ihm einen eindrucksvollen Begriff vom Umfang der ursprünglichen Aktivitäten Joseph Curwens. Er dachte an die Sklaven und Seeleute, die verschwunden, an die Gräber, die in allen Teilen der Welt geplündert worden waren, und daran, was die Männer bei jener letzten Razzia gesehen haben mußten; und dann entschied er, daß es am besten sei, nicht mehr daran zu denken. Einmal führte zu seiner Rechten eine große Steintreppe nach oben, und er folgerte, daß es sich dabei um den Zugang zu einem der Curwenschen Nebengebäude handeln mußte – vielleicht dem berühmten Steinbunker mit den schlitzartigen Fenstern –, falls die Treppe, die er hinabgestiegen war, sich damals unter dem spitzgiebligen Bauernhaus befunden hatte. Plötzlich schienen vor ihm die Wände auseinanderzufallen, und der Gestank und das Geheul wurden stärker. Willett sah, daß er in einem riesigen offenen Raum angelangt war, von so gewaltigen Ausmaßen, daß das Licht seiner Taschenlampe ihn nicht zu erhellen vermochte, und im Weitergehen traf er hin und wieder auf massive Säulen, die das Deckengewölbe trugen.

Nach einer Weile erreichte er einen Kreis von Säulen, die wie die Monolithen von Stonehenge angeordnet waren, mit einem großen, aus Stein gehauenen Altar auf einem Sockel mit drei Stufen im Mittelpunkt; die gemeißelten Reliefs auf diesem Altar waren so sonderbar, daß er nähertrat, um sie im Schein der Taschenlampe zu studieren. Doch als er sah, was sie darstellten, prallte er schaudernd zurück und nahm sich nicht mehr die Zeit, die dunklen Flecken zu untersuchen, die die Altarplatte verunzierten und sich an mehreren Stellen in dünnen Linien die Seiten hinab ausgebreitet hatten. Statt dessen suchte er den Weg bis zur jenseitigen Wand und folgte ihrem gigantischen Rund, das durchbrochen war von gelegentlichen schwarzen Türöffnungen und Myriaden flacher Zellen mit Eisengittern und Hand- und Fußschellen an Ketten, die an den Steinen der konkav gemauerten Rückwände befestigt waren. Diese Zellen waren leer, doch der schreckliche Geruch und das elende Gestöhn dauerten immer noch an, hartnäckiger als je zuvor, und anscheinend von Zeit zu Zeit von einem dumpf-glitschigen Fallgeräusch begleitet.

3

Diesen gräßlichen Geruch und diesen unheimlichen Lärm konnte Willett nicht länger aus seinem Bewußtsein verdrängen. Beides war in der großen Säulenhalle deutlicher und schrecklicher als anderswo und erweckte den vagen Eindruck, als käme es von weit unten, selbst in dieser dunklen Welt unterirdischer Geheimnisse. Bevor er einen der schwarzen Bogengänge auf weiter nach unten führende Treppen hin untersuchte, ließ der Doktor den Lichtschein der Taschenlampe über den Steinfußboden gleiten. Er war sehr locker gepflastert, und in unregelmäßigen Abständen entdeckte Willett Platten mit kleinen Löchern in unbestimmter Anordnung, während an einer Stelle eine achtlos umgeworfene, sehr lange Leiter lag. Diese Leiter schien merkwürdigerweise besonders stark mit jenem schrecklichen Geruch behaftet, der alles umfing. Während er langsam umherging, glaubte Willett plötzlich zu bemerken, daß der Geruch wie auch der Lärm direkt über den sonderbar durchlöcherten Platten am stärksten waren, so als seien es klobige Falltüren, die noch weiter hinab in eine andere Region des Entsetzens führten. Er kniete vor einer dieser Platten nieder, rüttelte daran und entdeckte, daß er sie mit größter Anstrengung tatsächlich hochheben konnte. Als die Platte bewegt wurde, verstärkte sich das Gestöhn von unten, und nur unter Zittern und Zagen konnte er sich überwinden, den schweren Stein vollends hochzuheben. Ein unbeschreiblich widerwärtiger Gestank schlug ihm jetzt aus der Tiefe entgegen, und der Kopf drehte sich ihm benommen, während er die Steinplatte beiseite legte und den Strahl der Lampe auf den freigelegten Quadratmeter gähnender Finsternis richtete.

Wenn er erwartet hatte, eine Treppe zu finden, die in irgendeinen weiteren Abgrund äußerster Abscheulichkeiten hinabführte, so sollte Willett enttäuscht werden; denn inmitten des Gestanks und des irrwitzigen Geheuls erblickte er nur den oberen, aus Ziegeln gemauerten Teil eines zylindrischen Schachtes von vielleicht anderthalb Meter Durchmesser und bar jeder Leiter oder anderer Abstiegshilfen. Als das Licht in den Schacht fiel, verwandelte sich das Geheul augenblicklich in eine Folge gräßlicher, jaulender Schreie, und gleichzeitig ließen sich wieder jene Geräusche wie von blindem, vergeblichem Tappen und schlüpfrigem Fallen vernehmen. Der Kundschafter zitterte, nicht willens, sich auch nur vorzustellen, welch verderbliches Ding in diesem Schlund lauern mochte; doch einen Augenblick später brachte er den Mut auf, über den roh behauenen Rand hinabzuspähen, wozu er sich der Länge nach auf den Boden legte und die Lampe mit ausgestrecktem Arm nach unten hielt. Eine Sekunde lang konnte er nichts erkennen als die glitschigen, moosbewachsenen Mauern, die endlos in das halb greifbare Miasma von Düsternis und Fäulnis und rasender Pein hinabsanken; doch dann sah er, daß irgend etwas Dunkles unbeholfen und wie wahnsinnig auf dem Grunde des engen Schachtes an der Mauer hochsprang, ungefähr zwanzig bis fünfundzwanzig Fuß unter dem Steinfußboden, auf dem er lag. Die Taschenlampe in seiner Hand zitterte, aber er schaute noch einmal hinunter, um zu sehen, welche Art von Lebewesen es sein mochte, das in der Finsternis dieses widernatürlichen Schachtes eingekerkert war, von dem jungen Ward dem Hungertod überlassen, seit ihn die Ärzte vor einem ganzen langen Monat abgeholt hatten, und offensichtlich nur einer von unzähligen Gefangenen in ähnlichen Schächten, mit deren durchlöcherten Steindeckeln der Boden der großen gewölbten Höhle dicht übersät war. Was für Wesen auch immer es waren, sie konnten sich in ihren engen Löchern nicht niederlegen, sondern mußten sich gekrümmt und geheult und gewartet und ohnmächtige Sprünge vollführt haben, all die schrecklichen Wochen seit ihr Herr und Meister sie im Stich gelassen hatte.

Aber Marinus Bicknell Willett sollte es bereuen, ein zweites Mal hinabgeschaut zu haben; denn obschon Chirurg und Veteran des Sezierraumes, ist er seither nicht mehr der alte. Es ist schwer zu erklären, wie ein einziger Blick auf ein greifbares Objekt von meßbaren Dimensionen einen Mann so erschüttern und verändern kann; und wir können nur sagen, daß manchen Umrissen und Erscheinungen eine suggestive Symbolkraft innewohnt, die sich schrecklich auf die Phantasie eines empfindsamen Denkers auswirkt und hinter den schützenden Illusionen des normalen Sehens furchtbare Andeutungen von obskuren kosmischen Beziehungen und unnennbaren Wirklichkeiten aufglimmen läßt. Bei jenem zweiten Hinsehen nahm Willett solch einen Umriß oder solch eine Erscheinung wahr, denn in den darauffolgenden Augenblicken war er zweifellos nicht weniger dem schieren Wahnsinn verfallen als irgendeiner der Insassen von Dr. Waites Privat-Irrenanstalt. Die

Taschenlampe fiel ihm aus der jeder Muskelkraft oder nervlicher Koordination beraubten Hand, und er achtete nicht auf das knirschende Beißgeräusch, das über ihr Schicksal am Boden der Grube Aufschluß gab. Er schrie und schrie und schrie in einer Stimme, die in ihrer überschnappenden Panik keiner seiner Bekannten wiedererkannt hätte, und da er sich nicht zu erheben vermochte, kroch und wälzte er sich von dem Loch fort, über den feuchten Fußboden, während aus Dutzenden von Höllenschlünden erschöpftes Jammern und Heulen als Antwort auf seine eigenen irrsinnigen Schreie erscholl. Er riß sich an den rauhen, losen Steinen die Hände blutig und stieß oft mit dem Kopf gegen eine der zahlreichen Säulen, hielt aber trotzdem nicht inne. Dann schließlich kam er in der pechschwarzen, stinkenden Finsternis langsam wieder zu sich und hielt sich vor dem dröhnenden Geheul die Ohren zu. Er war schweißgebadet und hatte keine Möglichkeit, Licht zu machen; heimgesucht und enerviert in diesem schwarzen Abgrund des Grauens, niedergedrückt von einer Erinnerung, die er nie würde aus seinem Gedächtnis löschen können. Unter ihm waren Dutzende von diesen Wesen noch am Leben, und von einem dieser Schächte war der Deckel entfernt worden. Er wußte, daß das Wesen, das er gesehen hatte, niemals die schlüpfrigen Mauern erklettern konnte, schauderte aber bei dem Gedanken, daß vielleicht doch irgendwelche Stufen in die Wände gehauen sein konnten.

Was für ein Wesen es war, hat er nie verraten. Es war wie manche der gemeißelten Figuren auf dem höllischen Altar, aber es lebte. Die Natur hatte es niemals in dieser Form erschaffen, denn es war zu offensichtlich *unvollen-*

det. Die Mängel waren von höchst überraschender Art, und die abnormen Proportionen entzogen sich jeder Beschreibung. Willett findet sich nur zu der Erklärung bereit, daß es sich bei diesem Ding um einen Vertreter jener Wesen gehandelt haben müsse, die Ward aus *unvollkommenen Saltzen* erweckt habe und die er für Dienstleistungs- und rituelle Zwecke hielt. Hätte es nicht eine gewisse Bedeutung gehabt, sein Abbild wäre nicht in jenen fluchwürdigen Stein gemeißelt worden. Es war nicht das schlimmste der auf diesem Stein abgebildeten Wesen – aber die anderen Gruben hatte Willett nicht geöffnet. In jenem Augenblick kam ihm, als er endlich wieder einen klaren Gedanken fassen konnte, als erstes ein scheinbar bedeutungsloser Absatz aus irgendeiner der alten Schriften Curwens in den Sinn, die er vor langer Zeit gelesen hatte; ein Satz, der in jenem monströsen konfiszierten Brief von Simon oder Jedediah Orne an den verblichenen Hexenmeister gestanden hatte:

»Fürwahr, es lag nichts als schieres Entsetzen in dem, was H. aus dem heraufbeschwor, wovon er nur einen Theil bekommen konnte.«

Dann stellte sich, dieses geistige Bild eher auf schreckliche Art ergänzend als verdrängend, eine Erinnerung an jene hartnäckigen alten Gerüchte über den verbrannten und entstellten Leichnam ein, der eine Woche nach der Strafexpedition gegen Curwen auf dem Acker gefunden worden war. Charles Ward hatte dem Doktor einmal berichtet, was der alte Slocum von diesem Objekt gesagt hatte, nämlich, daß es weder ganz menschlich gewesen sei noch irgendeinem Tier geglichen habe, das die Leute von Pawtuxet jemals zu Gesicht bekommen oder in einem Buch gefunden hätten.

Diese Worte gingen dem Doktor durch den Kopf, während er auf dem salpetrigen Boden hockte und den Oberkörper hin und her wiegte. Er versuchte, sie zu verscheuchen, und sprach ein Vaterunser; allmählich verlor er sich in einem Wirrwarr verschiedenster Erinnerungen ähnlich dem modernistischen Buch »Das wüste Land« von Herrn T. S. Eliot und kam schließlich auf die oft wiederholte Doppelformel zurück, die er vor einer Weile erst in Wards unterirdischer Bibliothek gefunden hatte: »*Y'ai'ng'ngah, Yog-Sothoth*« und so fort bis hin zu dem abschließenden, unterstrichenen »Zhro«. Das schien ihn zu beruhigen, und nach einer Weile erhob er sich taumelnd; er beklagte bitter den Verlust seiner Taschenlampe und hielt verzweifelt Ausschau nach einem Lichtschimmer in der beklemmenden Finsternis der eiskalten Gruft. Denken wollte er lieber nicht; aber er spähte angestrengt in alle Richtungen, ob sich nicht doch vielleicht ein schwacher Widerschein der hellen Beleuchtung entdecken ließe, die er in der Bibliothek zurückgelassen hatte. Nach einer Weile glaubte er, in unendlicher Ferne die Andeutung eines Lichtschimmers wahrzunehmen, und dorthin begann er inmitten des Gestanks und Geheuls auf Händen und Knien zu kriechen, mit angstvoller Vorsicht seinen Weg ertastend, um sich nicht an einer der zahlreichen großen Säulen zu stoßen oder in den entsetzlichen Schacht zu stürzen, den er aufgedeckt hatte.

Einmal berührten seine zitternden Finger etwas, von dem er wußte, daß es die Stufen des höllischen Altars sein mußten, und vor dieser Stelle schauderte er mit Abscheu zurück. Ein andermal stieß er auf die durchlöcherte Steinplatte, die er abgehoben hatte, und hier wurde seine

Vorsicht beinahe erbarmungswürdig. Aber die gefürchtete Öffnung selbst berührte er nicht, und es entstieg diesem Loch auch nichts, was ihn aufgehalten hätte. Was dort unten gewesen war, rührte sich nicht und gab keinen Laut von sich. Offenbar war es ihm nicht bekommen, daß es seine Zähne in die herabfallende Taschenlampe geschlagen hatte. Jedesmal, wenn Willetts Hände eine der durchlöcherten Steinplatten fühlten, zitterte er. Manchmal verstärkte sich das Stöhnen darunter, wenn er darüberkroch, doch meistens blieb jede Reaktion aus, denn er bewegte sich fast lautlos. Während er so dahinkroch, wurde der Lichtschein vor ihm mehrmals merklich schwächer, und es wurde ihm klar, daß die verschiedenen Kerzen und Lampen, die er zurückgelassen hatte, eine nach der anderen ausgehen mußten. Der Gedanke, daß er plötzlich ohne Zündhölzer in dieser unterirdischen Welt nachtmahrhafter Labyrinthe von absoluter Finsternis umgeben sein könnte, zwang ihn, sich zu erheben und zu laufen, was er nun, da er das offene Loch passiert hatte, gefahrlos tun konnte; denn er wußte, daß, sollte das Licht gänzlich verlöschen, seine einzige Hoffnung auf Rettung und Überleben in einer Rettungsmannschaft liegen würde, die Mr. Ward nach einer angemessenen Wartezeit wahrscheinlich losschicken würde, um den Vermißten zu suchen. Gleich darauf jedoch kam er aus der offenen Halle in den schmaleren Gang und bemerkte, daß der Lichtschein aus einer Tür zu seiner Rechten fiel. Im Nu hatte er sie erreicht und stand abermals in der Geheimbibliothek des jungen Ward, bebend vor Erleichterung, und betrachtete die letzte, schon blakende Lampe, die ihm den Weg zur Rettung gewiesen hatte.

4

Einen Augenblick später war er schon dabei, in aller Eile die ausgebrannten Lampen aus einem Ölvorrat aufzufüllen, den er schon beim erstenmal bemerkt hatte, und als der Raum wieder hell erleuchtet war, schaute er sich nach einer Laterne um, die bei der weiteren Suche dienlich sein konnte. Denn sosehr ihm auch der Schreck noch in den Gliedern saß, behielt doch sein eiserner Wille die Oberhand, und er war fest entschlossen, bei seiner Suche nach den schrecklichen Tatsachen hinter Charles Wards bizarrem Wahnsinn nichts, aber auch gar nichts unversucht zu lassen. Als er keine Laterne fand, beschloß er, die kleinste der Lampen mitzunehmen; außerdem füllte er sich die Taschen mit Kerzen und Zündhölzern und nahm einen Kanister mit einer Gallone Öl mit, das er als Notvorrat benutzen wollte, falls er jenseits der schrecklichen offenen Halle mit dem besudelten Altar und den namenlosen verschlossenen Schächten irgendein geheimes Labor entdecken sollte. Diesen Raum abermals zu durchqueren, würde ihm den letzten Mut abverlangen, aber er war sich darüber im klaren, daß es sein mußte. Glücklicherweise lagen weder der gräßliche Altar noch der offene Schacht an der Wand mit den vielen Zellen, die die Höhlung begrenzte und deren mysteriöse schwarze Bogengänge logischerweise das nächste Ziel seiner systematischen Suche darstellten.

Willett ging also zurück in jene große Säulenhalle des Gestanks und des verzweifelten Geheuls, drehte die Lampe klein, um den höllischen Altar oder die aufgedeckte Grube mit der durchlöcherten Steinplatte neben dem Loch nicht sehen zu müssen, und sei es auch nur aus der Ferne. Die meisten Bogengänge führten lediglich in kleine Kammern, von denen manche leer waren und manche offenbar als Lagerräume benutzt wurden; und in einigen von den letzteren sah er höchst merkwürdige Ansammlungen verschiedener Gegenstände. Der eine war mit vermodernden, staubbedeckten Bündeln alter Kleider vollgestapelt, und Willett schauderte, als er sah, daß es sich unverkennbar um Kleidung handelte, wie man sie vor anderthalb Jahrhunderten getragen hat. In einem anderen Raum fand er große Mengen moderner Kleidungsstücke jeglicher Art, so als seien nach und nach Vorbereitungen getroffen worden, um eine große Zahl von Männern einzukleiden. Am stärksten mißfielen ihm jedoch die riesigen Fässer, die hier und da auftauchten, und ganz besonders die unheimlichen Verkrustungen, mit denen sie bedeckt waren. Sie gefielen ihm sogar noch weniger als die mit sonderbaren Figuren verzierten zerbrochenen Bleischalen, an denen so widerwärtige Rückstände klebten und die abstoßende Gerüche ausströmten, die ihm trotz des allgemeinen Gestanks der Krypta scharf in die Nase stiegen. Als er ungefähr die Hälfte des gesamten Rundes der Wand abgeschritten hatte, fand er einen Gang ähnlich dem, aus dem er gekommen war, von dem aus sich viele Türen öffneten.

Er machte sich daran, diesen Gang zu untersuchen, und nachdem er in drei Kammern von mittlerer Größe und ohne bedeutsamen Inhalt gewesen war, kam er schließlich zu einem großen, länglichen Raum, dessen geschäftlich-nüchterne Tanks und Tische, Öfen und moderne Instrumente, herumliegende Bücher und endlose Regale mit Krügen und Flaschen ihn tatsächlich als das lang gesuchte Laboratorium von Charles Ward auswiesen – das vor ihm zweifellos bereits Joseph Curwen benutzt hatte.

Nachdem er dort die drei Lampen angezündet hatte, die er gefüllt und brennfertig vorfand, untersuchte Dr. Willett den Raum und alle Einrichtungsgegenstände mit höchstem Interesse; aus den relativen Mengen verschiedener Reagenzien in den Regalen zog er den Schluß, daß der junge Ward sich vorwiegend mit irgendeinem Zweig der organischen Chemie beschäftigt haben müsse. Alles in allem bot die wissenschaftliche Apparatur, zu der auch ein unheimlich aussehender Seziertisch gehörte, wenig Anhaltspunkte, so daß der Raum im Grunde eher eine Enttäuschung war. Unter den Büchern war auch ein in schwarzen Lettern gedrucktes Exemplar von Borellus, und Willett bemerkte mit leisem Schaudern, daß Ward dieselbe Passage unterstrichen hatte, deren Hervorhebung den guten Mr. Merrit vor über anderthalb Jahrhunderten auf Curwens Bauernhof so sehr verwirrt hatte. Jenes ältere Exemplar mußte natürlich damals zusammen mit der übrigen okkulten Bibliothek Joseph Curwens bei der abschließenden Strafexpedition vernichtet worden sein. Drei weitere Bogengänge mündeten in das Laboratorium, und auch diese nahm der Doktor nacheinander in Augenschein. Bei der ersten, oberflächlichen Musterung sah er, daß zwei davon lediglich in kleine Lagerräume führten; diese jedoch durchsuchte er sorgfältig, wobei er Stapel von Särgen in unterschiedlichen Stadien des Verfalls entdeckte und heftig schauderte, als er die Inschriften auf einigen der Sargdeckel entzifferte. Außerdem waren in diesen Räumen auch größere Mengen Kleidung sowie mehrere fest vernagelte neuere Kisten gelagert, mit deren Untersuchung er sich nicht aufhielt. Am interessantesten waren vielleicht ein paar nicht mehr benutzte Gegenstände, die er für Teile von Instrumenten aus dem alten Laboratorium Joseph Curwens hielt. Diese waren von den Eindringlingen beschädigt worden, aber zum Teil noch immer als Ausrüstungsgegenstände eines Chemikers der georgianischen Periode erkennbar.

Der dritte Bogengang führte in ein sehr geräumiges Zimmer mit Regalen an allen Wänden und einem Tisch mit zwei Lampen in der Mitte. Diese Lampen zündete Willett an, und in ihrem hellen Schein musterte er die endlosen Regale, die ihn umgaben. Manche der oberen Borde waren ganz leer, doch den meisten Raum nahmen kleine, merkwürdig aussehende Bleikrüge von zwei verschiedenen Grundtypen ein; der eine groß und henkellos wie ein griechischer Ölkrug, eine Lekythos, der andere mit einem Henkel und in der Form wie ein Krug aus Phaleron. Sie hatten alle Metallpfropfen und waren mit eigentümlichen, in die Oberfläche eingeritzten Symbolen bedeckt. Der Doktor sah sofort, daß diese Krüge nach einem sehr strengen System klassifiziert waren, denn alle Lekythen befanden sich auf der einen Seite des Raumes unter einem hölzernen Schild mit der Aufschrift »Custodes«, alle Phaleronkrüge dagegen auf der anderen Seite unter einem entsprechenden Schild mit der Aufschrift »Materia«. Jeder Krug, gleich welcher Art, mit Ausnahme einiger weniger auf den obersten Borden, die sich als leer erwiesen, trug ein Pappetikett mit einer Nummer, die sich offenbar auf einen Katalog bezog; und Willett beschloß, sich alsbald auf die Suche nach diesem Katalog zu machen. Im Augenblick interessierte er sich jedoch mehr für das System der Anordnung insgesamt und öffnete auf gut Glück mehrere Lekythen und Phaleronkrüge, mit der Absicht, einen ersten flüchtigen Überblick zu gewinnen. Das Ergebnis war immer dasselbe. Beide Arten von Krügen enthielten kleine Mengen von ein und derselben Substanz – ein feines Pulver von sehr geringem Gewicht und einer blassen, neutralen Färbung in vielen Schattierungen. Die Farben, die das einzige Unterscheidungsmerkmal darstellten, lieferten jedoch keinen Hinweis auf irgendein Ordnungssystem oder auch nur auf den Unterschied zwischen dem Inhalt der Lekythen und dem der Phaleronkrüge. Das hervorstechendste Merkmal des Pulvers war sein fehlendes Haftvermögen. Wenn Willett es sich auf die Hand schüttete und dann wieder in den Krug zurücktat, blieb auf seiner Handfläche nicht der geringste Rückstand.

Die Bedeutung der beiden Schilder gab ihm Rätsel auf, und er fragte sich, warum diese Batterie von Chemikalien so radikal von jenen in den Glaskrügen in den Regalen des eigentlichen Laboratoriums getrennt war. »Custodes«, »Materia« – das waren die lateinischen Wörter für »Wächter« und »Material« – und dann durchzuckte ihn die Erinnerung daran, wo er das Wort Wächter im Zusammenhang mit diesem schrecklichen Geheimnis schon einmal gesehen hatte. Es hatte natürlich in dem jüngst eingetroffenen Brief an Dr. Allen gestanden, der angeblich von dem alten Edward Hutchinson geschrieben war, und der Satz hatte gelautet: »Es war nicht nothwendig, die Wächter in ihrer Gestalth zu lassen, so daß sie sich die Köpfe abfraßen, denn man geräth in arge Bedrängniß, so man mit ihnen betroffen wird, wie Ihr wohl wisset.« Was hatte das zu bedeuten? Doch halt – war da nicht ein *anderer* Hinweis auf

»Wächter« in dieser Angelegenheit gewesen, an den er sich beim Lesen des Briefes von Hutchinson nur unvollständig erinnert hatte? Vor langer Zeit, als Charles Ward noch nicht so verschwiegen gewesen war, hatte er ihm einmal von Eleazar Smith's Tagebuch erzählt, in dem von Smith's und Weedens Spionieren auf Curwens Hof die Rede war, und in dieser schrecklichen Chronik waren auch die Gespräche erwähnt, die von den beiden belauscht worden waren, bevor der alte Hexenmeister ganz unter die Erde gegangen war. Es habe, so hätten Smith und Weeden versichert, gewisse Unterredungen gegeben, in denen Curwen, Gefangene von ihm *und die Wächter dieser Gefangenen* eine Rolle gespielt hätten. Schenkte man nun Hutchinson oder seinem Avatar Glauben, so hatten diese Wächter »ihre Köpfe abgefressen«, weshalb Dr. Allen sie jetzt nicht mehr *in ihrer Gestalt* ließ. Wenn aber nicht *in Gestalt*, wie anders dann als in Form der »Salze«, zu denen diese Zaubererbande offenbar so viele menschliche Körper und Skelette reduzierte, wie sie nur konnte?

Das war es also, was diese Lekythen enthielten; die monströsen Früchte unseliger Riten und Taten, vermutlich durch Überredung oder Zwang zu solcher Unterwürfigkeit gebracht, daß sie sich aufgrund irgendeiner höllischen Beschwörung bereit fanden, bei der Verteidigung ihrer blasphemischen Meister oder der Befragung jener zu helfen, die nicht so willig waren! Willett schauderte bei dem Gedanken, was er aus einer Hand in die andere hatte rieseln lassen, und einen Augenblick verspürte er den Drang, Hals über Kopf aus diesem Kellerloch mit den ungeheuerlichen Regalen und den schweigenden, vielleicht ihn beobachtenden Wächtern zu fliehen. Dann dachte er an die »Materia« – in den unzähligen Phaleronkrügen auf der anderen Seite des Raumes. Auch dort Salze – und wenn nicht die Salze von »Wächtern«, wessen Salze dann? Gott! War es möglich, daß hier die sterblichen Überreste von der Hälfte der titanischen Denker aller Zeitalter lagen; von äußerst geschickten Grabschändern aus Krypten entwendet, in denen die Welt sie sicher wähnte, hilflos dem Willen von Wahnsinnigen ausgeliefert, die sich ihres Wissens bemächtigen wollten, um noch ein abenteuerlicheres Ziel zu erreichen, das in seinen letzten Auswirkungen, wie der arme Charles in seinem verzweifelten Brief angedeutet hatte, »die gesamte Zivilisation, das gesamte Naturgesetz, vielleicht sogar das Schicksal des Sonnensystems und des Universums« in Mitleidenschaft ziehen würde? Und Marinus Bicknell Willett hatte ihren Staub durch seine Finger rieseln lassen!

Dann fiel ihm eine kleinere Tür am anderen Ende des Raumes auf, und er beruhigte sich so weit, daß er hinübergehen und das plumpe Zeichen studieren konnte, das in die Mauer über dieser Tür gemeißelt war. Es war nur ein Symbol, aber es erfüllte ihn mit einer vagen, spirituellen Furcht; denn ein zu morbiden Träumen neigender Freund hatte es ihm einmal auf ein Stück Papier gezeichnet und ihm einige der Bedeutungen erklärt, die es in den dunklen Abgründen des Schlafes hat. Es war das Zeichen von Koth, das Träumende unverrückbar über dem überwölbten Eingang eines bestimmten Turmes erblicken, der für sich allein im Dämmerlicht steht – und Willett hatte es gar nicht gefallen, was sein Freund Randolph Carter über die Macht gesagt hatte, die dieses Zeichen besaß. Aber schon im nächsten Augenblick vergaß er das Symbol, als er einen neuen scharfen Gestank in der von üblen Gerüchen gesättigten Luft wahrnahm. Diesmal war es mehr ein chemischer als ein animalischer Geruch, und er kam eindeutig aus dem Raum jenseits der Tür. Es war unverkennbar derselbe Geruch, der in Charles Wards Kleidern gehangen hatte, an dem Tage, da die Ärzte ihn abgeholt hatten. Hier also hatte der junge Mann gearbeitet, als der ungebetene Besuch ihn unterbrach? Er war klüger als der alte Joseph Curwen, denn er hatte keinen Widerstand geleistet. Fest entschlossen, jedem Wunder oder Schrecknis auf die Spur zu kommen, das dieses unterirdische Reich bergen mochte, nahm er die kleine Lampe und trat über die Schwelle. Eine Welle namenloser Angst rollte auf ihn zu, aber er setzte sich über solche Anwandlungen und alle bösen Vorahnungen hinweg. Hier gab es nichts Lebendiges, ihm ein Leid anzutun, und nichts konnte ihn davon abhalten, diesen dunklen Schleier zu zerreißen, der seinen Patienten umfangen hielt.

Der Raum hinter der Tür war mittelgroß und ohne Mobiliar, abgesehen von einem Tisch, einem einzelnen Stuhl und zwei Gruppen sonderbarer Maschinen mit Klammern und Rädern, in denen Willett sogleich mittelalterliche Folterinstrumente erkannte. Auf der einen Seite stand ein Gestell mit furchtbaren Peitschen, und darüber befanden sich ein paar Borde mit Reihen leerer, flacher Bleischalen mit Füßen, geformt wie griechische Becher. Auf der anderen Seite stand der Tisch mit einem starken Argandbrenner, Block und Bleistift sowie zwei der zugestöpselten Lekythen aus dem anderen Raum, die offenbar nur vorläufig oder in Eile auf der Tischplatte abgestellt worden waren. Willett zündete die Lampe an und inspizierte sorgfältig den Block, um zu sehen, was der junge Ward gerade geschrieben hatte, als er unterbrochen wurde; aber er fand nichts Verständliches außer den folgenden zusammenhanglosen Bruchstücken in der verschnörkelten Handschrift Joseph Curwens, die kein Licht in die Angelegenheit als solche brachten:

»B. nicht gestorben. Entwich in die Wände und fand Platz unten.« »Sah den alten V. den Sabaoth sagen und lernte die Arth und Weyse.« »Erweckte *Yog-Sothoth* dreymal und ward am folgenden Tag befreiet.« »F. suchte all jene auszulöschen, die wußten wie Jene von Draußen zu erwecken seien.«

Als der starke Argandbrenner das ganze Zimmer erleuchtete, sah der Doktor, daß in die Wand gegenüber der Tür, zwischen den beiden Gruppen von Folterinstrumenten in den Ecken, Haken geschlagen waren, an denen mehrere formlos aussehende Roben von ziemlich düsterer, gelblich-weißer Farbe hingen. Viel interessanter aber waren die beiden leeren Wände, die dicht mit mystischen Symbolen und Formeln bedeckt waren, die man auf grobe Art in die schön geglätteten Steinflächen gemeißelt hatte. Auch der feuchte Fußboden wies Meißelspuren auf, und Willett entzifferte mit nur wenig Mühe ein riesiges Pentagramm in der Mitte sowie je einen flachen Kreis von etwa drei Fuß Durchmesser auf halbem Weg zwischen dem Pentagramm und jeder Ecke. In einem dieser vier Kreise, dicht neben einer achtlos hingeworfenen Robe, stand ein flacher griechischer Becher von der Art, wie sie sich auf den Borden über dem Peitschenständer befanden; und gerade außerhalb der Umfangslinie stand einer der Phaleronkrüge aus dem anderen Raum, mit der Nummer 118 auf dem Etikett.

Dieser Krug war nicht zugestöpselt und erwies sich bei näherem Hinsehen als leer; doch schaudernd mußte Willet feststellen, daß dies bei dem griechischen Becher nicht der Fall war. In der flachen Schale lag ein kleines Häufchen trockenes, stumpf-grünliches, effloreszierendes Pulver, das aus dem Krug stammen mußte und nur deshalb nicht aufgewirbelt worden war, weil sich in dieser abgelegenen Katakombe kein Lüftchen regte; Willett taumelte beinahe unter dem Ansturm der Gedanken und Schlußfolgerungen, die sich ihm aufdrängten, als er im Geiste die verschiedenen Elemente und Voraussetzungen der Szene zu einem Ganzen zusammenfügte. Die Peitschen und die Folterinstrumente, die Pulver oder Salze aus dem Regal mit der Aufschrift »Materia«, die zwei Lekythen vom Bord der »Custodes«, die Roben, die Formeln an den Wänden, die Notizen auf dem Block, die Hinweise aus den Briefen und Legenden, und die tausend Beobachtungen, Zweifel und Vermutungen, die den Freunden und Eltern von Charles Ward zur Qual geworden waren – all dies schlug wie eine Woge des Grauens über dem Doktor zusammen, als er auf das Häufchen trockenen grünlichen Staubs in dem bleiernen Becher auf dem Fußboden hinabschaute.

Aber Willett riß sich schließlich doch zusammen und fing an, die Formeln an den Wänden zu studieren. Die fleckigen und verkrusteten Buchstaben waren offensichtlich in Joseph Curwens Zeit in den Stein gemeißelt worden, und der Text war von solcher Art, daß er einem, der eine Menge Material über Curwen gelesen oder sich ausgiebig mit der Geschichte der Magie befaßt hatte, irgendwie vertraut vorkommen mußte. Einen Spruch erkannte der Doktor zweifelsfrei als denselben, den Mrs.

Ward an jenem unheilvollen Karfreitag ihren Sohn hatte rezitieren hören und bei dem es sich, wie ein Fachmann ihm versichert hatte, um eine schreckliche Beschwörungsformel zur Anrufung geheimer Götter außerhalb der normalen Sphären handelte. Der Wortlaut stimmte zwar weder mit Mrs. Wards Niederschrift aus dem Gedächtnis noch mit der Fassung genau überein, die ihm jener Fachmann in dem verbotenen Werk des »Eliphas Levi« gezeigt hatte, doch die Identität war unverkennbar, und Worte wie *Sabaoth, Metraton, Almonsin* und *Zariathnatmik* ließen den forschenden Betrachter erschauern, der nur wenige Meter von dieser Stelle entfernt soviel kosmische Greuel gesehen und gespürt hatte.

Das war auf der vom Eingang her gesehen linken Seite des Raums. Die gegenüberliegende Wand war nicht weniger dicht mit Zeichen bedeckt, und Willett zuckte zusammen, als er an einer Stelle das Formelpaar wiederfand, auf das er so häufig in den Aufzeichnungen aus jüngerer Zeit in der Bibliothek gestoßen war. Es waren im wesentlichen dieselben Formeln: überschrieben mit den alten Symbolen des »Drachenkopfes« und »Drachenschwanzes«, genau wie in Wards Aufzeichnungen. Die Schreibweise wich allerdings erheblich von der der modernen Versionen ab, so als habe der alte Curwen eine andere Lautschrift benutzt oder als hätten spätere Studien zu stärkeren und vollkommeneren Varianten der in Frage stehenden Beschwörungen geführt. Der Doktor versuchte, die gemeißelte Fassung mit der in Einklang zu bringen, die ihm unablässig durch den Kopf ging, und fand, daß dies gar nicht leicht war. Während der Text, den er auswendig kannte, mit den Worten *»Y-ai'ng'* *ngah, Yog-Sothoth«* begann, standen am Beginn dieses Epigrammes die Worte *»Aye, cngengah, Yogge-Sothotha«*, und daran störte ihn vor allem die abweichende Silbenzahl des zweiten Wortes.

Da der spätere Text sich ihm schon so stark ins Bewußtsein geprägt hatte, verwirrte ihn diese Diskrepanz, und unwillkürlich rezitierte er plötzlich mit lauter Stimme die erste der beiden Formeln, um den Klang der Worte in Übereinstimmung zu bringen mit den Buchstaben, die in den Stein gemeißelt waren. Unheimlich und bedrohlich hallte seine Stimme durch diesen Abgrund uralter Blasphemie, und ihr Klang hatte sich zu einem dröhnenden Singsang verwandelt, entweder durch den Zauber der Vergangenheit oder des Unbekannten, oder aber durch das höllische Vorbild des dumpfen, gottlosen Geheuls aus den Gruben, dessen unmenschliche Kälte rhythmisch an- und abschwellend aus der Ferne durch Gestank und Finsternis herüberdrang.

»Y'AI'NG'NGAH
YOG-SOTHOTH
H'EE-L'BEG
F'AI'THRODOG
UAAAH!«

Doch was war das für ein kalter Wind, der sich gleich nach den ersten Tönen des Singsangs erhob? Die Lampen blakten bedenklich, und es wurde so düster im Raum, daß die Lettern an den Wänden kaum noch zu erkennen waren. Auch war da plötzlich Rauch und beißender Geruch, der den Gestank der fernen Schächte gänzlich überlagerte; ein Geruch, wie er ihn schon zuvor einmal wahrgenommen hatte, doch unendlich viel stärker und schärfer. Er wandte den Inschriften den Rücken zu, um den Raum mit seinen bizarren Gegenständen überblikken zu können, und sah, daß dem Becher auf dem Fußboden, in dem sich das ominöse effloreszierende Pulver befunden hatte, eine Wolke dichten, schwärzlich grünen Qualms von erstaunlicher Größe und Undurchsichtigkeit entstieg. Dieses Pulver – großer Gott! Es stammte aus dem Regal der »Materia« – was tat es jetzt, und was war die Ursache? Die Formel, die er rezitiert hatte – die erste von beiden – Drachenkopf, *aufsteigender Knoten* – Allmächtiger, war es möglich...

Der Doktor taumelte, und in seinem Kopf jagten sich in wilder Folge unzusammenhängende Bruchstücke von allem, was er von dem furchtbaren Fall des Joseph Curwen und des Charles Ward gesehen, gehört und gelesen hatte. »Ich sage Euch abermals, erwecket keinen, den ihr nicht auszutreiben vermöget... Haltet die Worte des Gegenzaubers allzeit bereit, und stehet nicht an, Euch zu vergewissern, so Ihr zweifelt, Wen Ihr habet... drey Gespräche mit dem gehabt, welches darinnen begraben war...« *Barmherziger Himmel, was für eine Gestalt tritt dort aus dem Rauch hervor?*

5

Marinus Bicknell Willett kann nicht hoffen, daß außer seinen besten Freunden jemand seiner Geschichte auch nur teilweise Glauben schenken wird, weshalb er keinen Versuch gemacht hat, sie außerhalb seines engeren Bekanntenkreises zu erzählen. Nur wenige Außenstehende haben über Dritte davon erfahren, und die meisten von ihnen lachen und meinen, der Doktor scheine jetzt wirklich alt zu werden. Man hat ihm geraten, einen längeren Urlaub zu machen und in Zukunft Fälle von Geistesgestörtheit nicht mehr zu übernehmen. Doch Mr. Ward weiß, daß der alte Doktor die Wahrheit, die schreckliche Wahrheit sagt. Denn sah er nicht mit eigenen Augen die unheimliche Öffnung im Keller des Bungalows? Und schickte Willett ihn an jenem furchtbaren Vormittag nicht nach Hause, weil Übelkeit ihn übermannt hatte? Rief er nicht an jenem Abend vergeblich den Doktor an, und ebenso am folgenden Tag, und fuhr er nicht selbst tags darauf gegen Mittag zum Bungalow hinaus, und fand er dort nicht seinen Freund in einem Bett im Parterre vor, bewußtlos, aber unversehrt? Willett hatte unregelmäßig geatmet und langsam seine Augen aufgeschlagen, als Mr. Ward ihm ein bißchen Brandy einflößte, den er aus dem Auto geholt hatte. Dann schauderte er und schrie, und rief aus »*Dieser Bart ... diese Augen ... mein Gott, wer sind Sie?*« Fürwahr eine sonderbare Begrüßung für einen gutgekleideten, blauäugigen, glattrasierten Gentleman, den er von Jugend auf kannte.

In der hellen Mittagssonne wies der Bungalow gegenüber dem Vortag keine Veränderungen auf. Abgesehen von ein paar Flecken und abgescheuerten Stellen an den Knien, waren Willetts Kleider nicht in Unordnung geraten, und nur ein schwacher chemischer Geruch erinnerte Mr. Ward daran, wie sein Sohn an dem Tag gerochen hatte, als man ihn in die Heilanstalt eingewiesen hatte. Die Taschenlampe des Doktors war verschwunden, aber sein Koffer war noch da, genauso leer, wie er ihn hergebracht hatte. Bevor er mit seiner Erzählung begann, stolperte Willett erst einmal benommen und offenbar mit ungeheurer Willensanstrengung in den Keller hinunter und rüttelte an der schicksalhaften Plattform vor den Zubern. Doch sie gab nicht nach. Er ging zu seinem Werkzeugkasten hinüber, der noch dort stand, wo er ihn abgestellt hatte, holte einen Meißel hervor und hebelte die kräftigen Bohlen eine nach der anderen ab. Darunter war noch immer der glatte Beton zu sehen, aber keine Spur von einer Öffnung. Diesmal tat sich nichts gähnend auf, wovon dem erstaunten Vater hätte übel werden können, der dem Doktor die Treppen hinab gefolgt war; nichts als der nackte Beton unter den Bohlen – kein übelriechender Schacht, keine Welt unterirdischer Schrecknisse, keine Geheimbibliothek, keine Curwen-Papiere, keine nachtmahrhaften Gruben voller Gestank und Geheul, kein Laboratorium, keine Regale, keine gemeißelten Formeln, nein ... Dr. Willett wurde blaß und faßte den Jüngeren am Arm. »Gestern«, fragte er leise, »haben Sie da hier etwas gesehen ... und gerochen?« Und als Mr. Ward, auch starr vor Angst und Verwunderung, die Kraft fand, zu nicken, stieß der Arzt einen Seufzer aus, der beinahe wie ein Stöhnen klang, und nickte seinerseits. »Dann erzähle ich Ihnen alles«, sagte er.

Sie begaben sich in das sonnigste Zimmer, das sie oben finden konnten, und der Doktor erzählte eine Stunde lang dem verwunderten Vater mit gesenkter Stimme seine schreckliche Geschichte. Von dem Augenblick an, da jene Gestalt sich aus dem grünlich-schwarzen Rauch gelöst hatte, der dem griechischen Becher entstiegen war, gab es nichts mehr zu erzählen, und Willett war zu müde, um sich zu fragen, was wirklich geschehen war. Beide Männer schüttelten immer wieder resigniert und verwundert den Kopf, und einmal wagte Mr. Ward einen schüchternen Vorschlag zu machen: »Meinen Sie, es würde einen Sinn haben zu graben?« Der Doktor schwieg, denn es schien kaum menschenmöglich, eine solche Frage zu beantworten, zu einem Zeitpunkt, da Mächte aus unbekannten Sphären so weit auf diese Seite des großen Abgrunds vorgedrungen waren. Noch einmal fragte Mr. Ward: »Aber wohin ging es? Es hat Sie hierher gebracht, das wissen Sie doch, und hat irgendwie den Zugang verschlossen.« Aber Willett antwortete wieder nur mit Schweigen.

Trotz allem war aber die Geschichte damit nicht zu Ende. Als nämlich Dr. Willett sein Taschentuch hervorholen wollte, bevor er sich erhob, um zu gehen, fand er in seiner Tasche zwischen den Kerzen und Zündhölzern, die er in der unzugänglich gewordenen Krypta an sich genommen hatte, ein Stück Papier, das er nicht selber eingesteckt hatte. Es war ein ganz normaler Zettel, offenbar von dem billigen Block in jener Schreckenskammer irgendwo unter der Erde abgerissen, und mit einem ganz gewöhnlichen Bleistift beschrieben – zweifellos dem, der neben dem Block gelegen hatte. Er war sehr achtlos gefaltet und wies, abgesehen von dem etwas scharfen Geruch der kryptischen Kammer, keine Spuren auf, die auf eine Herkunft aus einer anderen Welt hätten schließen lassen. Doch der Text selbst war in der Tat höchst verwunderlich; denn es waren keine Schriftzüge aus einem aufgeklärten Zeitalter, sondern vielmehr die unbeholfenen Zeichen des finsteren Mittelalters, kaum leserlich für die Laien, die sich jetzt angestrengt darüber beugten, doch immerhin Kombinationen von Symbolen enthaltend, die auf vage Art vertraut schienen.

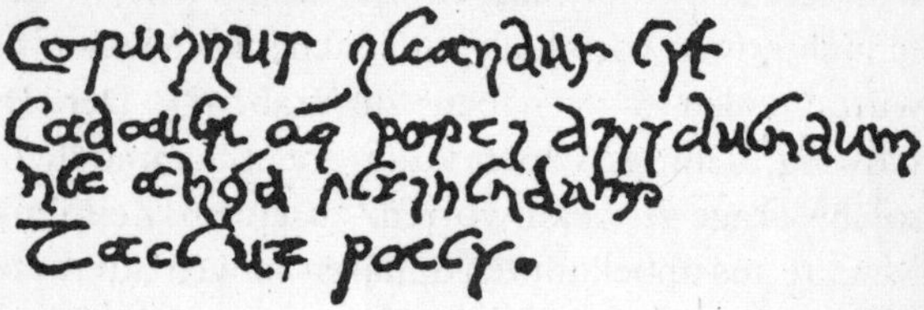

Die schnell hingekritzelte Mitteilung ist links unten abgebildet, und ihr Geheimnis gab den beiden Männern ihre Entschlossenheit wieder; unverzüglich gingen sie mit festen Schritten zu Wards Auto hinaus, und der Chauffeur erhielt den Auftrag, sie zunächst in ein ruhiges Gasthaus zum Mittagessen und sodann in die John-Hay-Bibliothek auf dem Hügel zu bringen.

In der Bibliothek waren gute Handbücher der Paläographie schnell gefunden, und über diesen brüteten die beiden Männer, bis der große Kandelaber in abendlichem Glanz erstrahlte. Zu guter Letzt fanden sie, was sie brauchten. Die Buchstaben waren tatsächlich keine phantastische Erfindung, sondern die normale Schrift einer sehr dunklen Epoche. Es waren die spitzigen Minuskeln des achten oder neunten Jahrhunderts nach Christus, und sie weckten Erinnerungen an eine rauhe Zeit, in der sich unter dem noch frischen Anstrich des Christentums uralter Aberglaube und uralte Riten verstohlen regten und der bleiche Mond Britanniens zuweilen auf sonderbare Taten in den römischen Ruinen von Caerleon und Hexhaus und unter den verfallenen Türmen des Hadrianwalls hinabschaute. Der Text war in einem solchen Latein verfaßt, wie es sich bis in ein barbarisches Zeitalter erhalten hatte – »*Corwinus necandus est. Cadaver aq(ua) forti dissolvendum, nec aliq(uid) retinendum. Tace ut potes.*« – was ungefähr wie folgt zu übersetzen ist: »Curwen muß getötet werden. Sein Körper muß in Ätzwasser aufgelöst und nichts darf zurückbehalten werden. Schweig, so gut du kannst.«

Willett und Mr. Ward waren sprachlos vor Verwunderung. Sie waren mit dem Unbekannten in Berührung gekommen und spürten, daß ihnen nicht die Gefühle zu Gebote standen, um so zu reagieren, wie sie es aufgrund einer vagen Intuition für richtig gehalten hätten. Besonders Willett war kaum noch fähig, neue beklemmende Eindrücke aufzunehmen, und die beiden Männer blieben reglos und ruhig sitzen, bis sie gehen mußten, weil die Bibliothek geschlossen wurde. Resigniert fuhren sie zu Wards Haus in der Prospect Street und unterhielten sich ziellos bis spät in die Nacht hinein. Der Doktor legte sich gegen Morgen zur Ruhe, doch er ging nicht nach Hause. Und er war noch immer im Haus, als am Sonntagvormittag ein Anruf von den Detektiven kam, die beauftragt worden waren, Dr. Allen ausfindig zu machen.

Mr. Ward, der nervös in einem Morgenmantel auf und ab ging, nahm selbst den Hörer ab und wies die Leute an, am folgenden Tag frühmorgens vorbeizukommen, nachdem er erfahren hatte, daß der Bericht fast fertiggestellt sei. Willett war genauso erfreut wie er, daß die Angelegenheit wenigstens in dieser Hinsicht Gestalt annahm, denn woher auch immer die sonderbare, in Minuskeln verfaßte Botschaft stammen mochte, es schien klar, daß es sich bei jenem »Curwen«, der zu töten sei, nur um den bärtigen, brillentragenden Fremden handeln konnte.

Charles hatte diesen Mann gefürchtet und in seiner verzweifelten Nachricht gesagt, er müsse getötet und in Säure aufgelöst werden. Überdies hatte Allen unter dem Namen Curwen Briefe von den merkwürdigen Hexenmeistern aus Europa erhalten und betrachtete sich offenbar als Avatar des verblichenen Nekromanten. Der Zusammenhang war zu deutlich, um bloß Phantasie zu sein; und plante Allen nicht außerdem, Ward auf den Rat einer Kreatur namens Hutchinson hin zu ermorden? Natürlich hatte der Brief, den sie gelesen hatten, den bärtigen Fremden nie erreicht, doch dem Inhalt war zu entnehmen, daß Allen schon Vorkehrungen für den Fall getroffen hatte, daß der junge Mann zu »zimperlich« würde. Allen mußte unbedingt gefaßt werden; und wenn auch die drastischen Anweisungen nicht befolgt wurden, mußte er doch zumindest an einen Ort gebracht werden, von dem aus er Charles nicht mehr schaden konnte.

An diesem Nachmittag fuhren der Vater und der Doktor über die Bucht – entgegen aller Vernunft von der Hoffnung beseelt, wenigstens den Anflug einer Auskunft von dem einzigen Menschen zu bekommmen, der sie zu erteilen in der Lage gewesen wäre – und besuchten den jungen Charles in der Irrenanstalt. Mit einfachen, ernsten Worten schilderte Willett ihm alles, was er erlebt hatte, und bemerkte, wie blaß der junge Mann wurde, als jede neue Beschreibung des Doktors ihn mehr von der Wahrheit seines Berichts überzeugte. Der Doktor arbeitete mit soviel dramatischen Effekten, wie er konnte, und er wollte sehen, ob Charles zusammenzucken würde, wenn er auf die verschlossenen Schächte und die namenlosen Kreaturen darin zu sprechen kam. Doch Ward zuckte mit keiner Wimper. Willett hielt inne, und seine

Stimme klang empört, als er davon sprach, wie diese Wesen dem Hungertod ausgeliefert seien. Er wollte den jungen Mann durch die Schilderung dieser schockierenden Unmenschlichkeit auf die Probe stellen und schauderte, als dieser ihm nur mit einem sardonischen Lachen antwortete. Denn da er gemerkt hatte, daß es zwecklos war, die Existenz der Krypta abzustreiten, schien Charles die ganze Sache als einen gespenstischen Scherz hinstellen zu wollen; er kicherte heiser über irgend etwas, das ihn zu amüsieren schien. Dann sagte er mit flüsternder und wegen ihrer Rauheit doppelt widerwärtiger Stimme: »Zur Hölle mit ihnen, sie essen ja, aber sie *brauchen* nicht zu essen! Ihr macht mir Spaß! Einen Monat ohne Essen, sagt Ihr? Fürwahr, Sir, Ihr seid bescheiden. Hört zu, ein böser Streich wurde dem guten alten Whipple mit seiner selbstgefälligen Rechtschaffenheit gespielt! Alles umgebracht hätte er, wie? Nun, verdammt will ich sein, halb taub war er von dem Lärm draußen und sah und hörte nichts von den Schächten! Teufel noch mal, *diese verdammten Dinger haben dort unten geheult, seit es Curwen vor hundert Jahren an den Kragen ging!*«

Doch mehr konnte Willett nicht aus ihm herausbekommen. Entsetzt, und trotzdem fast gegen seinen Willen überzeugt, fuhr er in seiner Erzählung fort, in der Hoffnung, irgendeine Einzelheit würde den Zuhörer doch noch aus seiner schwachsinnigen Selbstsicherheit aufrütteln. Wenn er dem jungen Mann ins Gesicht sah, erschrak der Doktor unwillkürlich über die Veränderungen, die sich in den letzten Monaten vollzogen hatten. Fürwahr, der Junge hatte namenlose Schrecken vom Himmel herabgeholt. Als der Raum mit den Formeln und dem grünlichen Pulver erwähnt wurde, zeigte Charles zum erstenmal eine Regung. Ein spöttischer Ausdruck trat auf sein Gesicht, als er hörte, was Willett auf dem Block gelesen hatte, und er wagte beiläufig zu erklären, dabei handle es sich um alte Notizen, von keinerlei Bedeutung für jemanden, der nicht sehr vertraut mit der Geschichte der Magie sei. »Aber«, so fuhr er fort, »hättet Ihr die Worte gewußt, um das zu beschwören, was ich dort in dem Becher hatte, Ihr wärt nicht hier, um mir davon zu berichten. Es war die Nummer 118, und ich meine, es wäre Euch bange geworden, hättet Ihr in meiner Liste in dem anderen Raum nachgesehen. Ich hab's nie erweckt, doch ich wollte es beschwören an dem Tag, da Ihr kamt, um mich hierher einzuladen.«

Dann erzählte Willett von der Formel, die er gesprochen, und dem grünlich-schwarzen Rauch, der dem Becher entstiegen sei; und dabei bemerkte er zum erstenmal einen Anflug echter Angst auf Charles Wards Gesicht. »Es *kam*, und Ihr seid hier und lebt!« Während Ward diese Worte hervorkrächzte, schien seine Stimme sich fast von ihren Fesseln zu befreien und in hohle Abgründe unheimlicher Resonanz abzusinken. Einer plötzlichen Eingebung folgend, hielt Willett den rechten Augenblick für gekommen, um in seine Antwort eine Warnung einfließen zu lassen, an die er sich aus einem der Briefe erinnerte: »Nummer 118 sagen Sie? Vergessen Sie nicht, *daß die Steine heute in neun von zehn Friedhöfen alle vertauscht sind. Man ist nie sicher, bevor man es nicht probiert hat!*« Und dann holte er ohne Vorwarnung den Zettel mit der Minuskelschrift hervor und schwenkte ihn vor den Augen des Patienten. Er hätte sich keine stärkere Wirkung wünschen können, denn Charles Ward fiel auf der Stelle in Ohnmacht.

Die ganze Unterhaltung war natürlich unter strengster Geheimhaltung geführt worden, um den Nervenärzten im Hause keinen Anlaß zu dem Vorwurf zu geben, sie bestärkten einen Geistesgestörten noch in seinem Wahn. Ununterstützt auch hoben Dr. Willett und Mr. Ward den zusammengebrochenen Patienten auf und legten ihn auf die Couch. Als er allmählich wieder zu sich kam, murmelte Ward immer wieder von einer Nachricht, die er unverzüglich Orne und Hutchinson übermitteln müsse; deshalb sagte Willett ihm, als er wieder ganz bei klarem Bewußtsein schien, daß zumindest eine dieser sonderbaren Kreaturen sein Todfeind sei und Dr. Allen geraten habe, ihn umzubringen. Diese Enthüllung zeitigte keine erkennbare Reaktion, doch auch schon vorher konnten die Besucher sehen, daß ihr Gastgeber das Aussehen eines gehetzten Mannes hatte. Danach wollte er sich nicht mehr mit ihnen unterhalten, so daß die beiden Männer sich sogleich verabschiedeten, nicht ohne noch einmal eine Warnung vor dem bärtigen Allen auszusprechen, worauf der junge Mann nur entgegnete, daß dieser Mensch sich an einem sehr sicheren Ort befände und niemandem ein Leid antun könne, selbst wenn er dies wolle. Diese Worte waren von einem bösartigen unterdrückten Lachen begleitet, das beinahe schmerzlich anzuhören war. Sie machten sich keine Gedanken darüber, ob Charles noch in Korrespondenz mit den beiden Monstren in Europa stünde, denn sie wußten, daß die Leitung der Irrenanstalt alle ausgehende Post zensierte und keine überspannte oder verworrene Nachricht würde passieren lassen.

In der Angelegenheit Orne und Hutchinson gab es jedoch noch ein seltsames Nachspiel, falls es sich bei den exilierten Hexenmeistern tatsächlich um diese beiden handelte. Einer vagen Vorahnung inmitten all der Schrecknisse dieser Zeit folgend, hatte Willett ein internationales Zeitungsausschnittbüro beauftragt, ihm Artikel über aufsehenerregende Verbrechen und Unglücksfälle in Prag und Ost-Transsilvanien zu schicken, und nach sechs Monaten glaubte er, zwei sehr bedeutsame Resultate in den mannigfachen Ausschnitten entdeckt zu haben, die er zugeschickt bekam und übersetzen ließ. Der eine betraf die nächtliche Zerstörung eines Hauses im ältesten Viertel von Prag sowie das Verschwinden eines bösen alten Mannes namens Josef Nadeh, der das Gebäude seit Menschengedenken allein bewohnt hatte. In dem anderen Artikel war die Rede von einer gewaltigen Explosion in den transsilvanischen Bergen östlich von Rakus, durch die das berüchtigte Schloß Ferenczy mit all seinen Bewohnern vom Erdboden getilgt worden sei; der Schloßherr, so hieß es, habe bei Bauern wie auch Soldaten in einem so schlechten Ruf gestanden, daß er in Kürze zu einem strengen Verhör nach Bukarest bestellt worden wäre, hätte nicht vorher diese Katastrophe einer Karriere ein Ende gesetzt, die schon so lange gedauert hatte, daß kein Lebender sich mehr erinnern konnte, wann sie begonnen hatte. Willett beharrt darauf, daß die Hand, die jene Minuskeln schrieb, auch stark genug gewesen sein müsse, schwerere Waffen zu führen; zwar habe der Verfasser dieser Nachricht ihn, Willett, mit der Beseitigung Curwens beauftragt, sich aber andererseits vielleicht in der Lage gefühlt, sich selbst um Orne und Hutchinson zu kümmern. Welches Schicksal die beiden ereilt haben mochte, daran will der Doktor lieber gar nicht denken.

6

Am nächsten Morgen begab Dr. Willett sich eilig zum Haus der Wards um beim Eintreffen der Detektive zugegen zu sein. Er war der Ansicht, daß Allen – oder auch Curwen, wenn man der taktischen Behauptung von der angeblich stattgefundenen Reinkarnation Glauben schenken wollte – um jeden Preis beseitigt oder eingesperrt werden müsse, und er unterrichtete Mr. Ward von dieser seiner Überzeugung, als sie auf die Detektive warteten. Sie saßen diesmal in einem Parterrezimmer, denn die oberen Stockwerke wurden jetzt nach Möglichkeit gemieden, weil sich in ihnen eine ekelerregende Atmosphäre breitgemacht hatte, die von den älteren Dienstboten mit irgendeinem Fluch erklärt wurde, den das verschwundene Porträt Curwens zurückgelassen habe.

Um neun Uhr erschienen die drei Detektive und erstatteten unverzüglich Bericht über alles, was sie herausgefunden hatten. Leider war es ihnen doch nicht gelungen, den Mulatten Tony Gomes aufzuspüren, und auch Dr. Allens Herkunft und derzeitiger Aufenthaltsort waren nach wie vor ein Rätsel, doch sie hatten immerhin eine ganze Reihe von Fakten und Eindrücken über den zurückhaltenden Fremden zusammengetragen. Dr. Allen war den Leuten in Pawtuxet als ein irgendwie unnatürlicher Mensch aufgefallen, und es herrschte Einmütigkeit darüber, daß der dichte, dunkle Bart entweder gefärbt oder falsch sei – eine Ansicht, die vollauf bestätigt worden war, als die Detektive einen solchen falschen Bart sowie eine dunkle Brille in Allens Zimmer in dem schicksalhaften Bungalow gefunden hatten. Seine Stimme, und das konnte Mr. Ward aufgrund seines Telefongesprächs bestätigen, hatte einen tiefen, hohlen Klang gehabt, der unvergeßlich war; und sein Blick war als bösartig empfunden worden, obwohl er seine Augen hinter der dunklen Hornbrille verborgen hatte. Ein Ladenbesitzer hatte einmal bei Verhandlungen ein paar von Allen geschriebene Zeilen zu Gesicht bekommen und erklärt, die Handschrift sei sehr sonderbar und verschnörkelt gewesen; dies war durch Bleistiftnotizen unklaren Inhalts bestätigt worden, die man in seinem Zimmer gefunden und dem Kaufmann zur Identifikation vorgelegt hatte.

Im Zusammenhang mit den empörenden Fällen von Vampirismus im Sommer des Vorjahres waren die meisten Leute der Meinung, Allen und nicht Ward sei der eigentliche Vampir gewesen. Befragt wurden auch die Beamten, die nach der unangenehmen Affäre mit dem Raubüberfall auf den Lastwagen Ward in seinem Bungalow verhört hatten. Sie hatten nicht so viel von den unheimlichen Seiten Dr. Allens bemerkt, ihn aber doch als die beherrschende Figur in dem schattigen Häuschen erkannt. Es war zu dunkel gewesen, um ihn genau zu mustern, doch sie würden ihn wiedererkennen, wenn er ihnen unter die Augen käme. Sein Bart war ihnen komisch vorgekommen, und sie glaubten sich an eine kleine Narbe über seinem rechten Auge zu erinnern. Was die Durchsuchung von Allens Zimmer betraf, so war dabei nichts zutage gefördert worden, außer dem Bart, der Brille und mehreren Zetteln mit Bleistiftnotizen in verschnörkelter Schrift, die Willett sofort als dieselbe erkannte, die er in den alten Manuskripten Curwens sowie in den umfangreichen jüngeren Aufzeichnungen Wards in den nunmehr unzugänglichen Katakomben des Grauens festgestellt hatte. Etwas wie eine tiefe, unerklärliche und heimtückische kosmische Furcht beschlich Dr. Willett und Mr. Ward, während diese Untersuchungsergebnisse nach und nach zur Sprache kamen, und sie zitterten beinahe, als sie den ungeheuerlichen, wahnsinnigen Gedanken weiterspannen, der ihnen beiden gleichzeitig gekommen war. Der falsche Bart und die Brille, die verschnörkelte Handschrift Curwens – das alte Porträt und die winzige Narbe – *und genau dieselbe Narbe auf dem Gesicht des veränderten jungen Mannes in der Heilanstalt*, die tiefe hohle Stimme am Telefon – war sie es nicht, an die Mr. Ward sich erinnert fühlte, wenn sein Sohn dieses bedauernswerte Krächzen ausstieß, das angeblich eine Folge seiner Stimmerkrankung war? Wer hatte jemals Charles und Allen zusammen gesehen? Gewiß, die Beamten, aber wer nach ihnen? Hatte Charles nicht nach Allens Verschwinden plötzlich seine wachsende Angst verloren und von da an ständig im Bungalow gelebt? Curwen – Allen – Ward – was für eine gotteslästerliche und abscheuliche Verschmelzung waren zwei Zeitalter und zwei Personen eingegangen? Diese unheimliche Ähnlichkeit zwischen dem Bild und Charles – hatte es nicht unverwandt herabgestarrt, und war es nicht dem jungen Mann mit den Augen gefolgt, wenn er im Zimmer umherging? Und warum kopierten Allen und Charles beide Joseph Curwens Handschrift, selbst wenn sie allein und unbeobachtet waren? Und dann die furchtbare Arbeit dieser Leute – die unzugängliche Schreckenskrypta, die den Doktor über Nacht hatte altern lassen; die verhungernden Monstren in den stinkenden Gruben; die schreckliche Formel, die zu so unsäglichen Resultaten geführt hatte; die in Minuskelschrift abgefaßte Botschaft in Willetts Tasche; die Papiere und Briefe und all das Gerede von Gräbern und »Salzen« und Entdeckungen – wohin führte das alles? Am Schluß tat Mr. Ward das einzig Vernünftige. Jeden Gedanken an die Folgen seines Tuns beiseite schiebend, gab er den Detektiven einen Gegenstand, mit dem Auftrag, ihn denjenigen Ladenbesitzern in Pawtuxet zu zeigen, die den unheimlichen Dr. Allen gesehen hatten. Dieser Gegenstand war ein Photo seines unglücklichen Sohnes, in das er jetzt sorgsam mit Tinte den schwarzen Spitzbart und die dicke Hornbrille einzeichnete, die die Männer aus Allens Zimmer mitgebracht hatten.

Zwei Stunden lang wartete er mit dem Doktor in dem bedrückenden Haus, in dem Furcht und Miasma langsam wuchsen, während das leere Paneel in der Bibliothek im oberen Stockwerk blind von der Wand herab starrte und starrte und starrte. Dann kamen die Männer zurück. *Ja, das veränderte Photo stelle ein ganz passables Porträt des Dr. Allen dar.* Mr. Ward wurde bleich, und Willett wischte sich mit dem Taschentuch über die plötzlich feucht gewordene Stirn. Allen – Ward – Curwen – die Sache wurde allmählich zu grauenhaft, als daß man noch einen klaren Gedanken hätte fassen können. Was hatte der Junge aus dem Nichts heraufbeschworen, und was hatte dies ihm angetan? Was war wirklich mit ihm vom Anfang bis zum Ende geschehen? Wer war dieser Allen, der Charles als zu »zimperlich« umzubringen trachtete, und warum hatte sein ausersehenes Opfer im Postskriptum zu seinem verzweifelten Brief geschrieben, er müsse vollständig in Säure aufgelöst werden? Warum hatte weiterhin jene Minuskel-Botschaft, über deren Herkunft niemand nachzudenken wagte, verlangt, daß Curwen auf eben diese Weise beseitigt werden solle? Worin bestand die *Veränderung*, und wann war sie in die letzte Phase getreten? Jener Tag, an dem Willett den verzweifelten Brief erhielt – er war den ganzen Vormittag nervös gewesen, dann hatte es einen Umschwung gegeben. Er war unbemerkt aus dem Haus geschlichen und, als er wiederkam, hochmütig an den Männern vorbeistolziert, die ihn bewachen sollten. In der Zeit mußte es passiert sein, als er außer Haus war. Doch halt – hatte er nicht entsetzt aufgeschrien, als er sein Arbeitszimmer betrat? – Was hatte er hier gefunden? Oder sollte man fragen – *wer oder was hatte ihn gefunden?* Dieses Trugbild, das mit raschem Schritt ins Haus ging, ohne es vorher verlassen zu haben – war es ein fremder Schatten oder ein Geist gewesen, der sich auf eine zitternde Gestalt stürzte, die überhaupt nicht hinausgegangen war? Hatte nicht der Butler von sonderbaren Geräuschen gesprochen?

Willett klingelte nach dem Mann und stellte ihm mit leiser Stimme ein paar Fragen. Ja, gewiß, es habe sich schrecklich angehört. Verschiedene Geräusche seien zu hören gewesen – ein Schrei, ein Stöhnen, ein Gurgeln und eine Art Klappern oder Quietschen oder Plumpsen oder all dies gleichzeitig. Und Mr. Charles sei nicht der alte gewesen, als er wortlos aus dem Zimmer kam. Der Butler schauderte, während er sprach, und sog schnuppernd die schwere Luft ein, die aus einem offenen Fenster im Stockwerk darüber herabwehte. Das Grauen hatte sich endgültig dieses Hauses bemächtigt, und nur die nüchternen Detektive bemerkten nicht allzuviel davon. Doch auch sie waren unruhig, denn dieser Fall war von einer vagen Hintergründigkeit, die ihnen gar nicht gefiel. Dr. Willett dachte angestrengt nach, und seine Gedanken waren schrecklich. Hin und wieder fing er fast zu stammeln an, während er im Geiste eine neue, erschrekkende und zunehmend folgerichtige Kette alptraumhafter Ereignisse durchging.

Dann machte Mr. Ward eine Geste, zum Zeichen, daß die Konferenz beendet sei, und alle außer ihm und dem Doktor verließen den Raum. Es war jetzt Mittag, doch Schatten wie bei Anbruch der Nacht schienen das von Gespenstern heimgesuchte Haus zu umfangen. Willett begann, sehr ernst mit seinem Gastgeber zu sprechen, und drängte ihn, einen Großteil der künftigen Nachforschungen ihm zu überlassen. Man würde, so prophezeite er, auf bestimmte widerwärtige Dinge stoßen, die ein Freund der Familie eher ertragen könne als ein Verwandter. Als Hausarzt müsse er freie Hand haben, und als erstes müsse er sich jetzt eine Zeitlang allein und ungestört in der leeren Bibliothek aufhalten, in der sich um die uralte Täfelung über dem Kamin ein Dunstkreis widerwärtigen Grauens gebildet hatte, abscheulicher noch als zu der Zeit, da die Züge von Joseph Curwen selbst tückisch von dem bemalten Paneel herabgestarrt hatten.

Ganz benommen von der Flut grotesker Morbiditäten und undenkbarer, geistesverwirrender Vermutungen, die von allen Seiten über ihn hereinbrachen, konnte Mr. Ward sich nur einverstanden erklären, und eine halbe Stunde später hatte sich der Doktor in dem ängstlich gemiedenen Raum mit der Täfelung aus Olney Court eingeschlossen. Der Vater, der draußen lauschte, hörte, wie Willett hin und her ging und stöberte und kramte, und schließlich, nachdem einige Zeit verstrichen war, kam ein Krachen und Quietschen, so als sei eine klemmende Schranktür aufgerissen worden. Dann ein erstickter Schrei, ein gurgelndes Stöhnen und ein hastiges Zuschlagen der Tür, die eben erst geöffnet worden war. Fast unmittelbar darauf knirschte der Schlüssel im Schloß, und Willett trat auf den Flur hinaus, verstört und geisterbleich, und verlangte nach Holz für den echten Kamin an der Südwand des Zimmers. Der Ofen reiche nicht aus, sagte er, und das elektrische Kaminfeuer nütze ohnehin nichts. Obwohl er darauf brannte, wagte Mr. Ward nicht, ihm Fragen zu stellen, sondern gab nur die notwendigen Anweisungen, und ein Mann brachte ein paar große Kiefernscheite, schaudernd, als er die von übelriechender Luft erfüllte Bibliothek betrat, um das Holz auf den Rost zu legen. Willett war unterdessen in das ausgeräumte Laboratorium hinaufgegangen und brachte allerlei Kram mit, der bei dem Umzug im Juli des Vorjahres zurückgeblieben war. Die Sachen waren in einem bedeckten Korb, und Mr. Ward erfuhr nie, worum es sich dabei gehandelt hatte.

Sodann schloß sich der Doktor wieder in der Bibliothek ein, und an den Rauchwolken, die aus dem Schornstein kamen und an den Fenstern vorüberzogen, konnte man sehen, daß er Feuer gemacht hatte. Später ließ sich nach lautem Papiergeraschel wieder das Krachen und Quietschen vernehmen, und gleich darauf ein plumpsendes Geräusch, das keinem Ohrenzeugen gefallen wollte. Dann hörte man Willett zweimal unterdrückt aufschreien, und unmittelbar darauf kam ein unendlich widerwärtiges, raschelndes Knistern. Schließlich wurde der Rauch, den der Wind auf den Boden hinabdrückte, sehr dicht und beißend, und alle wünschten sich, das Wetter hätte ihnen die Einnebelung mit giftigem, zum Husten reizendem Qualm erspart. Mr. Ward wurde schwindlig, und die Dienstboten standen alle auf einem Haufen beisammen und sahen zu, wie der gräßliche schwarze Rauch herabquoll. Nach einer Ewigkeit des Wartens schienen die Schwaden sich zu lichten, und hinter der Tür ließen sich undeutliche Geräusche wie von Kratzen, Fegen und anderen kleineren Verrichtungen vernehmen. Schließlich wurde drinnen die Schranktür wieder zugeschlagen und Willett tauchte auf, betrübt, bleich und verstört, auf den Armen den mit einem Tuch bedeckten Korb, den er aus dem Laboratorium geholt hatte. Er hatte das Fenster offengelassen, und frische, reine Luft strömte jetzt reichlich in den bisher mit Abscheu gemiedenen Raum und vermischte sich mit einem neuen merkwürdigen Geruch nach Desinfektionsmitteln. Die alte Täfelung über dem Kamin war noch immer da; doch sie schien jetzt ihrer Bösartigkeit beraubt und sah mit ihren weißen Paneelen so stattlich und harmlos aus, als hätte sie nie das Bild Joseph Curwens getragen. Die Nacht brach an, doch diesmal brachten ihre Schatten keine unbestimmte Furcht, sondern nur sanfte Melancholie. Was er getan hatte, darüber hat der Doktor nie gesprochen. Zu Mr. Ward sagte er: »Ich kann keine Fragen beantworten, aber ich möchte sagen, daß es verschiedene Arten von Magie gibt. Ich habe eine große Säuberung vollbracht. Fortan wird man in diesem Hause besser schlafen.«

7

Daß Dr. Willetts »Säuberung« in ihrer Art eine fast ebenso nervenzerrüttende Prüfung gewesen war wie seine grausige Wanderung durch die verschwundene Krypta, mag man daraus ersehen, daß der ältliche Arzt völlig am Ende seiner Kräfte war, als er an jenem Abend nach Hause kam. Drei Tage lang ruhte er sich in seinem Zimmer aus, obwohl die Dienstboten später flüsternd herumerzählten, sie hätten am Mittwoch nach Mitternacht gehört, wie er vorsichtig die Haustür geöffnet und unglaublich leise wieder zugezogen habe. Glücklicherweise verfügen Dienstboten nur über begrenzte Phantasie, denn sonst hätten sie wohl Verdacht geschöpft, als am Donnerstag im *Evening Bulletin* die folgende Meldung zu lesen war:

Friedhofsschänder vom Nordend wieder am Werk

Zehn Monate nach dem feigen Akt von Vandalismus am Familiengrab der Weedens auf dem Nordfriedhof wurde heute in den frühen Morgenstunden ein Herumtreiber auf demselben Friedhof von Robert Hart, dem Nachtwächter, beobachtet. Als er gegen zwei Uhr morgens zufällig aus seinem Unterstand schaute, bemerkte Hart den Schein einer Laterne oder Taschenlampe im nördlichen Teil des Friedhofs. Er öffnete die Tür und entdeckte die Gestalt eines Mannes mit einem Spaten, der sich deutlich als Silhouette vor dem Schein einer dicht neben ihm stehenden Lampe abzeichnete. Hart, der sofort losrannte, um den Eindringling zu stellen, sah diesen eilends zum Haupteingang davonlaufen. Im nächsten Augenblick hatte der Unbekannte die Straße erreicht und war im Dunkeln verschwunden, bevor Hart sich ihm nähern konnte.

Wie die ersten Friedhofsschänder, die im vorigen Jahr ihr Unwesen trieben, wurde auch dieser Mann überrascht, bevor er Schaden anrichten konnte. Eine leere Stelle neben dem Familiengrab der Wards wies Spuren von leichten Spatenstichen auf, doch offenbar wurde weder versucht, ein Grab auszuheben, noch war ein bestehendes Grab in Mitleidenschaft gezogen.

Hart, der zur Beschreibung des Täters nur angeben kann, daß es sich um einen kleineren Mann handelte, der wahrscheinlich einen Vollbart trägt, neigt zu der Auffassung, daß ein Zusammenhang zwischen allen drei Vorfällen besteht; die Beamten vom Zweiten Revier sind anderer Meinung, und zwar wegen der ungleich ernsteren Natur des zweiten Vorfalls. Damals war ein sehr alter Sarg ausgegraben und der Grabstein gewaltsam zerstört worden.

Der erste Vorfall, bei dem wahrscheinlich ein Versuch, etwas zu vergraben, vereitelt wurde, ereignete sich im März letzten Jahres; als Täter vermutete man Schmuggler, die ein Versteck suchten. Sergeant Riley äußerte, es sei möglich, daß dieser dritte Fall ähnliche Hintergründe hat. Die Beamten des Zweiten Reviers wollen alles daransetzen, die gewissenlosen Elemente zu fassen, die diese wiederholten Freveltaten begangen haben.

Den ganzen Donnerstag ruhte Dr. Willett sich aus, so als müsse er sich von einer vergangenen Anstrengung erholen oder Kräfte für eine bevorstehende Aufgabe sammeln. Am Abend schrieb er einen Brief an Mr. Ward, der am nächsten Morgen zugestellt wurde und den halb benommenen Vater in langes, angestrengtes Grübeln versinken ließ. Mr. Ward war seit dem Schock des vergangenen Montags mit seinen verblüffenden Berichten und der unheimlichen »Säuberung« nicht in der Lage gewesen, seinen Geschäften nachzugehen, doch in gewisser Weise beruhigte ihn der Brief des Doktors, trotz der Verzweiflung, die er anzukündigen, und trotz der neuen Mysterien, die er zu beschwören schien.

10 Barnes St.,
Providence, R. I.,
12. April 1928

Lieber Theodore!
Ich glaube, ich muß Ihnen ein paar Zeilen schreiben, bevor ich das tue, was ich mir für morgen zu tun vorgenommen habe. Zwar wird damit die furchtbare Sache, die wir durchgemacht haben, ein Ende finden (denn ich ahne, daß wahrscheinlich nie ein Spaten jenen ungeheuerlichen Ort erreichen wird, von dem wir wissen), doch ich fürchte, Sie würden trotzdem Ihren Seelenfrieden nicht wiederfinden, wenn ich Ihnen nicht ausdrücklich erkläre, daß dies der unwiderrufliche, endgültige Schluß sein wird.

Sie kennen mich, seit Sie ein kleiner Junge waren, und deshalb glaube ich, Sie werden mir nicht mißtrauen, wenn ich Ihnen sage, daß manche Dinge besser ungelöst und unerforscht bleiben. Es ist besser, wenn Sie nicht weiter über Charles' Fall nachzugrübeln versuchen, und es ist beinahe unumgänglich, daß Sie seiner Mutter nicht mehr mitteilen, als sie ohnehin schon vermutet. Wenn ich Sie morgen besuche, wird Charles entkommen sein. Das ist alles, war wir im Gedächtnis behalten sollten. Er war geistesgestört, und er entkam. Über diese Geisteskrankheit können Sie seine Mutter nach und nach behutsam aufklären, sobald Sie ihr nicht mehr die mit Maschine geschriebenen Mitteilungen in seinem Namen schicken. Ich würde Ihnen den Rat geben, sie in Atlantic City aufzusuchen und sich selbst eine Weile auszuruhen. Gott weiß, daß Sie das nach diesem Schock genauso nötig haben wie ich selbst. Ich fahre für ein paar Wochen in den Süden, um meine Ruhe und meine Kräfte zurückzugewinnen.

Stellen Sie mir deshalb keine Fragen, wenn ich morgen zu Ihnen komme. Es kann sein, daß etwas schiefgeht, aber in diesem Fall werde ich Sie unterrichten. Es wird keinen Anlaß zur Beunruhigung mehr geben, denn Charles wird in Sicherheit sein – absolut in Sicherheit. Er ist es jetzt schon – mehr, als Sie sich träumen lassen. Sie brauchen sich nicht vor Allen zu fürchten und sich keine Gedanken darüber zu machen, wer oder wo er ist. Er gehört ebensosehr der Vergangenheit an wie Curwens Bild, und wenn ich an der Haustür klingle, können Sie sicher sein, daß es diese Person nicht mehr gibt. Und das Wesen, das jene Botschaft in Minuskelschrift verfaßte, wird niemals Sie oder die Ihren belästigen.

Doch Sie müssen sich gegen die Schwermut wappnen und Ihrer Frau helfen, dasselbe zu tun. Ich muß Ihnen offen sagen, daß Charles' Entkommen nicht bedeutet, daß er Ihnen wiedergegeben wird. Er hat sich eine eigenartige Krankheit zugezogen, was Sie sicherlich schon aufgrund der merkwürdigen physischen wie auch geistigen Veränderungen an ihm vermutet haben, und Sie dürfen nicht hoffen, ihn wiederzusehen. Nur diesen Trost kann ich Ihnen spenden – er war nie ein Besessener oder gar Wahnsinniger, sondern nur ein eifriger, vorwitziger und lernbegieriger Junge, dessen Liebe zum Geheimnisvollen und Vergangenen sein Unglück war. Er stieß auf Dinge, die kein Sterblicher jemals wissen sollte, und er ging so weit in die Vergangenheit zurück, wie niemand es wagen sollte; und irgend etwas kam aus diesen längst vergangenen Jahren, um ihn zu verderben.

Und jetzt komme ich zu der Angelegenheit, in der ich Sie bitten muß, mir mehr als in allen anderen Dingen zu vertrauen. Denn es wird in der Tat keine Ungewißheit über Charles' Schicksal geben. Wenn Sie es für richtig halten, können Sie etwa in einem Jahr eine geeignete Erklärung für sein Verschwinden verbreiten, denn Ihr Sohn wird nicht mehr unter den Lebenden weilen. Sie können ihm auf dem Nordfriedhof auf Ihrer Parzelle einen Grabstein errichten, genau zehn Fuß vom Grab Ihres Herrn Vaters entfernt und an demselben Weg; dort liegt die wirkliche Ruhestätte ihres Sohnes. Sie brauchen auch keine Angst zu haben, daß dieser Stein irgendeiner Abnormität oder einem Wechselbalg gehören wird. Die Asche in diesem Grab wird die von Ihrem eigenen Fleisch und Blut sein – die Asche des wirklichen Charles Dexter Ward, dessen geistige Entwicklung Sie von seiner Kindheit an verfolgt haben – des wirklichen Charles mit dem olivgrünen Leberfleck auf der Hüfte und ohne das schwarze Hexenmal auf der Brust oder die Narbe auf der Stirn. Jenes Charles, der nie etwas wirklich Böses tat und für seine »Zimperlichkeit« mit dem Leben bezahlen mußte.

Das ist alles. Charles wird entkommen sein, und heute in einem Jahr können Sie den Grabstein aufstellen lassen. Fragen Sie mich morgen nicht. Und glauben Sie fest daran, daß die Ehre ihrer alten Familie von nun an unangetastet bleiben wird, so wie sie es zu allen Zeiten in der Vergangenheit gewesen ist.

Mit dem tiefsten Mitgefühl und der Ermahnung zu Tapferkeit, Ruhe und Resignation bin ich stets

Ihr aufrichtiger Freund
Marinus B. Willett

So betrat dann am Freitag, dem 13. April 1928, Marinus Bicknell Willett das Zimmer von Charles Dexter Ward in Dr. Waites privater Heilanstalt auf der Insel Conanicut. Der junge Mann machte zwar keinen Versuch, sich dem Besucher zu entziehen, war aber recht mürrisch gelaunt und schien nicht geneigt, sich in das Gespräch einzulassen, das Willett offensichtlich mit ihm führen wollte. Daß der Doktor die Krypta entdeckt und darin so furchtbare Dinge erlebt hatte, war natürlich eine neue Quelle der Verlegenheit, so daß beide mit sichtlichem Unbehagen schwiegen, nachdem sie ein paar gezwungene Floskeln ausgetauscht hatten. Und dann schien ein neues Element der Zurückhaltung ins Spiel zu kommen, als Ward auf des Doktors maskenhaft unbewegtem Antlitz einen Ausdruck furchtbarer Entschlossenheit wahrzunehmen schien, den er nie zuvor bemerkt hatte. Der Patient verzagte, denn er wußte, daß sich seit dem letzten Besuch ein Wandel vollzogen hatte, der aus dem umgänglichen Hausarzt einen erbarmungslosen und unversöhnlichen Rächer gemacht hatte.

Ward wurde regelrecht bleich, und der Doktor sprach als erster. »Wir haben«, sagte er, »noch mehr herausgefunden, und ich muß Sie allen Ernstes warnen – es ist Zeit abzurechnen.«

»Wieder mal gegraben und noch mehr verhungernde Tierchen gefunden?« war die ironische Antwort. Offenbar war der junge Mann entschlossen, bis zum Schluß unnachgiebig zu bleiben.

»Nein«, entgegnete Willett bedächtig, »diesmal brauchte ich nicht zu graben. Wir haben Leute auf Dr. Allens Spur gesetzt, und sie haben im Bungalow den falschen Bart und die Brille gefunden.«

»Ausgezeichnet!« rief der beunruhigte Gastgeber mit verletzendem Spott aus, »sicher waren sie kleidsamer als der Bart und die Brille, die Sie tragen!«

»Ihnen hätten sie besser zu Gesicht gestanden«, kam ruhig und unbeirrbar die Antwort, *»was ja wohl tatsächlich auch der Fall war.«* Als Willett dies sagte, schien es fast, als sei die Sonne plötzlich hinter einer Wolke verschwunden; doch die Schatten auf dem Fußboden hatten sich nicht verändert. Ward riskierte viel:

»Das also verlangt so dringend nach einer Abrechnung? Und darf man es nicht für nützlich halten, ab und zu ein zweites Ich zu haben?«

»Nein«, sagte Willett mit Nachdruck, »Sie haben schon wieder unrecht. Es geht mich nichts an, wenn einer zwei Gesichter haben möchte, *vorausgesetzt, er hat überhaupt ein Recht, am Leben zu sein, und vorausgesetzt, er vernichtet nicht denjenigen, der ihn aus dem All heraufbeschworen hat.«*

Hier fuhr Ward heftig zusammen. »Nun denn, Sir, was habt Ihr wirklich gefunden und was wollt Ihr von mir?«

Der Doktor ließ ein wenig Zeit verstreichen, bevor er antwortete, so als suche er nach den richtigen Worten für eine treffende Entgegnung.

»Ich habe«, begann er schließlich, »etwas in einem

Schrank hinter einer alten Kaminvertäfelung gefunden, wo früher ein Bild war, und ich habe es verbrannt und die Asche dort beigesetzt, wo das Grab des Charles Dexter Ward sein sollte.«

Der Verrückte rang nach Luft und sprang von seinem Stuhl auf: »Zur Hölle mit Euch, wer hat Euch gesagt – und wer wird Euch glauben, daß er es war, nach vollen zwei Monaten, zumal ich am Leben bin? Was habt Ihr vor?«

Obwohl Willett von kleiner Statur war, hatte die Geste, mit der er den Patienten zum Schweigen brachte, etwas Majestätisches.

»Ich habe keinem etwas gesagt. Das ist kein gewöhnlicher Fall – es ist Wahnsinn aus der Vergangenheit, ein Schrecknis von außerhalb der Sphären, das keine Polizei und kein Rechtsanwalt, kein Gerichtshof und kein Nervenarzt je ergründen oder bekämpfen könnte. Mit Gottes Hilfe hat ein glücklicher Zufall es gefügt, daß mir genug Phantasie erhalten geblieben ist, um diese Sache zu Ende zu denken. *Du kannst mich nicht täuschen, Joseph Curwen, denn ich weiß, daß deine verfluchte Magie Wirklichkeit ist!* Ich weiß, wie du den Zauber ausgeheckt hast, der jenseits von Zeit und Raum weiterschwelte und sich auf deine Doppelgänger und Nachkommen herabsenkte; ich weiß, wie du ihn in die Vergangenheit zurückholtest und ihn dazu brachtest, dich aus deinem verwünschten Grab heraufzubeschwören; ich weiß, wie du dich in seinem Laboratorium verbargst, während du moderne Schriften studiertest und in der Nacht als Vampir dein Unwesen triebst, und wie du dich später mit Bart und Brille zeigtest, damit niemand sich über deine gottlose Ähnlichkeit mit ihm wunderte; ich weiß, was du zu tun beschlossest, als er sich gegen deine monströsen Plünderungen der Gräber der Welt wandte, *und was du danach plantest,* und ich weiß, wie du es getan hast.

Du ließest deinen Bart und die Brille zu Hause und konntest die Wächter am Haus hinters Licht führen. Sie dachten, er sei es, der hineinging, und sie dachten, er sei es, als du herauskamst, nachdem du ihn erdrosselt und versteckt hattest. Aber du hast nicht mit den anderen Ausdrucksformen des menschlichen Geistes gerechnet, du warst ein Narr, Curwen, dir einzubilden, die bloße optische Identität würde ausreichen. Warum hast du nicht an die Sprache und die Stimme und die Handschrift gedacht? Nun ist deine Rechnung doch nicht aufgegangen, siehst du. Du weißt besser als ich, wer oder was jene Botschaft in Minuskeln geschrieben hat, doch ich warne dich, sie wurde nicht vergebens geschrieben. Es gibt Greuel und Blasphemien, die ausgerottet werden müssen, und ich glaube, der Verfasser jener Zeilen wird sich um Orne und Hutchinson kümmern. Eine dieser Kreaturen schrieb dir einmal ›erweckt keinen, den Ihr nicht zu bezwingen vermögt‹. Du wurdest einmal bezwungen, vielleicht auf eben diese Weise, und es kann sein, daß deine eigene schwarze Magie dich wieder zu Fall bringen wird. Curwen, ein Mensch kann nur bis zu einer bestimmten Grenze der Natur ins Handwerk pfuschen, und jedes Schrecknis, das du ausgeheckt hast, wird sich erheben, um dich auszulöschen.«

Doch hier wurde der Doktor durch einen krampfhaften Schrei der Kreatur vor ihm unterbrochen. Hoffnungslos in die Enge getrieben, waffenlos und wissend, daß auf jede Anwendung physischer Gewalt hin sofort eine ganze Schar von Wächtern dem Doktor zu Hilfe eilen würde, nahm Joseph Curwen Zuflucht zu dem einen uralten Verbündeten und fing an, mit seinen Zeigefingern eine Reihe kabbalistischer Bewegungen zu machen, während seine tiefe, hohle Stimme, jetzt ohne das vorgetäuschte Krächzen, die Anfangsworte einer schrecklichen Formel in den Raum brüllte.

»PER ADONAI ELIOM, ADONAI JEHOVA, ADONAI SABAOTH, METRATON...« Aber Willett war schneller. Obwohl die Hunde im Hof zu jaulen anfingen, und obwohl ein kalter Wind plötzlich von der Bai herüberwehte, intonierte der Doktor feierlich und gemessen jenen Spruch, den aufzusagen er von Anfang an vorgehabt hatte. Auge um Auge – Zauber gegen Zauber – das Ergebnis würde zeigen, wie gut er seine Lektion in der Krypta gelernt hatte! So sprach also Marinus Bicknell Willett mit klarer Stimme die *zweite* jener beiden Formeln, deren erste den Schreiber jener Minuskeln heraufbeschworen hatte – die kryptische Anrufung, die überschrieben war mit dem Drachenschwanz, dem Zeichen des *absteigenden Knotens*. –

»OGTHROD AI'F
GEB'L – EE'H
YOG – SOTHOTH
'NGAHNG AI'Y
ZHRO!«

Schon bei den ersten Worten aus Willetts Mund verstummte der Patient, der mit seiner Formel eher begonnen hatte. Der Sprache beraubt, schlug das Ungeheuer wild mit den Armen um sich, bis auch diese vom Krampf gelähmt waren. Als der schreckliche Name »*Yog-Sothoth*« ausgesprochen wurde, begann die entsetzliche Verwandlung. Es war nicht einfach eine *Auflösung*, sondern eher eine *Transformation* oder *Rekapitulation*; und Willett schloß die Augen, um nicht in Ohnmacht zu fallen, bevor er die ganze Beschwörungsformel ausgesprochen hatte.

Aber er fiel nicht in Ohnmacht, und jener Mann aus einer unseligen Zeit verbotener Geheimnisse hat nie mehr die Welt heimgesucht. Der Wahnsinn aus der Vergangenheit war in sich zusammengesunken, und der Fall Charles Dexter Ward war abgeschlossen. Als er die Augen aufmachte, bevor er aus dem Zimmer wankte, sah Dr. Willett, daß sein Gedächtnis ihn nicht im Stich gelassen hatte. Es hatte, wie er vorhergesagt, keiner Säure bedurft. Denn gleich seinem Bild ein Jahr zuvor war Joseph Curwen jetzt über den Fußboden verstreut als eine dünne Schicht feinen, bläulich-grauen Staubes.

H. P. Lovecraft
in den suhrkamp taschenbüchern

Azathoth. Vermischte Schriften. Ausgewählt von Kalju Kirde. Aus dem Amerikanischen von Franz Rottensteiner. PhB 230. st 1627

Berge des Wahnsinns. Eine Horrorgeschichte. Deutsch von Rudolf Hermstein. PhB 258. st 1780

Cthulhu. Geistergeschichten. Deutsch von H. C. Artmann. Vorwort von Giorgio Manganelli. PhB 19. st 29

Das Ding auf der Schwelle. Unheimliche Geschichten. Mit einem Nachwort von Kalju Kirde. Deutsch von Rudolf Hermstein. PhB 2. st 357

Der Fall Charles Dexter Ward. Eine Horrorgeschichte. Deutsch von Rudolf Hermstein. PhB 260. st 1782

Flüsterer im Dunkeln. Eine Horrorgeschichte. Deutsch von Rudolf Hermstein. PhB 259. st 1781

Das Grauen im Museum und andere Erzählungen. Ausgewählt von Kalju Kirde. Aus dem Amerikanischen von Rudolf Hermstein. PhB 136. st 1067

Die Katzen von Ulthar und andere Erzählungen. Herausgegeben von Kalju Kirde. Deutsch von Michael Walter. PhB 43. st 625

Lovecraft-Lesebuch. Herausgegeben von Franz Rottensteiner. Mit einem Essay von Barton Levi St. Armand. PhB 184. st 1306

Schatten über Innsmouth. Eine Horrorgeschichte. Deutsch von Rudolf Hermstein. PhB 261. st 1783

Die dunkle Brüderschaft. Unheimliche Geschichten. Aus dem Amerikanischen von Franz Rottensteiner. PhB 173. st 1256

Zu H. P. Lovecraft

Über H. P. Lovecraft. Herausgegeben von Franz Rottensteiner. PhB 130. st 1027

75/1/5.90

Phantastische Bibliothek
in den suhrkamp taschenbüchern

»Phantastische Bibliothek« – das ist Verzauberung der Phantasie, keine Betäubung der Sinne, sondern Öffnen der Augen als Blick über den nächsten Horizont ins Hypothetisch-Virtuelle. Der Zukünftige verbindet sich mit dem Zeitlosen, rationales Kalkül steht neben poetischer Vision, denkbare Wirklichkeit und analytischer Blick in menschliche Abgründe neben Wunsch- und Alptraum. Anregend und unterhaltsam ist es immer.

Die Arche Noah. PhB 242. st 1674
Ballard: Billennium. PhB 96. st 896
– Die Dürre. PhB 116. st 975
– Der ewige Tag und andere Science- fiction-Erzählungen. PhB 56. st 727
– Hallo Amerika! PhB 95. st 895
– Karneval der Alligatoren. PhB 191. st 1373
– Das Katastrophengebiet. PhB 103. st 924
– Kristallwelt. PhB 75. st 818
– Mythen der nahen Zukunft. PhB 154. st 1167
– Die tausend Träume von Stellavista. st 833
– Der tote Astronaut. PhB 107. st 940
– Traum GmbH. PhB 164. st 1222
– Der vierdimensionale Alptraum. PhB 127. st 1014
– Die Zeitgräber. PhB 138. st 1082
Beherrscher der Zeit. PhB 176. st 1274
Bergengruen: Der Basilisk. PhB 205. st 1499
– Das Gesetz des Atum. PhB 196. st 1441
Bierce: Das Spukhaus. PhB 6. st 365
Bioy Casares: Die fremde Dienerin. PhB 113. st 962
– Casares: Morels Erfindung. PhB 106. st 939
Blackwood: Besuch von Drüben. PhB 10. st 411
– Die gefiederte Seele. PhB 229. st 1620
– Der Griff aus dem Dunkel. PhB 28. st 518
– Das leere Haus. PhB 12. st 30
– Der Tanz in den Tod. PhB 84. st 848
Braun/Braun: Der Irrtum des großen Zauberers. PhB 74. st 807
– Das Kugeltranszendentale Vorhaben. PhB 109. st 948
Bringsvaerd: Minotaurus. PhB 237. st 1651
– Die Stadt der Metallvögel. PhB 208. st 1510
Buzzati: Die Maschine des Aldo Christofari. PhB 157. st 1175
Capoulet-Junac: Pallas oder die Heimsuchung. PhB 149. st 1138
Carroll: Das Land des Lachens. PhB 170. st 1247
– Die Stimme unseres Schattens. PhB 222. st 1587

252/1/3.89

Carroll: Das Tal der Träume. PhB 197. st 1442
– Die panische Hand. PhB 233. st 1635
Chesterton: Der Held von Notting Hill. PhB 156. st 1174
Couperus: Das schwebende Schachbrett. PhB 201. st 1466
Dick: LSD-Astronauten. PhB 60. st 732
– Mozart für Marsianer. PhB 70. st 773
– UBIK. PhB 15. st 440
Die dunkle Seite der Wirklichkeit. PhB 199. st 1444
Lord Dunsany: Das Fenster zur anderen Welt. PhB 161. st 1189
Der Eingang ins Paradies. PhB 219. st 1566
Die Ermordung des Drachen. PhB 203. st 1481
Franke: Der Atem der Sonne. PhB 174. st 1265
– Einsteins Erben. PhB 41. st 603
– Endzeit. PhB 150. st 1153
– Der grüne Komet. PhB 231. st 1628
– Hiobs Stern. PhB 223. st 1588
– Die Kälte des Weltraums. PhB 121. st 990
– Keine Spur von Leben. PhB 62. st 741
– Der Orchideenkäfig. PhB 234. st 1643
– Paradies 3000. PhB 48. st 664
– Schule für Übermenschen. PhB 58. st 730
– Sirius Transit. PhB 30. st 535
– Die Stahlwüste. PhB 215. st 1545
– Tod eines Unsterblichen. PhB 69. st 772
– Transpluto. PhB 82. st 841
– Ypsilon minus. PhB 3. st 358
– Zarathustra kehrt zurück. PhB 9. st 410
– Zone Null. PhB 35. st 585
Franke/Weisser: DEA ALBA. PhB 207. st 1509
Frey: Solneman der Unsichtbare. PhB 241. st 1667
Gardner: Grendel. PhB 227. st 1611
Grabiński: Dunst und andere unheimliche Geschichten. PhB 228. st 1612
Grin: Der Rattenfänger. PhB 168. st 1239
Gruber: Die gläserne Kugel. PhB 123. st 997
– Zwischenstation. PhB 216. st 1555
Hasselblatt: Marija und das Tier. PhB 209. st 1511
Hodgson: Geisterpiraten. PhB 188. st 1352
Hoffmann, E.T.A.: Der Magnetiseur. PhB 190. st 1366
Horstmann: Das Glück von Omb'assa. PhB 141. st 1088
Der Insektenmann. PhB 240. st 1666
Ist Gott ein Taoist? Und andere Rätsel. PhB 162. st 1214
Jarzębski: Zufall und Ordnung. PhB 180. st 1290
Jenseits der Träume. PhB 224. st 1595
Kellermann: Der Tunnel. PhB 179. st 1283
Kornbluth: Der Altar um Mitternacht. PhB 189. st 1359
– Der Gedankenwurm. PhB 195. st 1434
Lao She: Die Stadt der Katzen. PhB 151. st 1154
Lem: Also sprach GOLEM. PhB 175. st 1266

252/2/3.89

Lem: Altruizin und andere kybernetische Beglückungen. PhB 163. st 1215
– Die Astronauten. PhB 16. st 441
– Frieden auf Erden. PhB 220. st 1574
– Der futurologische Kongreß. PhB 29. st 534
– Imaginäre Größe. PhB 47. st 658
– Die Jagd. PhB 18. st 302
– Das Katastrophenprinzip. PhB 125. st 999
– Lokaltermin. PhB 200. st 1455
– Mehr phantastische Erzählungen. PhB 232. st 1636
– Memoiren, gefunden in der Badewanne. PhB 25. st 508
– Memoiren, gefunden in der Badewanne. Der Schnupfen. PhB 226. st 1604
– Eine Minute der Menschheit. PhB 110. st 955
– Mondnacht. PhB 57. st 729
– Nacht und Schimmel. PhB 1. st 356
– Phantastik und Futurologie I. PhB 122. st 996
– Phantastik und Futurologie II. PhB 126. st 1013
– Die phantastischen Erzählungen. PhB 210. st 1525
– Die Ratte im Labyrinth. PhB 73. st 806
– Robotermärchen. PhB 85. st 856
– Der Schnupfen. PhB 33. st 570
– Sterntagebücher. PhB 20. st 459
– Die Stimme des Herrn. PhB 97. st 907
– Terminus und andere Geschichten des Piloten Pirx. PhB 61. st 740
– Die Untersuchung. PhB 14. st 435
– Waffensysteme des 21. Jahrhunderts. PhB 124. st 998
– Wie die Welt noch einmal davonkam. PhB 158. st 1181
Über Stanisław Lem. PhB 36. st 586
Levett: Verirrt in den Zeiten. PhB 178. st 1282
London: Phantastische Erzählungen. PhB 243. st 1675
Lovecraft: Azathoth. PhB 230. st 1627
– Cthulhu. PhB 19. st 29
– Das Ding auf der Schwelle. PhB 2. st 357
– Der Fall Charles Dexter Ward. PhB 8. st 391
– Das Grauen im Museum. PhB 136. st 1067
– In der Gruft. PhB 71. st 779
– Die Katzen von Ulthar. PhB 43. st 625
– Lovecraft-Lesebuch. PhB 184. st 1306
– Stadt ohne Namen. PhB 52. st 694
Lovecraft/Derleth: Die dunkle Brüderschaft. PhB 173. st 1256
Über H.P. Lovecraft. PhB 130. st 1027
Marginter: Königrufen. PhB 215. st 1546
Maupassant: Die Totenhand. PhB 134. st 1040
Das namenlose Grabmal. PhB 169. st 1240
Phantastische Aussichten. PhB 160. st 1188
Phantastische Träume. PhB 100. st 954
Phantastische Welten. PhB 137. st 1068
Phantastische Zeiten. PhB 185. st 1307

252/3/3.89

Poe: Der Fall des Hauses Ascher. PhB 27. st 517
Polaris 9. PhB 155. st 1168
Polaris 10. PhB 171. st 1248
Ray: Malpertuis. PhB 165. st 1223
– Das Storchenhaus. PhB 182. st 1299
Renard: Die blaue Gefahr. PhB 225. st 1596
Der rote Mond. PhB 213. st 1536
Schattschneider: Singularitäten. PhB 129. st 1021
Scheerbart: Das große Licht. PhB 194. st 1400
– Die große Revolution. PhB 159. st 1182
– Der Kaiser von Utopia. PhB 218. st 1565
– Kometentanz. PhB 236. st 1652
– Lesabéndio. PhB 183. st 1300
Seltsame Labyrinthe. PhB 198. st 1443
Sonimski: Zweimal Weltuntergang. PhB 166. st 1229
Smith: Das Haupt der Medusa. PhB 221. st 1575
Steinmüller/Steinmüller: Pulaster. PhB 204. st 1490
– Der Traum vom Großen Roten Fleck. PhB 147. st 1131
Strugatzki/Strugatzki: Der ferne Regenbogen. PhB 111. st 956
– Fluchtversuch. PhB 89. st 872
– Die gierigen Dinge des Jahrhunderts. PhB 79. st 827
– Die häßlichen Schwäne. PhB 177. st 1275
– Der Junge aus der Hölle. PhB 238. st 1658
– Ein Käfer im Ameisenhaufen. PhB 152. st 1160
– Eine Milliarde Jahre vor dem Weltuntergang. PhB 186. st 1338
– Montag beginnt am Samstag. PhB 72. st 780
– Picknick am Wegesrand. PhB 49. st 670
– Die Schnecke am Hang. PhB 13. st 434
– Die Wellen ersticken den Wind. PhB 206. st 1598
– Die zweite Invasion der Marsianer. PhB 139. st 1081
Träume und Phantasien. st 954/st 1068/st 1188/st 1307 in Kassette
Viktorianische Gespenstergeschichten. PhB 187. st 1345
Wakefield: Der Triumph des Todes. PhB 181. st 1291
Weiss J.: Das Haus mit den tausend Stockwerken. PhB 235. st 1644
Weisser: DIGIT. PhB 90. st 873
– SYN-CODE-7. PhB 67. st 764
Whitehead: Der Zombie. PhB 172. st 1255
Wolfe: Limbo. PhB 239. st 1659
Wolfkind: Die Boten des Frühlings. PhB 167. st 1230
Wyndham: Die Kobaltblume. PhB 202. st 1474
– Wenn der Krake erwacht. PhB 212. st 1535
– Wiedergeburt. PhB 192. st 1386
Zondergeld: Lexikon der phantastischen Literatur. PhB 91. st 880

252/4/3.89

suhrkamp taschenbücher
Eine Auswahl

265/1/6.89

suhrkamp taschenbücher
Eine Auswahl

Bioy Casares: Der Traum der Helden. st 1185
Blackwood: Die gefiederte Seele. PhB 229. st 1620
– Der Tanz in den Tod. PhB 84. st 848
Blatter: Kein schöner Land. st 1250
– Die Schneefalle. st 1170
– Wassermann. st 1597
Böni: Ein Wanderer im Alpenregen. st 671
Bohrer: Ein bißchen Lust am Untergang. st 745
Brasch: Der schöne 27. September. st 903
Braun, V.: Gedichte. st 499
– Hinze-Kunze- Roman. st 1538
Bertolt Brechts Dreigroschenbuch. st 87
Brecht: Gedichte. st 251
– Gedichte für Städtebewohner. st 640
– Gedichte über die Liebe. st 1001
– Geschichten vom Herrn Keuner. st 16
Brecht-Liederbuch. st 1216
Brentano, B.: Berliner Novellen. st 568
Broch: Die Verzauberung. st 350
– Der Tod des Vergil. st 296
– Die Schuldlosen. st 209
– Massenwahntheorie. st 502
Brod: Der Prager Kreis. st 547
Buch: Die Hochzeit von Port-au-Prince. st 1260
– Karibische Kaltluft. st 1140
Cain: Serenade in Mexiko. st 1164
Campbell: Der Heros in tausend Gestalten. st 424
Carossa: Der Arzt Gion. st 821
– Ungleiche Welten. st 521
Carpentier: Explosion in der Kathedrale. st 370
– Die Harfe und der Schatten. st 1024
Carroll: Das Land des Lachens. PhB 170. st 1247
Celan: Gesammelte Werke in fünf Bänden. st 1331/1332
Christo: Der Reichstag. st 960
Cioran: Syllogismen der Bitterkeit. st 607
Clarín: Die Präsidentin. st 1390
Cortázar: Album für Manuel. st 936
– Alle lieben Glenda. st 1576
– Bestiarium. st 543
– Rayuela. st 1462
Dorst: Merlin oder Das wüste Land. st 1076
Duras: Heiße Küste. st 1581
– Hiroshima mon amour. st 112
– Der Lastwagen. st 1349
– Der Liebhaber. st 1629
– Ein ruhiges Leben. st 1210
Eich: Fünfzehn Hörspiele. st 120
Eliade: Bei den Zigeunerinnen. st 615
– Kosmos und Geschichte. st 1273
– Yoga. st 1127
Eliot: Werke. 4 Bde.
Enzensberger: Gedichte. st 1360
– Der kurze Sommer der Anarchie. st 395
– Politische Brosamen. st 1132
Fanon: Schwarze Haut, weiße Masken. st 1186
Federspiel: Die Liebe ist eine Himmelsmacht. st 1529
– Die Märchentante. st 1234
– Massaker im Mond. st 1286

265/2/6.89

suhrkamp taschenbücher
Eine Auswahl

Federspiel: Paratuga kehrt zurück. st 843
Feldenkrais: Bewußtheit durch Bewegung. st 429
– Die Entdeckung des Selbstverständlichen. st 1440
Fleißer: Abenteuer aus dem Englischen Garten. st 925
– Ein Pfund Orangen. st 991
– Eine Zierde für den Verein. st 294
Franke: Der Atem der Sonne. PhB 174. st 1265
– Endzeit. PhB 150. st 1153
– Keine Spur von Leben. PhB 62. st 741
– Tod eines Unsterblichen. PhB 69. st 772
– Zone Null. PhB 35. st 585
Freund: Drei Tage mit James Joyce. st 929
Frisch: Gesammelte Werke in zeitlicher Folge. 7 Bde. st 1401-1407
– Andorra. st 277
– Herr Biedermann und die Brandstifter. Rip van Winkle. st 599
– Homo faber. st 354
– Mein Name sei Gantenbein. st 286
– Der Mensch erscheint im Holozän. st 734
– Montauk. st 700
– Stiller. st 105
Fromm / Suzuki / de Martino: Zen-Buddhismus und Psychoanalyse. st 37
Fühmann: 22 Tage oder Die Hälfte des Lebens. st 463
– Bagatelle, rundum positiv. st 426
Fuentes: Nichts als das Leben. st 343
Gabeira: Die Guerilleros sind müde. st 737
Gandhi: Mein Leben. st 953
García Lorca: Dichtung vom Cante Jondo. st 1007
– Das Publikum. Komödie ohne Titel. st 1207
Gauland: Gemeine und Lords. st 1650
Genzmer: Manhattan Bridge. st 1396
Ginzburg: Caro Michele. st 853
– Mein Familien-Lexikon. st 912
Goetz: Irre. st 1224
Goytisolo: Johann ohne Land. st 1541
– Rückforderung des Conde don Julián. st 1278
Gulyga: Immanuel Kant. st 1093
Handke: Die Angst des Tormanns beim Elfmeter. st 27
– Der Chinese des Schmerzes. st 1339
– Das Ende des Flanierens. st 679
– Kindergeschichte. st 1071
– Langsame Heimkehr. st 1069
– Die Lehre der Sainte-Victoire. st 1070
– Die linkshändige Frau. st 560
– Die Stunde der wahren Empfindung. st 452
– Über die Dörfer. st 1072
– Wunschloses Unglück. st 146
Hart Nibbrig: Spiegelschrift. st 1464
Hesse: Gesammelte Werke. 12 Bde. st 1600
– Berthold. st 1198

265/3/6.89

265/4/6.89

265/5/6.89

suhrkamp taschenbücher
Eine Auswahl

Lem: Waffensystem des 21. Jahrhunderts. PhB 124. st 998
Lenz, H.: Die Augen eines Dieners. st 348
– Ein Fremdling. st 1491
– Der Kutscher und der Wappenmaler. st 934
– Neue Zeit. st 505
– Der Tintenfisch in der Garage. st 620
– Der Wanderer. st 1492
Leutenegger: Gouverneur. st 1341
– Ninive. st 685
Lezama Lima: Paradiso. st 1005
Lovecraft: Azathoth. PhB 230. st 1627
– Der Fall Charles Dexter Ward. PhB 8. st 391
– Stadt ohne Namen. PhB 52. st 694
Majakowski: Her mit dem schönen Leben. st 766
Mayer: Außenseiter. st 736
– Ein Deutscher auf Widerruf. Bd. 1. st 1500
– Ein Deutscher auf Widerruf. Bd. 2. st 1501
– Georg Büchner und seine Zeit. st 58
– Thomas Mann. st 1047
Mayröcker: Die Abschiede. st 1408
– Ausgewählte Gedichte. st 1302
Meier, G.: Toteninsel. st 867
Meyer, E. Y.: In Trubschachen. st 501
– Ein Reisender in Sachen Umsturz. st 927
– Die Rückfahrt. st 578
Miller: Am Anfang war Erziehung. st 951
– Bilder einer Kindheit. st 1158
– Das Drama des begabten Kindes. st 950
– Du sollst nicht merken. st 952
Miłosz: Verführtes Denken. st 278
Mitscherlich: Ein Leben für die Psychoanalyse. st 1010
– Massenpsychologie ohne Ressentiment. st 76
– Thesen zur Stadt der Zukunft. st 10
Morshäuser: Die Berliner Simulation. st 1293
– Blende. st 1585
Moser: Gottesvergiftung. st 533
– Grammatik der Gefühle. st 897
– Kompaß der Seele. st 1340
– Lehrjahre auf der Couch. st 352
– Stufen der Nähe. st 978
Muschg: Albissers Grund. st 334
– Baiyun oder die Freundschaftsgesellschaft. st 902
– Entfernte Bekannte. st 510
– Fremdkörper. st 964
– Gegenzauber. st 665
– Im Sommer des Hasen. st 263
– Das Licht und der Schlüssel. st 1560
Museum der modernen Poesie. st 476
Neruda: Liebesbriefe an Albertina Rosa. st 829
Nizon: Canto. st 319
– Im Hause enden die Geschichten. st 431
Nossack: Aus den Akten der Kanzlei Seiner Exzellenz. 4. 4. st 1468
– Begegnung im Vorraum. st 1177

265/6/6.89

suhrkamp taschenbücher
Eine Auswahl

Nossack: Bereitschaftsdienst. st 1460
Onetti: Das kurze Leben. st 661
– So traurig wie sie. st 1601
Oz: Im Lande Israel. st 1066
– Mein Michael. st 1589
Paz: Essays. 2 Bde. st 1036
Pedretti: Harmloses, bitte. st 558
– Die Zertrümmerung von dem Kind Karl. st 1156
Ernst Penzoldts schönste Erzählungen. st 216
Percy: Der Idiot des Südens. st 1531
– Lancelot. st 1391
Platschek: Über die Dummheit in der Malerei. st 1139
Plenzdorf: Gutenachtgeschichte. st 958
– Legende vom Glück ohne Ende. st 722
– Die neuen Leiden des jungen W. st 300
Poniatowska: Stark ist das Schweigen. st 1438
Proust: Auf der Suche nach der verlorenen Zeit. 10 Bde.
– Briefe zum Leben. st 464
Puig: Der Kuß der Spinnenfrau. st 869
– Der schönste Tango der Welt. st 474
– Verraten von Rita Hayworth. st 344
Rochefort: Frühling für Anfänger. st 532
– Eine Rose für Morrison. st 575
– Die Welt ist wie zwei Pferde. st 1244
– Zum Glück gehts dem Sommer entgegen. st 523
Rodoreda: Auf der Plaça del Diamant. st 977
– Der zerbrochene Spiegel. st 1494
Rolfs: Rost im Chrom. st 1648
Russell: Eroberung des Glücks. st 389
Sanzara: Die glückliche Hand. st 1184
– Das verlorene Kind. st 910
Schimmang: Das Ende der Berührbarkeit. st 739
– Der schöne Vogel Phönix. st 527
Schivelbusch: Intellektuellendämmerung. st 1121
Schneider: Philipp der Zweite. st 1412
– Dem lebendigen Geist. st 1419
Semprun: Die große Reise. st 744
– Was für ein schöner Sonntag. st 972
– Yves Montand: Das Leben geht weiter. st 1279
– Der zweite Tod des Ramón Mercader. st 564
Shaw: Der Aufstand gegen die Ehe. st 328
– Mensch und Übermensch. st 987
Sloterdijk: Der Zauberbaum. st 1445
Soriano: Das Autogramm. st 1252
Steiner, J.: Auf dem Berge Sinai sitzt der Schneider Kikrikri. st 1572
– Ein Messer für den ehrlichen Finder. st 583
– Das Netz zerreißen. st 1162
Sternberger: Drei Wurzeln der Politik. st 1032

65/7/6.89

suhrkamp taschenbücher
Eine Auswahl

Sternberger: Herrschaft und Vereinbarung. st 1289
– Die Politik und der Friede. st 1237
Stierlin: Delegation und Familie. st 831
– Eltern und Kinder. st 618
– Das Tun des Einen ist das Tun des Anderen. st 313
Struck: Lieben. st 567
– Die Mutter. st 489
Strugatzki / Strugatzki: Der ferne Regenbogen. PhB 111. st 956
– Die häßlichen Schwäne. PhB 177. st 1275
– Eine Milliarde Jahre vor dem Weltuntergang. PhB 186. st 1338
Tendrjakow: Die Abrechnung. st 965
– Frühlingsspiel. st 1364
Unseld: Der Autor und sein Verleger. st 1204
– Begegnungen mit Hermann Hesse. st 218
– Peter Suhrkamp. st 260
Vargas Llosa: Gespräch in der ›Kathedrale‹. st 1015
– Der Hauptmann und sein Frauenbataillon. st 959
– Der Krieg am Ende der Welt. st 1343
– Tante Julia und der Kunstschreiber. st 1520
Wachenfeld: Camparirot. st 1608
Walser, M.: Die Anselm Kristlein Trilogie. st 684
– Brandung. st 1374
– Ehen in Philippsburg. st 1209
– Ein fliehendes Pferd. st 600
– Halbzeit. st 94
– Jenseits der Liebe. st 525
– Liebeserklärungen. st 1259
– Die Ohrfeige. st 1457
– Das Schwanenhaus. st 800
– Seelenarbeit. st 901
Walser, R.: Fritz Kochers Aufsätze. st 1101
– Der Spaziergang. st 1105
– Seeland. st 1107
– Geschwister Tanner. st 1109
– Jakob von Gunten. st 1111
– Der Räuber. st 1112
– Wenn Schwache sich für stark halten. st 1117
Watts: Der Lauf des Wassers. st 878
– Vom Geist des Zen. st 1288
Weber-Kellermann: Die deutsche Familie. st 185
Weiß, E.: Franziska. st 785
– Der Aristokrat. st 792
– Georg Letham. st 793
– Der arme Verschwender. st 795
– Der Augenzeuge. st 797
Weiss, P.: Das Duell. st 41
– In Gegensätzen denken. st 1582
Wilhelm: Die Wandlung. st 1146
Wilson: Brüchiges Eis. st 1336
Winkler: Das wilde Kärnten. 3 Bde. st 1042-1044
Zeemann: Einübung in Katastrophen. st 565
– Das heimliche Fest. st 1285
Zweig: Brasilien. st 984

265/8/6.89